DROEMER

Von Ángeles Doñate ist bereits folgender Titel erschienen:
Der schönste Grund, Briefe zu schreiben

Über die Autorin:
Ángeles Doñate wurde in Barcelona geboren. Sie ist die Älteste von fünf Geschwistern und ein großer Familienmensch. Neben dem Reisen war das Lesen von klein auf ihre große Passion. Als Kind versteckte sie sich unter der Treppe und las von morgens bis abends, studierte später Publizistik und begann, eigene Geschichten zu schreiben. Ihr Roman »Der schönste Grund, Briefe zu schreiben« wurde in elf Sprachen übersetzt und war auch in Deutschland ein Bestseller. »Die Stunde der Señorita Leo« wurde durch das legendäre Radioprogramm »Consultorio de la Señorita Francis«, das in Spanien von 1947 bis 1984 gesendet wurde, inspiriert.

Ángeles Doñate

DIE STUNDE DER SEÑORITA LEO

Roman

Aus dem Spanischen übersetzt
von Petra Zickmann

DROEMER

Die Originalausgabe erschien 2017 unter dem Titel
»El Alma de la radio« bei Umbriel Editors, Barcelona.

Besuchen Sie uns im Internet:
www.droemer.de

Aus Verantwortung für die Umwelt hat sich die Verlagsgruppe Droemer Knaur zu einer nachhaltigen Buchproduktion verpflichtet. Der bewusste Umgang mit unseren Ressourcen, der Schutz unseres Klimas und der Natur gehören zu unseren obersten Unternehmenszielen. Gemeinsam mit unseren Partnern und Lieferanten setzen wir uns für eine klimaneutrale Buchproduktion ein, die den Erwerb von Klimazertifikaten zur Kompensation des CO_2-Ausstoßes einschließt. Weitere Informationen finden Sie unter: www.klimaneutralerverlag.de

FSC
www.fsc.org
MIX
Papier aus verantwortungsvollen Quellen
FSC® C083411

Vollständige Taschenbuchausgabe Juli 2020
Droemer Taschenbuch
Ein Imprint der Verlagsgruppe
Droemer Knaur GmbH & Co. KG, München
© 2017 Ángeles Doñate-Sastre
© 2018 der deutschsprachigen Ausgabe Thiele Verlag
in der Thiele & Brandstätter Verlag GmbH, München und Wien
Alle Rechte vorbehalten. Das Werk darf – auch teilweise – nur
mit Genehmigung des Verlags wiedergegeben werden.
Covergestaltung: Christina Krutz, Biebesheim am Rhein
Coverabbildung: Marie Carr / Arcangel Images,
Africa Studio / shutterstock.com
Illustration im Innenteil: Nerthuz / Shutterstock.com
Satz: Christine Paxmann • text • konzept • grafik, München
Druck und Bindung: CPI books GmbH, Leck
ISBN 978-3-426-30726-7

2 4 5 3 1

»Wenn du den Transistor einschaltest, wirst du staunen, was du mit deinen Ohren alles sehen kannst.«

ASHLEIGH BRILLIANT

Vorbemerkung der Autorin

Während einer langen Zeit des zwanzigsten Jahrhunderts war der Rundfunk aus dem täglichen Leben nicht wegzudenken. Im trauten Heim, in den Schützengräben, Büros, öffentlichen Verkehrsmitteln …, die Stimmen der Radiosprecher begleiteten Kinder, Jugendliche und Erwachsene. Musik, Nachrichten, Gespräche, Fußballspiele, Interviews mit prominenten und weniger prominenten Zeitgenossen sorgten für Bildung, Unterhaltung und manchmal auch für Aufregung und Ärger … für Leben.

Es gibt Programme und Programmmacher, die in den Geschichtsbüchern ein eigenes Kapitel verdient hätten. Wem fällt nicht eine Erkennungsmelodie ein, wenn er eine Sekunde lang nachdenkt? Wer hat nicht Vater oder Mutter verzweifelt am Knopf drehen sehen, um nicht das Ende eines Spiels oder eines Liedes zu verpassen.

Diese Geschichte, auch wenn sie mit Tinte geschrieben und nicht von Stimmen erzählt wird, ist eine Hommage an das Radio, allen voran Virtudes Leo, eine Frau, die am Mikrofon und durch die Zuschriften ihrer Hörer und Hörerinnen den wahren Sinn ihres eigenen Lebens entdeckt, die soziale und politische Wirklichkeit ihres Landes erkennt und die Liebe findet. Virtudes und ihre Sendung

Die Stunde der Señorita Leo sind inspiriert vom *Consultorio de la Señorita Francis*, einer Rundfunksendung, die jahrzehntelang fester Bestandteil des Alltags von unzähligen spanischen Frauen war. Darin wurden Ratschläge zu Schönheitspflege, familiären Problemen oder Liebeskummer erteilt – Antworten auf Fragen, die Señorita Francis – die von den meisten Hörern für *eine* Person gehalten wurde, tatsächlich aber im Laufe der Jahre von verschiedenen Sprecherinnen verkörpert worden war – per Post empfing. Señorita Francis war das Kind einer Zeit, die lange vorbei ist, an die sich aber doch noch viele Menschen erinnern, sei es mit Nostalgie, sei es mit Schmerz.

Die Figuren in dem Roman *Die Stunde der Señorita Leo* stehen in Señorita Francis' Schuld, sind jedoch frei erfunden. Die Autorin möchte damit ihrer Hochachtung gegenüber allen Frauen und Männern Ausdruck geben, die jene oft so schlimmen Jahre in Spanien durchgestanden haben. Und ihrer Bewunderung Ausdruck verleihen für die Radiosprecher der Rundfunksender, die die Menschen mit ihrer Stimme und ihrem Herzen begleiteten und sich zu jeder Zeit bemühten, ihr Bestes zu geben.

1

Deshalb sage ich Lebewohl

Barcelona, 8. Juni 1977

Liebe Señorita Leo,

ich heiße Elisa, und ich schreibe zum ersten Mal einen Brief. Hätte ich ihn doch bloß niemals schreiben müssen!

Ich schicke diesen Brief an Sie, aber eigentlich ist er an meine Eltern gerichtet. Ich habe einfach nicht den Mut, ihnen diesen Brief zu geben. Ich hoffe, sie werden mir eines Tages verzeihen.

Ich bin so müde, und dabei bin ich erst siebzehn. Aber ich habe jeden Tag für zwei gelebt, und das Schlimmste ist, dass ich weiß, dass es für den Rest meines Lebens so weitergehen würde.

Haben Sie eine Ahnung, was das heißt?

Ich hatte einen Zwillingsbruder, doch er ist mit fünf Jahren gestorben. Er hatte schon ein schwaches Herz, als er auf die Welt kam.

Seitdem bin ich die, die ihn überlebt hat. Weiter nichts.

Ich kann tun, was ich will, er ist immer präsent. So viele Jahre auch vergehen mögen, es gibt Tote, die mehr Raum einnehmen als die Lebenden. Sie übertönen alles. Immer wenn meine Eltern mich ansehen, denken sie unweigerlich an meinen Bruder, und er fehlt ihnen wieder schmerzlich. Marco ist ein an meine Fersen gehefteter Schatten, und ich bin das Salz, das immerzu in die offene Wunde meiner Eltern rieselt, sodass sie niemals heilen kann.

Jede Chance, die ich verpasse, verpasse ich für mich, aber zugleich auch für ihn. Wenn ich eine Begabung nicht nutze, vergeude ich sie auch für ihn. Jeder Traum, den ich nicht erfülle, jeder Irrtum, der mir unterläuft, alles, alles, alles …

Und das Schlimmste ist, dass auch ich Marco vermisse. Manchmal glaube ich, den Verstand zu verlieren. Auf eine irrwitzige Art und Weise habe ich das Gefühl, ihn verraten zu haben. Ich fühle mich schuldig, weil ich das Glück hatte, am Leben zu bleiben – diesem Leben, das uns beiden gleichzeitig zuteilwurde und dessen Last ich nicht mehr ertrage.

Ich möchte mich endlich ausruhen, Señorita Leo, und ich hoffe, dass Sie mich verstehen.

Das alles ist sehr schwer für mich. Ich bin so einsam und weiß nicht mehr, was ich tun soll.

Ich möchte mich ausruhen, Papa und Mama. Endlich ausruhen von allem.

Weint nicht um mich.

Und so sage ich euch Lebewohl und bitte euch um Verzeihung.

Elisa

Germán schloss die Augen.

Er lag auf seinem Bett und versuchte, sich das Mädchen vorzustellen, während es diesen traurigen Brief schrieb. Ob sie ihre Ankündigung bereits wahr gemacht hatte? Vielleicht hatte Elisa, deren Worte er soeben im Radio gehört hatte, schon aufgehört zu existieren, wie ein ferner Stern, den wir noch sehen, obwohl er bereits erloschen ist.

Die Stimme der Moderatorin, die den Brief vorlas, hatte ihn in ein kleines Zimmer mit hellblauen Wänden versetzt. Aus irgendeinem Grund glaubte er, so müsse es dort aussehen.

Ein siebzehnjähriges Mädchen mit dem Blick einer Fünfzigjährigen beugte sich dort über ein kariertes Blatt und hielt den Stift umklammert wie ein Schiffbrüchiger die letzte Planke seines Bootes.

Germán starrte in die Dunkelheit seines Pensionszimmers und meinte sogar die tränenverschmierten Buchstaben auf dem Papier zu sehen.

Als es klopfte, zuckte er zusammen.

»Sofort aufmachen«, verlangte eine kreischende Stimme vor der Tür. »Wie oft soll ich es Ihnen denn noch sagen? Es ist nicht das erste Mal, dass Sie mit der Kippe in der Hand einschlafen. Eines Tages werden Sie noch bei lebendigem Leib verbrennen. Und wir alle mit!«

Germán hielt den Atem an und rührte sich nicht. In einer Dokumentation hatte er Tiere am Amazonas gesehen, die ihren natürlichen Feinden entgehen, indem sie stundenlang in derselben Position verharren. Wenn das so ein Viech hinbekam, warum sollte ihm das nicht auch gelingen?

»Verkaufen Sie mich nicht für dumm, Señor Gómez. Ich weiß, dass Sie da drin sind«, ließ sich die Frau wieder vernehmen. »Sie wollen mich nicht reinlassen? Na schön! Dann öffnen Sie wenigsten Ihre Nachttischschublade, da finden Sie die Hausregeln!«

Der einsame Handlungsreisende regte sich noch immer nicht.

Er brauchte der Aufforderung nicht nachzukommen, um zu wissen, was er in der Schublade finden würde: eine Taschenbibel und ein laminiertes Blatt mit den *Zehn Regeln der Pension La Perla*.

Die fünfte lautete: »Es ist strengstens verboten, auf dem Zimmer zu rauchen.«

Germán öffnete die Augen und sah den Rauch seiner letzten Zigarette noch immer im Raum hängen. Er lächelte. Doña Concepción zu provozieren und ihr despotisches Regiment über diese Privatpension in der Barceloneta zu unterlaufen, bereitete ihm ein gewisses Vergnügen.

Draußen hörte er die Wirtin stoßweise atmen.

Er stellte sich vor, wie sie an seiner Tür schnüffelte wie ein Spürhund.

»Irgendwann geschieht ein Unglück«, murrte sie, während sie sich humpelnd über den Flur entfernte. »Und dann kommt das große Heulen und Zähneklappern …«

Erst als ihre Schritte leiser wurden, wagte Germán es, sich im Bett zu regen und der griesgrämigen Stimme den Rücken zuzuwenden. Er stand auf.

Nachdem er seinen Anzug weggehängt hatte, war der Schrank offen geblieben, und so begegnete er jetzt auf der Innenseite der Tür seinem Spiegelbild: einem Mann Ende dreißig, recht groß, mit breiten Schultern und dem Ansatz dessen, was bald ein Bauch sein würde.

Ein Mann ohne Frau, ohne Kinder, aber mit sieben Koffern voller Unterwäsche zu seinen Füßen.

»Ich besitze ein Königreich aus Dessous, Spitze, Seide, Reiz- und Unterwäsche für Damen«, pflegte er zu sagen, wenn er in Pensionen und Gasthäusern nach einer Unterkunft fragte.

Als er noch jünger war, hatte er jede Woche in einer anderen Stadt nach Kunden gesucht. Und am Abend in der Kneipe waren die Trinkgefährten ständig neue gewesen.

In jenen ersten Jahren als Vertreter für Unterwäsche hatte er ausschließlich *Chérie* die Treue gehalten, obwohl er wusste, dass diese Beziehung auf einer Lüge beruhte. Die Marke, die er exklusiv für die Mittelmeerküste vertrat, gab vor, *made in France* zu sein. Zumindest behauptete er das in den Wäschegeschäften und Kurzwarenläden, die er mit seinem Seat 1400 abklapperte.

»Diese zauberhaften Büstenhalter kommen aus Paris, man erkennt es gleich an der exklusiven Spitze und dem erlesenen Satin, so etwas findet man nur in Paris!«, wiederholte er ein ums andere Mal, um seine Kundschaft zu überzeugen.

Und manchmal glaubte er es beinahe selbst, so oft hatte er es gesagt, wenngleich ihn die Fahrten zu der Fabrik in Mataró, die er am Anfang jeden Monats unternahm, um neue Ware zu holen, eines Besseren belehrten. Er hatte Spaß daran gehabt, bis es mit dem Spaß vorbei war.

Fünfzehn Jahre später hatte er seine festen Anlaufstellen, und den Einkäuferinnen war es egal, woher die Sachen kamen.

Sie machten etwas her, waren günstig im Preis und gefielen den Kundinnen, drei Gründe, großzügige Bestellungen aufzugeben. Seine ersten Thekenbekanntschaften, Handelsvertreter wie er, hatten einer nach dem anderen geheiratet oder waren durch andere, jüngere Kollegen ersetzt worden, doch die Gesprächsthemen blieben immer dieselben.

Germán zog es schon seit langem vor, die Abende bei einem Glas Dyc-Whiskey in seinem Zimmer zu verbringen, allein mit *der Stimme* und mit den Geschichten, die ihm die einzige Freude schenkten, die er besaß: das Radio.

Sorgsam stellte er die Frequenz ein und lauschte bis zum Einschlafen den Begebenheiten aus dem Leben anderer Zuhörer, von denen diese in ihren Briefen an den Kummerkasten des Rundfunks erzählten. *Die Stunde der Señorita Leo* – er hatte das Programm durch Zufall entdeckt und war zunächst aus Neugierde und Langeweile hängengeblieben. Doch darum ging es mittlerweile längst nicht mehr.

Sie war es, wer immer sie sein mochte, mit der er sein allabendliches Stelldichein hatte.

Die Moderatorin der Sendung. Oder besser gesagt, ihre Stimme, sanft, doch mit einem trockenen Unterton, der verhinderte, dass sie süßlich klang.

»Deine Stimme klingt nach Lebenserfahrung«, seufzte Germán, während er sich die letzte Zigarette des Tages anzündete.

Tausend und eine Nacht lang hatte er versucht, sich vorzustellen, wie seine Freundin aus dem Radio wohl sein mochte, und jedes Mal war das Resultat ein anderes.

Du bist keine dreißig mehr, so viel steht fest, dachte er.

Ohne dass er es hätte begründen können, sah er sie mit dunkelblondem langem Haar, nicht sehr groß und mit Körbchengröße 85 B.

In seiner Fantasie lebte die Stimme der Señorita Leo im Zentrum von Barcelona. Sie war früh verwitwet und hatte zwei Kinder, die noch zur Schule gingen, vielleicht zu den Salesianern in die Salle Condal wie ihr Vater. Und obwohl sie eine Frau war, musste sie arbeiten, um die Familie zu ernähren.

»So stelle ich mir dich heute vor«, sagte er zu dem Rundfunkgerät und blies ein paar Rauchkringel an die Decke.

In diesem Moment wiederholte die Stimme Elisas Namen, und das Schicksal des Mädchen vertrieb die Moderatorin aus Germáns Gedanken.

»Tu es nicht, Kleines, tu es nicht … Warte noch ein bisschen. Weißt du nicht, dass in vierundzwanzig Stunden alles wieder ganz anders aussehen kann? Halte durch, Elisa,

nur ein paar Tage. Du hast nichts zu verlieren, Kleines. Warte! Dein ganzes Leben liegt doch noch vor dir …«
Es waren die letzten Worte, die der Handelsvertreter in die Anonymität der Nacht hineinmurmelte, bevor er einschlief, ohne zu wissen, ob das Mädchen ihn überhaupt noch hören konnte.

2

Wind der Freiheit

Sole drehte das Radio lauter.

Sie spülte gerade das Geschirr vom Abendessen ab, und die Stimme der Moderatorin war ihre einzige Gesellschaft. Der Brief dieses unglücklichen Mädchens war ihr zu Herzen gegangen, vielleicht weil es im selben Alter war wie Toño, ihr Großer. Sie wollte unbedingt hören, was man ihr in *Die Stunde der Señorita Leo* antwortete. Es war eine dermaßen traurige Geschichte!

Liebe Elisa,

dein Brief hat mich tief berührt.

Es ist sehr gut, dass du mir geschrieben hast, denn es gibt Zeiten im Leben, in denen unsere Kraft allein nicht ausreicht und wir die Unterstützung anderer Menschen brauchen.

Ich verstehe, was du über deine Lebensmüdigkeit sagst, denn die Erschöpfung ist nichts, was die Erwachsenen für sich gepachtet haben. Auch Kinder und Jugendliche fühlen sich manchmal von den Herausforderungen des Lebens überrannt, wie du zurzeit.

Deine Eltern und du selbst, ihr habt eine schwere Zeit durchgemacht seit dem Tod deines Bruders. Dieser Verlust, diese

Abwesenheit, wird euch für immer begleiten, aber du darfst dir deswegen nicht verbieten, glücklich zu sein.

Bitte, Elisa, überstürze nichts. Zum Ausruhen wirst du auch in siebzig Jahren noch Zeit haben, wenn du all das erlebt hast, was du noch erleben solltest, und das ist eine Menge.

Mag sein, dass du im Augenblick das Licht am Ende des Tunnels nicht sehen kannst, aber ich versichere dir, es existiert. Du hast bisher nur Traurigkeit und Verzweiflung kennengelernt, aber es warten neue Erfahrungen auf dich, eine berufliche Zukunft, um dich zu verwirklichen, und auch die Liebe, ja, ein junger Mann, der dir all die Zuneigung geben wird, die dir fehlt, und der dir helfen wird. Deine Wunden werden verheilen, und auch du wirst wieder glücklich sein.

Gib nicht auf, Elisa, hör nicht auf, nach vorn zu blicken. Es ist jetzt nicht die Zeit, Lebewohl zu sagen. Es ist die Zeit für dich, zu leben.

In Liebe
Virtudes Leo

Sole hatte noch nie Kind verloren. Sie besaß vier Schätzchen, die ihr manchmal Ärger und meistens viel Freude bereiteten. Ihr Ältester war Toño, ihr zweiter Sohn hieß Ramón und war dreizehn. Der dritte, Miguel, hatte gerade seinen zehnten Geburtstag gefeiert, und Esteban, der Kleinste, war sieben und der letzte Versuch gewesen, eine Tochter zu bekommen.

Danach hatte ihr Mann sie endlich in Ruhe gelassen.

Sie dankte Gott jeden Tag für ihre vier Kinder. Wenn sie die nicht gehabt hätte, wer weiß, ob sie an diesem Dienstagabend überhaupt noch da gewesen wäre.

»Das mit der Müdigkeit kann ich gut verstehen, Elisa, auch ich bin furchtbar müde. Aber meine vier Rangen sind mein Motor, die halten mich auf Trab«, sagte sie und nickte ein paar Mal, während sie die Pausenbrote für den nächsten Tag mit Butter bestrich.

Sole hatte vier Rosen und nur einen einzigen Dorn im Herzen, doch war der so groß, dass sie mit der Zeit daran verblutet war.

Seit zwanzig Jahren war sie mit Antonio verheiratet. Einen anderen Mann hatte es für sie nie gegeben. Schon mit siebzehn war sie seine Verlobte gewesen.

Kennengelernt hatten sie sich in der Schneiderei, in der sie beide arbeiteten, sie als Lehrmädchen und er als Laufbursche. Ihre Mutter meinte, sie hätte etwas Besseres verdient. Aber sie war hingerissen von seinem pomadisierten schwarzen Haar und seinem dandyhaften Gebaren. Nach zwei Jahren Verlobungszeit machte er ihr einen Heiratsantrag. Es war auf dem Jahrmarkt ihres Stadtviertels, Gracia. Sie hatten auf dem Platz getanzt, und er hatte das Orchester gebeten, ihn auf die Bühne zu lassen.

»Soledad, willst du mit mir alle Tänze deines Lebens tanzen?«

Noch nach all den Jahren konnte sie sich genau an den Augenblick erinnern, als sie mit einem einzigen Wort ihr Schicksal besiegelt hatte: »Ja.«

Die Hochzeit fand statt, als sie neunzehn war, und anfangs schwebte sie auf Wolke sieben. Ihr Ehemann wollte, dass sie nicht mehr für andere arbeitete, sondern nur noch für die Familie da war, die sie miteinander gründen würden.

Sie gab ihre Beschäftigung mit Freuden auf, denn genau das hatte ihre Mutter auch getan. Der erste Junge war höchst willkommen. Mit der zweiten Schwangerschaft fingen die Probleme an. Ihr Mann wollte unbedingt ein Mädchen, doch lag es nicht in ihrer Hand, ihm diesen Wunsch zu erfüllen.

Antonio verbitterte zusehends. Er begann zu trinken. Mit der Geburt des dritten Sohnes wurde es noch schlimmer. Er gab ihr die Schuld an allem, was ihm widerfuhr, ob er eine Autopanne hatte oder sein Fußballverein eine Niederlage erlitt. Er verlor seine Stelle in der Schneiderwerkstatt, weil er ständig unentschuldigt fehlte, und Sole dachte, das sei das Ende. Antonio beleidigte sie unentwegt, und auch wenn sie noch keine Tracht Prügel bezogen hatte, hatte er sie doch schon im Streit geohrfeigt.

Dann wurde sie zum vierten Mal schwanger, und ein Nachbar, der sich ihrer erbarmte, bot ihrem Mann Arbeit als Nachtwächter in einer Fabrik an.

Sole und ihre Söhne konnten erst einmal aufatmen.

Sie begegneten sich nur noch sonntags. Den Rest der Woche kreuzten sich ihre Wege kaum.

Der Frieden in ihrem Haus war so stabil wie Pappmaché, doch Sole begnügte sich schon lange mit sehr wenig.

»Mama, kann ich ein bisschen mit dir Radio hören?«, fragte ihr Ältester und streckte den Kopf zur Tür herein.

Sie lächelte. Toño sah genauso gut aus wie sein Vater als junger Mann. Er hatte dasselbe schwarze Haar, doch im Wesen ähnelte er ihm überhaupt nicht. Toño war ein sehr liebevoller Junge.

»Und die Kleinen?«

»Schlafen schon.«

Sole nickte, und der Junge schlüpfte in die Küche.

»Möchtest du einen warmen Kakao?«, fragte sie.

Fünf Minuten später saßen sie einander gegenüber am Küchentisch und tunkten Kekse in ihre Tassen. Mäuschenstill lauschten sie beide dem Lied, das in diesem Moment im Radio gespielt wurde:

Dicen los viejos que en este país
Hubo una guerra
Que hay dos Españas que guardan aún
El rencor de viejas deudas
Dicen los viejos que este país necesita
Palo largo y mano dura
Para evitar lo peor …

Die Alten sagen, in diesem Land
habe es einen Krieg gegeben,
und Spanien sei in zwei Teile gespalten,
die einander noch immer grollten.
Die Alten sagen, dieses Land
brauche einen langen Stock
und eine harte Hand,
um das Schlimmste zu verhindern …

Sole schaute ihren Sohn an, der aussah, als hätte er etwas auf dem Herzen. Er zauderte, und sie lächelte ihm ermunternd zu.

»Erinnerst du dich an den Krieg, Mama?«, fragte er schließlich leise.

Sie fühlte sich überrumpelt. Zu Hause sprachen sie nicht über Politik; sie und ihr Mann hatten nie Lust auf Scherereien gehabt. Offensichtlich hatte die Stimmung der letzten Wochen Eindruck bei ihrem Sohn hinterlassen.

»Ich war damals noch sehr klein, Toño«, seufzte sie. »Ich kam während des Krieges zur Welt, erinnere mich also an nichts … Die Großeltern erinnern sich, mögen es aber nicht, wenn man sie danach fragt. Weißt du, es gibt Dinge, an die man besser nicht rührt.«

Der Blick, mit dem ihr Sohn sie ansah, schien von weit her zu kommen.

Im Radio sang die Gruppe Jarcha weiter:

Pero yo sólo he visto gente
Que sufre y calla, dolor y miedo
Gente que sólo desea
Su pan, su hembra y la fiesta en paz
Libertad, libertad
Sin ira libertad
Guárdate tu miedo y tu ira
Porque hay libertad
Sin ira libertad
Y si no la hay sin duda la habrá

Aber ich habe nur Menschen gesehen,
die leiden und schweigen, Schmerz und Angst.
Menschen, die nichts wollen als
ihr Brot, ihr Weib und ihre Ruhe.
Freiheit, Freiheit ohne Zorn, Freiheit.
Vergiss deine Angst und deinen Zorn,
denn es gibt Freiheit ohne Zorn, und wenn es sie nicht gibt,
dann wird es sie zweifellos bald geben.

»Es wäre schön, wenn es das gäbe, Freiheit ohne Zorn«, sagte Sole, während sie sich die Lippen mit der Serviette abtupfte.

»Du bist also noch nie zu einer Wahl gegangen?«, fragte ihr Sohn.

»Nein, mein Schatz. Die letzten freien Wahlen fanden vor einundvierzig Jahren statt, und ich bin erst vierzig, auch wenn ich dir wahrscheinlich viel älter vorkomme«, erwiderte sie, um ihm ein Lächeln abzuringen.

»Es macht mich so wütend, dass ich noch keine einundzwanzig bin! Ich werde nicht wählen gehen können.«

Sie schaute ihn an und hatte das Gefühl, er sei schlagartig erwachsen geworden.

Wir leben in seltsamen Zeiten, die uns alle vorzeitig reifen lassen, sagte sie sich.

Sole hatte eine ruhige Kindheit gehabt. Über die harte Nachkriegszeit, an die sie sich kaum erinnerte, hatten die Älteren in ihrer Familie einen Mantel des Schweigens und des Vergessens gebreitet, der ihnen allen sehr nützlich gewesen war, um während der Franco-Diktatur zu überleben.

Mit Ordnung, Sicherheit, ein wenig Brot und Arbeit hatte die Regierung den Vätern und Onkeln, aber auch vielen Nachbarn und Freunden die Erinnerungen abgekauft.

Als Sole alt genug für eine eigene Meinung war, ersparte ihr die Liebe, diese auch zum Ausdruck bringen zu müssen. Antonio wusste über alles viel besser Bescheid als sie. Er erklärte ihr die Welt und enthob sie jeglicher Verantwortung, die über die vier Wände ihres Heims hinausgegangen wäre. Mit der Zeit hielten die eigenen Probleme sie davon ab, dem Geschehen auf der Straße oder in anderen Familien Aufmerksamkeit zu schenken.

Und so waren die Jahre verstrichen, bis sich im letzten November die Ereignisse überstürzten: Der Diktator Francisco Franco war gestorben. Die Dominosteine begannen zu fallen, und schließlich hatte der Übergangspräsident Adolfo Suárez für den vierundzwanzigsten Mai Wahlen angekündigt.

Zum ersten Mal in ihrem Leben musste Sole eine »politische« Entscheidung treffen, und das beunruhigte sie.

»Hast du dir schon überlegt, wen du wählen wirst, Mama?«, fragte Toño und sah sie forschend an.

»Von diesen Dingen verstehe ich nichts, ich werde deinen Vater fragen …«

»Mama! Keine faulen Ausreden. Jede Person hat eine Stimme«, begehrte ihr Sohn auf. »Wer gefällt dir am besten?«

Sie zuckte mit den Schultern. Dann stand sie auf, drehte ihrem Sohn den Rücken zu und fing an, mit irgendetwas zu hantieren. Sie wollte nicht, dass er ihre Unsicherheit bemerkte.

In den vergangenen Tagen hatten die verschiedenen Kandidaten Wahlkampf betrieben und sich, ob man wollte oder nicht, in das tägliche Leben aller gedrängt.

Mit einer gewissen Ergriffenheit entsann Sole sich jenes Morgens, an dem die ganze Straße plötzlich voller Plakate war. Es war acht Uhr, und sie musste die Kleinen zur Schule bringen. Vor ihrer Haustür lächelte ihr der amtierende Präsident unter dem Slogan »Die Männer, die Demokratie möglich machen« entgegen.

Die zwanzigjährige Tochter einer ihrer Nachbarinnen, die auch in diesem Moment aus dem Haus trat, sagte entrüstet:

»*Die Männer* machen die Demokratie, ganz recht! Auf seiner Liste stehen zweiunddreißig Männer und nur eine Frau! Nicht zu fassen!« Sie schüttelte den Kopf.

Sole hingegen erschien dieser Mann vertrauenswürdig. Bisher hatte er seine Sache gar nicht so schlecht gemacht. Außerdem mochte sie keine raschen Veränderungen. »Lieber den Spatz in der Hand als die Taube auf dem Dach«, pflegte ihre Mutter zu sagen. Und Sole fand, dass sie damit vollkommen recht hatte.

»Tja, es ist gar nicht so einfach, sich zu entscheiden …«, sagte sie jetzt und dachte an diesen anderen Kandidaten, diesen jungen, hübschen Mann, der für den PSOE antrat. Er war ziemlich moderat, und wenn er redete, schmolz man unweigerlich dahin. »Die Freiheit liegt in deiner Hand«, proklamierte er.

»Allerdings. Weißt du, wie viele Kandidaten es gibt?«, fragte ihr Sohn voller Begeisterung und redete weiter, ohne ihr Zeit für eine Antwort zu geben: »Über fünftausend!«

»Sag bloß!«

»Und der Kongress hat nur dreihundertfünfzig Sitze.«

Sole warf ihrem Sohn einen erstaunten Blick zu.

»Und woher weißt du das alles?«

»Das hat uns der Geschichtslehrer erzählt«, erwiderte Toño strahlend. »Und er hat auch gesagt, dass mehr als dreiundzwanzig Millionen Spanier wahlberechtigt sind.«

Sole war mächtig stolz. Dieser aufmerksame Schüler war ihr Sohn. Er würde der erste Martínez sein, der es auf die Universität schaffte. Würde er es zum Rechtsanwalt bringen? Zum Lehrer?

Im Radio war jetzt die Rede von der Kommunistischen Partei, und Toño horchte auf. Sie hörten eine Sondersendung anlässlich der bevorstehenden Wahlen.

Sole schaute ihren Sohn an und sah ihn zustimmend nicken. Das weckte ihren Argwohn. Dieser Felipe González mit seinem Lächeln und seinem weichen andalusischen Dialekt mochte ja noch angehen; oder ihretwegen auch Tierno Galván, der für die Sozialistische Volkspartei PSP antrat und aussah wie ein besonnener Professor. Ein ganz anderes Kaliber jedoch war dieser Santiago Carrillo, über den viele unschöne Geschichten im Umlauf waren.

War der Geschichtslehrer ihres Sohnes vielleicht einer dieser republikanischen Schulmeister, die unter Repressalien gelitten hatten und heute ihren Schülern Flöhe ins Ohr setzten?

»Endlich sind wir an der Reihe. Endlich sind wir es, die gefragt werden. Wir haben unsere Telefone freigeschaltet, damit sich alle, die uns an diesem Vorabend des Wahltages zuhören, äußern können. Dies ist ein historischer Augenblick, und wir möchten wissen, wie unsere Mitbürger ihn erleben«, erklang eine überschwängliche Stimme aus dem Äther.

Im Hintergrund begann ein Lied, das Sole sofort erkannte. Es wurde in den letzten Wochen unentwegt gespielt.

Habla, pueblo, habla. Tuyo es el mañana. Habla y no permitas que roben tu palabra. Habla, pueblo, habla. Habla sin temor, no dejes que nadie apague tu voz. Habla, pueblo, habla.
Este es el momento, no escuches a quien diga que guardes silencio. Habla, pueblo, habla. Habla, pueblo, sí. No dejes que nadie decida por ti.

Sprich, Volk, sprich. Dein ist die Zukunft. Sprich und lass nicht zu,
dass man dir deine Worte raubt. Sprich, Volk, sprich. Sprich frei heraus,
lass dir von niemandem den Mund verbieten. Sprich, Volk, sprich.
Dies ist der Moment, höre auf keinen, der dir sagt, du sollst schweigen. Sprich, Volk, sprich. Sprich, Volk, ja. Lass nicht zu, dass andere für dich entscheiden.

Man hörte ein Telefon klingeln, und der Moderator nahm den ersten Anruf entgegen.

»Arbeiter, die Kommunistische Partei ist eure Partei! Ihr Hausfrauen, ihr Werktätigen, ihr Bauern, ihr jungen Leute …«

»Verzeihung, aber das ist keine Sendung für Wahlwerbung. Wir möchten Gedanken austauschen«, unterbrach der Moderator.

Ungerührt fuhr der Mann in der Leitung fort:

»Lasst euch nicht beirren: Die Kommunisten wählen heißt, die Demokratie wählen. Dafür zu stimmen, dass wir alle gleich viel gelten, dass wir über die Straße gehen können, ohne darauf achten zu müssen, wer uns folgt, dass wir …«

Der Sender schnitt dem Stegreif-Wahlkämpfer das Wort ab und stellte einen anderen Anrufer durch.

»Guten Abend, mit wem spreche ich?«

»Mein Name ist Roberto Romanones de Ruiz. Geboren 1920 in einem Dorf bei Ourense, von dem noch nie jemand gehört hat.«

»Guten Abend, Don Roberto. Möchten Sie uns erzählen, wie Sie diese Stunden erleben?«

»Ich habe Angst, fürchterliche Angst. Das ist das Ende.«

»Wie bitte?«

»Haben Sie denn nicht gehört? Die schreien nach Rache! Die stürzen uns ins Chaos. Suárez ist ein Weichei, dass er die Kommunisten legalisiert hat!«

Sole fiel wieder ein, dass Santiago Carrillo ein paar Monate zuvor heimlich nach Spanien eingereist war. Er hatte seine Festnahme provoziert und damit Präsident Suárez praktisch gezwungen, sich zugunsten einer Legalisierung der Partei auszusprechen.

»Don Roberto, beruhigen Sie sich.«

»Wir haben einen Krieg geführt … Dafür etwa? Wir haben sie schon einmal vertrieben. Soll das Blutvergießen denn von vorne anfangen …?«

Wieder wurde die Sendung unterbrochen. Diesmal war es ein Werbespot für Sekt, der den aufgebrachten Hörer zum Verstummen brachte:

»Schwarz wie die Nacht, golden wie das Feuer. Cordón negro.«

Das Johannisfest stand vor der Tür. Und weder die ersten Wahlen noch sämtliche Politiker der Welt würden sie, Sole de Martínez, davon abhalten, ein weiteres Jahr ihre berühmte *coca* zu backen. Das versprach sie Toño, bevor sie ihn zu Bett schickte.

»Meine erste demokratische *coca*«, sagte sie zu sich selbst, als sie das Licht ausschaltete und mit einem Lächeln die Tür zur Küche schloss.

3

Der erste Schritt

Das ist ein sehr untypischer Mittwoch, dachte Aurora, die im Bus saß und durchs Fenster blickte. Sieht eher aus wie ein Sonntag.

Wie jeden Tag hatte sie sich in die hinterste Reihe nah ans Rückfenster gesetzt. Von ihrer Wohnung in San Gervasio bis zu ihrem Arbeitsplatz in der Calle Caspe war sie fast eine halbe Stunde unterwegs, die sie sinnvoll nutzen wollte. Im hinteren Winkel des Busses konnte sie sich weitgehend unsichtbar machen und sich auf ihre Papiere konzentrieren … Zumindest war ihr das bisher immer gelungen.

Für gewöhnlich betrat sie das Gebäude des Radiosenders gegen fünf Uhr nachmittags und verließ es um Mitternacht. Heute allerdings war alles anders. Sogar ihre Arbeitszeiten.

Es war elf Uhr morgens, und die Calle Balmes war ab der Plaza Molina völlig verstopft. Autos und Motorräder kamen nur langsam voran, stockend wie eine Prozession. Aber eine sehr fröhliche Prozession, sagte Aurora sich, als sie das Hupen der Autos und die Gesänge hörte, die aus den heruntergekurbelten Seitenfenstern drangen.

Auf der Höhe der Avenida Diagonal bremste der Bus plötzlich scharf. Hunderte von Menschen hatten die wichtigste Verkehrsader der Stadt blockiert. Jung und Alt, Hausfrauen und Universitätsprofessoren, Arbeiter und Künstler lagen einander in den Armen und sangen ausgelassen.

Aurora seufzte, wandte den Blick von der Straße ab und wieder dem Umschlag zu, den sie in den Händen hielt. Es war einer der Briefe, die von den Psychologen für die heutige Sendung ausgewählt worden waren, und sie hoffte, dass ihn niemand vermissen würde, denn Geschichten wie diese sollten nicht in der ganzen Stadt verbreitet werden. Zwar fühlte sie sich ein wenig schuldig, wurde jedoch gleich durch ein anderes Kuvert abgelenkt, das den blaurot gestreiften Rand eines Luftpostbriefes hatte.

Sie betrachtete die Briefmarken. Ein paar Kronen und das Wort *Sverige* ließen keinen Zweifel zu: Sie stammten aus Schweden. Vorsichtig riss sie die Briefmarken heraus.

Die hat Nicolás bestimmt noch nicht. Sie lächelte bei dem Gedanken, welche Freude sie ihrem Bruder machen würde, wenn sie ihm am Sonntag die Briefmarken gab.

Sie öffnete den Umschlag und verlor sich, wie immer, zwischen den schiefen Zeilen, die jemand mit bebender Hand geschrieben hatte.

Liebe Señorita Leo,

ich heiße Manolo Carretero Ruiz.

Nach dem Krieg bin ich, aus Gründen, die hier nichts zur Sache tun, aus Spanien ausgewandert und habe zwei verwaiste Neffen zurückgelassen, die Söhne meiner Schwester Catalina.

Ermutigt durch die Veränderungen, die in unserem Land vonstattengehen, wende ich mich nun an Sie. Von Ihrer Sendung habe ich durch Verwandte anderer Emigranten erfahren. Ich weiß nicht, ob Sie mir helfen können, aber mir bleiben nicht mehr viele Möglichkeiten. Ich möchte wissen, was aus meinen Neffen geworden ist. Mir geht es gut hier in Stockholm, und ich habe es zu etwas Geld gebracht. Obwohl ich einige Frauen hatte, habe ich doch nie eine eigene Familie gegründet.

Ich werde älter und würde gern mit meinen Neffen in Verbindung treten, um ihnen zu geben, was ihnen zusteht. Seinerzeit waren sie in der Obhut eines Klosters in Badajoz. An Sie wende ich mich mit der Bitte, mir zu helfen, die beiden zu finden …

Aurora hob den Blick von diesem kurzen Abriss eines Lebens, das der Brief zusammenfasste. Der Bus hatte wieder scharf gebremst. Der Fahrer, angesteckt von der allgemeinen Aufregung, fuhr schlechter denn je.

Sie schaute aus dem Fenster und sah eine lange Warteschlange vor einem der Wahllokale, mit denen die Stadt an diesem Tag über und über gesprenkelt war. Einige Leute hatten sehr ernste Mienen. Sie waren vornehm gekleidet und wirkten wie ihrem eigenen Hochzeitsfoto entstiegen. Andere dagegen sprangen lachend umher, in den Gesichtern die Spuren einer durchgefeierten Nacht.

Wohl wahr, Manolo, unser Land durchlebt einen Wandel. Aber wird es dabei bleiben?, fragte sich Aurora, während sie sich vorstellte, wie alle diese Bürger in wenigen Minuten einen Zettel in eine Urne werfen würden.

Die meisten von ihnen zum allerersten Mal. Vielleicht machen sie ein Foto, um es ihren Kindern zu zeigen, wenn sie welche haben, dachte sie ergriffen.

Aurora musste an ihre Eltern denken und wie viel sie dafür gegeben hätten, diesen Tag zu erleben. Seit sie am Morgen um sieben Uhr aufgestanden war, gingen ihr die beiden nicht aus dem Sinn. Deshalb hatte sie bereits um neun als eine der Ersten das Wahllokal betreten. Zu dem Umschlag mit dem Wahlzettel hatte sie ein Foto ihrer Eltern in ihre Handtasche gesteckt. Es war Auroras Lieblingsfoto: Sie waren alt, hielten sich an den Händen und lächelten sich an.

»Auf diese Weise gehen die beiden heute auch wählen«, hatte sie Paquito ernsthaft erklärt. Doch der hatte sie mit seinen ausdruckslosen runden Augen angeblickt und dann dasselbe gesagt wie immer:

»Wie geht's, wie steht's?«

Womit wieder einmal bestätigt war, wie wenig Gespür ihr Papagei für historische Momente hatte.

Zwei Minuten später war sie bereits in den nächsten Brief vertieft, in dem es um etwas völlig anderes ging:

Ich weiß nicht, was ich tun soll, Señorita Leo.

Er ist verheiratet, und ich bin eine anständige Frau. Seit zehn Jahren bin ich seine Sekretärin, und bis jetzt ist er mir nie zu nahe getreten.

Doch vor drei oder vier Monaten begann er plötzlich, mir Geschenke zu machen. Anfangs waren es nur Kleinigkeiten. An einem Montag fand ich eine Rose auf meinem Tisch. Von einer Geschäftsreise in die Schweiz brachte er mir eine Schachtel Pralinen mit. Und Schokolade ist mein Verhängnis! Mit der Begründung, wir hätten so viel Arbeit, hat er mich sogar zweimal zum Essen eingeladen. Und auch wenn nichts passiert ist, warum mussten wir in einem Separee speisen?

Ich hätte Verdacht schöpfen müssen, aber da in all den Jahren nie etwas passiert ist …

Seit zwei Wochen ist nun alles anders. Unter dem Vorwand, dass noch einige dringende Abrechnungen erledigt werden müssten, behielt er mich bis spätabends im Büro. Wir waren allein. Während ich Quittungen durchging, stellte er sich neben mich und legte mir wie aus Versehen die Hand in die Taille.

Sicher fragen Sie sich, was dann geschah? Ich will es Ihnen sagen: nichts. Weder er noch ich machten eine weitere Bewegung. Wir blieben einfach so stehen.

Das war alles, aber seit diesem Abend spüre ich seine Blicke. Und wir Frauen, Señorita Leo, verstehen eine Menge von Blicken und ihrer Bedeutung.

Aurora seufzte. Sie moderierte die Sendung nun schon seit zehn Jahren. Wie viele Briefe dieser Art mochte sie wohl schon gelesen haben?

»Ledige Sekretärinnen, verheiratete Chefs … Das hängt einem langsam zum Hals raus!«, seufzte sie unwirsch.

Solche Geschichten konnte sie nicht leiden; für gewöhnlich gingen sie nicht gut aus, denn so viele gute Ratschläge die Señorita Leo diesen jungen Dingern auch geben mochte, fürchtete sie doch, dass sie in den seltensten

Fällen beherzigt wurden. Ratschläge, die häufig die Zensur im Auge haben mussten, weshalb sie einen leicht ranzigen Beigeschmack hatten. Oft beruhten sie aber auch einfach auf gesundem Menschenverstand.

Die Mehrzahl der Briefe, die Aurora im Radio vorlas, handelten von Liebe und Trennungsschmerz, von Erinnerungen an erste und letzte Begegnungen, Untreue und Verbundenheit über den Tod hinaus. Geschrieben von eifersüchtigen Soldatenbräuten, die verzweifelt auf Post von ihren Liebsten warteten, die noch die Stellung in der Westsahara hielten, von schmachtenden jungen Mädchen, die von ihrem Märchenprinzen träumten, oder schüchternen Jungen, die sich nicht trauten, die Nachbarstochter oder die kleine Schwester ihres besten Freundes anzusprechen.

Anfangs fühlten sich manche Briefe an wie Salz in der alten Wunde, die sich durch ihr Herz zog. Sie glaubte, zwischen den Zeilen die junge, unbedarfte Aurora zu erkennen, verliebt bis über die Ohren und im Begriff, einen Schritt zu tun, den sie für den Rest ihres Leben bereuen würde.

Unterhaltsam fand sie dagegen die Geständnisse von Ehemännern mit sonderbaren Fantasien oder braven Hausfrauen, die ein Doppelleben führten, oder Leuten, die sich zu ihrem eigenen Geschlecht hingezogen fühlten und das nicht zuzugeben wagten.

Sie staunte über besorgte Mütter, deren Söhne außer Kontrolle geraten waren, oder über alte Freunde, die sich nach jahrelanger Trennung plötzlich wiederfinden wollten.

Wer hätte gedacht, dass ich, als ich damals meinen Abschluss in Philosophie und Literatur machte, einmal einen solchen Beruf haben würde, dachte Aurora, als der Bus in die Calle Pelayo einbog.

Dort, wo die Straße die Ramblas kreuzte, versperrten etliche Mannschaftswagen der Polizei den Weg. Im Bus wurde es mit einem Mal ganz still.

Der Fahrer fuhr langsam weiter und erkundigte sich über Funk, was los sei. Die Antwort kam zerstückelt, aber alle konnten sie hören. Rechtsradikale hatten kleinere Sprengstoffanschläge verübt. In mehreren Städten waren die Sicherheitskräfte damit beschäftigt, Bomben zu entschärfen.

So simpel ist es dann halt doch nicht, dachte Aurora und bekam Gänsehaut am ganzen Körper.

Nachdem sie ausgestiegen war, überquerte sie die Plaza Cataluña und bahnte sich einen Weg durch die Taubenschwärme, Touristen und Barceloner, die in alle Richtungen über den Platz eilten. Die aufgeregte Freude, die in der Luft lag, brachte ihre Gänsehaut zum Verschwinden.

Damit alle Angestellten zur Wahl gehen konnten, hatten die Arbeitgeber bezahlte Freistellungen gewährt. Natürlich hatten die Leute dieses Geschenk genutzt, um das ihnen neu zugestandene Wahlrecht auszuüben, aber auch für einen Kaffee oder einen kleinen Spaziergang in der Sonne.

Dieser Tag war wahrlich ein Grund zum Feiern, und als Aurora das Studio betrat, herrschte auch hier ausgelassene Stimmung.

Don Ramón, der Programmdirektor, erwartete sie mit einem Glas Champagner in der Hand.

»Aurorita, heute kannst du nicht ablehnen. Heute musst du mit mir anstoßen«, sagte er euphorisch und zwinkerte ihr zu.

Der verrutschte Schlips und die Ringe unter seinen Augen waren herzerweichend. Ihr Chef war ein ausgesprochen penibler Mensch und legte, obwohl verwitwet und ohne Partnerin, normalerweise großen Wert auf ein gepflegtes Äußeres.

Die letzte Nacht der Diktatur hat sich offenbar recht lang hingezogen, dachte Aurora belustigt.

Sie stellte sich Don Ramón im Studio vor, umgeben von anderen langgedienten Journalisten, die bis zur letzten Minute fürchteten, dass das Militär doch noch mit Panzern ausrücken und dem Traum von der Freiheit ein jähes Ende bereiten könnte. Bei Cognac und Zigaretten hatten sie die Nacht verstreichen lassen und den Fernschreiber nicht aus den Augen gelassen.

»Na schön. Heute lasse ich mich breitschlagen«, meinte sie lächelnd, entschlossen, am nächsten Morgen wieder ihren Thron der Unnahbarkeit zu besteigen, damit sich Don Ramón keinen falschen Hoffnungen hingab.

Sie gingen zu dem Studio, in dem Tag für Tag *Die Stunde der Señorita Leo* aufgezeichnet wurde.

Ihre Kollegen benahmen sich wie Teenager auf einer Party, die schon seit einer ganzen Weile in vollem Gange war. Der Jüngste von allen, Michael, Psychologe mit einer englischen Mutter, spielte den Barmann an einem zum

Tresen umfunktionierten Schreibtisch. Anita, Grafologin und Psychoanalytikerin, suchte Sender an verschiedenen Rundfunkgeräten.

Die Stimmen der Radiosprecher, die mal auf Kastilisch, mal auf Englisch aus den Geräten kamen, mischten sich mit den fröhlichen Gesängen des Tontechnikers Mario, eines normalerweise eher ernsten und wortkargen Mannes.

Heute ist ein Mittwoch, der sich nicht wie ein Mittwoch anfühlt, dachte Aurora wieder, während sie ihr Glas austrank, nachdem sie allen zugeprostet hatte.

»Liebe Leute, dies ist ein historischer Augenblick! Von jetzt an wird alles anders«, erklärte Don Ramón feierlich. »Alles außer dem nun folgenden Programm. Drei, zwei, eins …«

»Wir sind auf Sendung!«, schrie Mario.

In diesem Moment ging die rote Glühlampe des Aufnahmestudios an.

Professionelle Stille senkte sich über den kleinen Raum.

Ein Paar Lippen, perfekt konturiert, rot geschminkt, sinnlich, aber nicht zu üppig, näherten sich dem Mikrofon und wünschten am hellen Morgen einen guten Abend.

Auroras Lippen.

4

Verlorene Zeit

Der junge Tag überraschte Elisa beim Schreiben.

Zu dieser Stunde, die ihr allein gehörte, flüchtete sie sich zwischen die Seiten ihres Tagebuchs. Sie war allein mit ihren Gedanken und mit Leif Garrett, der ihr *If everybody had an ocean across the USA, then everybody'd be surfing like California* ins Ohr raunte, immer wieder von vorne, eingesperrt in ihren Kassettenrekorder.

Sie würde gern einmal nach Kalifornien reisen, dachte sie. Alle schienen dort glücklich zu sein, waren immerzu am Strand, surften, lagen in der Sonne oder tanzten, in der Hand eine eiskalte Coca-Cola. Alle waren schön, braungebrannt und hatten gute Laune.

Warum kann ich nicht auch so ein amerikanisches Mädchen sein und über Wellen und Probleme einfach hinwegsurfen?, fragte sie sich. Wie das Mädchen auf dem Werbeplakat, das von den Fassaden der Stadt auf sie herablächelte und ihr Schluck für Schluck Glückseligkeit verhieß, wenn sie sich zu einer Cola überreden ließ.

Sie las noch einmal die Worte, die sie drei Tage zuvor in ihr Tagebuch geschrieben hatte: »Noch nicht.«

Sie erschauderte und spürte einen leichten, kühlen Druck auf ihren Handgelenken. Vielleicht könnte sie ja tatsächlich noch einmal in ihrem Leben an einem kalifornischen Strand baden.

Nachdem sie Virtudes Leos Antwort im Radio gehört hatte, hatte sie sich entschieden, noch zu warten. Sie wusste zwar nicht genau, worauf – einen Fingerzeig des Schicksals vielleicht oder ein Erdbeben, das ihr Leben auf den Kopf stellen würde –, aber immerhin hatten die tröstliche Stimme und die Worte der Radiosprecherin eine Hoffnung in ihr geweckt, eine zarte, zerbrechliche zwar, aber letzten Endes doch die Hoffnung, dass etwas Schönes wahrhaftig geschehen könnte.

»Dazu habe ich immer noch Zeit …«, murmelte sie, streichelte ein in Folie gewickeltes Paket, das sie unter ihrem Kopfkissen versteckt hatte, und dachte an die Rasierklingen darin und ihre finsteren Ankündigungen.

Ein Wecker läutete das Ende des Waffenstillstandes im Reich der Schlaflosen ein. Weiter hinten im Flur öffnete sich eine Tür, und Elisa erkannte die Schritte ihres Vaters auf dem Weg zum Badezimmer. Eine halbe Minute später hörte sie das heiße Wasser durch die Leitung rauschen.

Sie wohnten im Stadtteil Ensanche in einer alten großen düsteren Wohnung, die sie von den Großeltern geerbt hatten. Das Gebäude war herrschaftlich, doch hatte der Zahn der Zeit sichtbar Spuren hinterlassen.

Ihre Mutter, die geräuschlos über den Fliesenboden glitt, musste bereits in der Küche sein, wo sie ihr kleines Orchester dirigierte. Der glühende Toaster, der Espressokocher auf dem Herd, der gleich losbrodeln würde, und der sperrangelweit offene Kühlschrank gehorchten ihr ohne Murren.

Sie verkroch sich unter der Decke, eine Tausendstelsekunde bevor der Kopf ihrer Mutter im Türrahmen erschien.

»Elisa, wach auf …«, sagte eine zärtliche, geduldige Stimme.

Elisa hielt die Luft an und regte sich nicht, obwohl sie wusste, dass Mütter einen sechsten Sinn dafür besaßen, ob ihre Kinder schliefen oder bloß so taten.

»Heute solltest du wirklich in die Schule gehen. Don Justo hat gestern schon ganz besorgt angerufen.« Ein Seufzer begleitete diesen letzten Satz. »Er hat Papa gefragt, warum du seit drei Tagen nicht in der Schule warst, ob du krank seist oder …«

Elisa rührte sich nicht. Sie wusste allerdings, dass dies eine sehr schwache Verteidigungsstrategie gegen eine so durchsetzungsstarke Mutter war wie die ihre.

Sie merkte, wie die Mutter sich auf der Bettkante niederließ. Eine ungeschickte Bewegung, und sie hatte ihr die Decke vom Gesicht gezogen.

»Warum versuchst du es nicht wenigstens? Gib dir noch mal einen Ruck, Elisa, um nicht das ganze Jahr zu verlieren. Du hast bald deine Prüfungen.« Liebevoll schaute ihre Mutter sie an. »Bist du deshalb so unruhig? Weil du Angst hast sitzenzubleiben?«

Elisa zuckte mit den Achseln.

Wenn ihre Mutter sie so wenig kannte, dass sie glaubte, die Prüfungen könnten ein Problem für ihre Tochter darstellen, lohnte es die Mühe nicht, ihr irgendetwas erklären zu wollen.

Elisa hatte immer gute Noten gehabt. Im Lernen fand sie Zuflucht. Sie hatte sich immerzu mit Büchern beschäftigt, all die vielen Stunden, die ihr durch die nichtvorhandenen Freunde blieben. Es gab kein Fach, das sie besonders interessiert hätte, aber auch keines, das ihr besondere Anstrengung abverlangt hätte.

Sie wusste, dass ihr Vater sie als Sekretärin oder Empfangsdame in seiner Firma unterbringen würde, sobald sie das Abitur hätte. Sie würde Maschineschreiben und Stenografie lernen, ihr Englisch perfektionieren, das sie sich mithilfe des Wörterbuchs und durch stundenlanges Musikhören selbst beigebracht hatte, und könnte so ein paar Jahre in der Gestoría Plaza verbringen, bis sie einen Mann zum Heiraten fand. Dann würde sie im Büro aufhören und sich ihrem Gatten und den Kindern widmen.

Das war es, was ihre Familie von ihr erwartete.

Sie selbst erwartete von sich weder das noch sonst irgendetwas.

Vielleicht hatte sie unbewusst beschlossen, diesen Zeitpunkt hinauszuzögern. Im vergangenen Jahr war sie, zum Erstaunen ihrer Lehrer und Eltern, im Juni plötzlich in mehreren Fächern durchgefallen. Sie war müde, sehr, sehr müde. Es war das erste Mal, das sie das Handtuch geworfen hatte.

Den Sommer über erhielt sie Nachhilfeunterricht, trotzdem schaffte sie im September keine einzige Prüfung.

Ihr ganzes Leben war sie zu den Nonnen auf die Lestonnac-Schule gegangen. Auch ihre Mutter hatte diese Schule besucht. Jetzt nutzte sie die Gelegenheit und flehte ihre Eltern an, die Schule wechseln zu dürfen.

Es gelang ihr, sie zu überzeugen, und so wiederholte sie das Schuljahr zwar, aber auf der Academia Almi in San Gervasio. Sie war auf dem Sprachlichen Zweig und hatte nur in einem Fach Schwierigkeiten: im Zeichnen.

Auf der Almi ist wirklich die Crème de la Crème versammelt: Sitzenbleiber, Nieten aus reichem Hause, die von anderen Schulen geflogen sind, und ein Zombie wie ich, dachte sie zynisch, als sie jetzt widerwillig den Schulflur entlangging. Ihren Eltern war das egal: Die Lehrer galten als streng, und die Resultate gaben ihnen recht. Vielen missratenen Schülern war in ihren Klassenzimmern der Kopf geradegerückt worden.

Es war Freitag, doch die meisten Mitschüler sahen so übernächtigt aus wie sonst nur nach dem Wochenende.

An der Tür des Klassenzimmers hing ein mit Klebestreifen befestigter Zettel. Jemand hatte darauf gekritzelt:

AM FREITAG NACH DER WAHL
SONDERVERANSTALTUNG IN DER GROSSEN AULA
FÜR SCHÜLER DER GYMNASIALEN OBERSTUFE
(VON 9 BIS 11)

Elisa schaute auf ihre Uhr, kurz bevor sie die Tür aufdrückte. Es war Viertel nach neun.

In der letzten Reihe erspähte sie einen freien Stuhl.

Sie setzte sich, bemüht, möglichst nicht aufzufallen, und richtete den Blick auf die Bühne.

Don Justo, Direktor der Akademie und ihr Geschichtslehrer, hielt ein Mikrofon in der Hand und schien zutiefst bewegt.

»Über siebzig Prozent! Wissen Sie eigentlich, meine Damen und Herren, was das bedeutet?«

Elisa fand seine Manie, die Schüler zu siezen, komisch. Don Justo war an die sechzig, trug immer eine weinrote Fliege und makellos gebügelte Hemden. Seine Brille hatte runde Gläser wie die von John Lennon, doch er war das Gegenteil von einem Rocksänger. Ein extrem ruhiger, höflicher und sogar in ihren Augen liebenswerter Mensch.

»Eine Zahl!«, brüllte jemand.

»Ein Prozentsatz, du Rindvieh!«, schrie jemand zurück.

»Eine Schätzung!«, präzisierte eine dritte Stimme.

Man hörte Gekicher unter den fast fünfzig Schülern und Schülerinnen, die zu dieser außerordentlichen Unterrichtsstunde erschienen waren.

»Eine Lektion in Demokratie«, erwiderte Don Justo, der sich nicht beirren ließ. »Letzten Mittwoch sind den ersten Hochrechnungen zufolge mehr als siebzig Prozent der Spanier zur Wahl gegangen.«

Elisa war überrascht. Sie war so in ihre eigenen Probleme vertieft gewesen, dass sie den Wahlen kaum Beachtung geschenkt hatte. Ihre Eltern waren Wähler der

Mitte. Sie wusste, dass sie sich freuten, weil Adolfo Suárez gewonnen und die absolute Mehrheit nur knapp verfehlt hatte. Ihr war das ziemlich gleich, im Bus hatte sie jedoch einen Jungen entrüstet zu einem anderen sagen hören:

»Dieselben Hunde mit anderen Halsbändern. Vergiss nicht, dass Suárez im blauen Hemd mit den Falangisten marschiert ist und schon in ganz jungen Jahren dem Generalsekretariat der Nationalen Bewegung angehört hat. König Juan Carlos hat ihn zum Präsidenten vorgeschlagen …«

Die Antwort klang ihr noch in den Ohren:

»Suárez ist schlau. Er weiß seine Karten auszuspielen. Er wird keinen Rückzieher machen.«

Eine Stunde später stellte der Direktor der Academia Almi in der Aula, wo kaum noch jemand die Augen offen halten konnte, ob der Unaufmerksamkeit seiner jungen Zuhörer leicht gereizt fest:

»Endlich hat sich, ein paar Spielverderbern zum Trotz, die Stimme des Volkes Gehör verschafft. Und wir haben eine taufrische Demokratie. Zwei junge Männer führen die Listen der Gewinner an: Präsident Suárez und, ihm dicht auf den Fersen, der Sozialist Felipe González.«

Anschließend erklärte Don Justo ihnen, Cataluña sei die einzige Region gewesen, in der die Linke mehr Stimmen erhalten habe als das Zentrum, wenn auch verteilt auf verschiedene Parteien. Und die beste Nachricht von allen war für ihn eindeutig:

»Die Rechtsextremen haben nicht eine einzige Stimme bekommen.«

»Endlich ändert sich hier was! Die sollen in ihre Höhlen zurückkriechen, da sind sie nämlich am besten aufgehoben«, raunte jemand hinter Elisa.

Unwillkürlich sah sie sich um.

Ein Junge mit wunderschönem dunklem Haar und einem grauen T-Shirt, auf dem über dem Bild eines Schlagzeugs *The Strand* stand, saß da und zeichnete. Er wirkte so konzentriert, dass er unmöglich eine Sekunde zuvor gesprochen haben konnte, aber sie war sicher, ihn gehört zu haben.

Dann fiel ihr Blick auf seine Zeichnungen.

Don Justos Vortrag, das Gelächter der Schulkameraden und ihre eigenen Gedanken rückten in den Hintergrund. Der Bleistift in der Hand dieses Jungen war wie ein Zauberstab und unaufhörlich in Bewegung.

Er ließ flammende Drachen entstehen, Ritter mit Schilden, galoppierende Pferde … Sie schienen in dieser schäbigen Aula zum Leben zu erwachen. Wie bekam man so etwas hin?

Im Bus auf der Heimfahrt rief sie sich mit geschlossenen Augen jedes Detail dieser Figuren in Erinnerung.

Wieder einmal bedauerte sie es, so schüchtern zu sein.

Als der Vortrag zu Ende gewesen war, hatte sie es nicht gewagt, den Jungen anzusprechen. Der hatte sein Skizzenbuch im Rucksack verstaut und ihr für den Bruchteil einer Sekunde zugelächelt, dann riefen von der Tür aus seine Freunde nach ihm.

Elisa war überzeugt, dass er sie längst vergessen hatte, als er eine Minute später den Korridor entlangrannte.

Doch sie hatte ihn nicht vergessen.

Noch abends im Bett, nachdem sie das Licht schon ausgemacht hatte, dachte sie an ihn.

»Wer bist du?«, seufzte sie, und ihr Herz tat einen kleinen, ungewohnten Sprung.

5

Überfall der Erinnerungen

»Ach, Paquito, wenn deine Füßchen nur zum Tanzen taugen würden ... Wie viel Spaß könnten wir da haben!«, rief Aurora, während sie um den Käfig ihres gleichmütigen Papageis herumtanzte.

Im zweiten Programm von Radio Nacional erklang *An der schönen blauen Donau* von Johann Strauss. Das allein war schon ein Grund für gute Laune. Von klassischer Musik konnte Aurora nie genug kriegen.

Zudem war Sonntag, und ihr Bruder Nicolás würde zum Essen kommen und den Nachmittag mit ihr verbringen. Aurora war in ihrem Elternhaus wohnen geblieben, das ihr nach dem Tod der beiden Alten oft recht verwaist erschien.

Auch ihr Bruder war Teil dieses Hauses, doch er hatte sich schon sehr jung selbständig gemacht und war nicht bereit gewesen zurückzukehren. Jeden zweiten Sonntag im Monat und die Geburtstage, das war das Äußerste, was sie ihm an Zeit abverlangen durfte.

Die Geschwister liebten einander sehr, aber das Leben hatte sie auf gänzlich verschiedene Wege geführt. Der von Nicolás ging manchmal so steil bergauf und bergab, dass es schwer war, ihm zu folgen.

Aurora hatte einen Eintopf nach dem Rezept der Großmutter vorbereitet. Nach dem Essen und der anschließenden Siesta würde sie Nicolás vorschlagen, zum Kino Atenas zu gehen und einen Blick aufs Programm zu werfen. Für gewöhnlich gab es dort nur Kinderfilme, doch Aurora störte das nicht im Geringsten. Sie fand es herrlich, zwischen begeisterten Familien in der Schlange zu stehen oder die Augen der Kleinsten leuchten zu sehen, wenn Tarzan und seine Schimpansin Chita auf der Leinwand zum Leben erwachten.

Ihrem Bruder hingegen ging das auf die Nerven. Wahrscheinlich schauen wir uns am Ende doch wieder einen Film im ABC an, sagte sie sich. Das war das andere Kino im Viertel, wo Filme für Erwachsene liefen.

Im Grunde war ihr alles recht. Das Kino und ihr Bruder waren ihre ganze Leidenschaft.

Aurora war sechs Jahre älter als Nicolás. Vom Tag seiner Geburt an lagen ihre Puppen in der Ecke. Sie rührte sie nie wieder an und widmete all ihre Liebe und Fürsorglichkeit nur noch diesem Baby, das mit seinem rosigen, kahlen Köpfchen aussah wie eine Putte.

Es war fast ein Uhr. Nicólas würde jeden Moment kommen. Zum Glück hatte sie schon alles gerichtet.

Während sie den Eintopf mit dem großen Holzlöffel abschmeckte, dachte sie daran, wie oft sie ihren kleinen Bruder in dieser Küche mit seinem Brei gefüttert hatte. Nicolás war immer ein schlechter Esser gewesen, und sie und ihre Mutter hatten alle möglichen Spielchen und Lieder erfunden, um ihn dazu zu bewegen, seinen Teller leerzuessen. Noch heute, da ihr Bruder auf die vierzig zuging, sorgte sie sich, dass er nicht genug essen könnte.

Alle vierzehn Tage wiederholte sich die gleiche Szene: Sie sagte, er sei dünner als beim letzten Mal, ob er denn auch genug esse, was er denn esse … Er protestierte. Sie bestand darauf, ihm den Teller ein zweites Mal zu füllen. Wieder erhob er Einspruch, aß aber dann doch alles auf. Zum Schluss kam sie noch mit einer Tasche voller Tupperdosen aus der Küche: »Damit ich sicher sein kann, dass du etwas Anständiges isst.«

Die leeren Tupperdosen bekam sie nie zurück, aber sie vertraute darauf, dass sie zumindest ihren Zweck erfüllt hatten.

Nicolás hatte nie geheiratet. Sie auch nicht.

Er hatte nie heiraten wollen. Sie schon, aber das schien schon zweitausend Jahre her zu sein.

Sie waren eine sehr kurzlebige Familie. Offenbar sind wir zum Aussterben verdammt, dachte Aurora wehmütig, als sie sich jetzt mit einem Glas Limonade ins Esszimmer setzte. Zum Glück würden ihre Eltern nie erfahren, dass Aurora Vázquez mit ihren vierundvierzig Jahren eine alte Jungfer geworden war. Ihre Mutter wäre vor Kummer gestorben, wenn sie gewusst hätte, dass sie keine Enkel haben würde. Und ihr Vater hätte ihr zum hundertsten Mal unter die Nase gerieben: »Ich habe dir gleich gesagt, dass der Kerl Dreck am Stecken hat und nichts Gutes dabei herauskommen kann.«

Francisco, das war der mit dem Dreck am Stecken.

Seinen Namen zu hören, zu lesen, auszusprechen … Wenn sie ihn nur dachte, fing sie immer noch an zu zittern.

Sie trank einen Schluck Limonade. »Sauer muss sie sein, wie das Leben«, pflegte ihr Bruder zu sagen.

Mit solchen Sachen kannte Nicolás sich aus. Er war es, der ihr Francisco vorgestellt hatte, und auch wenn sie es ihm nie zum Vorwurf gemacht hatte, konnte er es sich auch nach zwanzig Jahren nicht verzeihen.

Sie war damals vierundzwanzig gewesen, frischgebackene Hochschulabsolventin mit einem Diplom in Philosophie und Literatur in der Tasche und einem Kopf voller Träume. Sollte sie Gymnasiallehrerin werden? Oder in einem Verlag arbeiten? Damals schien ihr alles möglich. Sie hatte das Gefühl, die ganze Welt stehe ihr offen, musste aber bald feststellen, dass die Welt sie um ein Haar verschlungen hätte.

Fünf Jahre hatte sie an der Universität von Barcelona studiert.

Obwohl die Universität sich mitten in der Stadt befand, hatten ihre dicken Mauern Aurora von allem abgeschirmt, was draußen geschah.

»Dass die Enkelin eines verfemten republikanischen Lehrers ein Studium abschließt, ist ein Triumph, ein stiller zwar, aber ein Triumph«, hatte die Mutter gesagt, der noch immer das Bild ihres tot im Straßengraben liegenden Vaters vor Augen stand.

»Roter Kinderverderber« hatte auf dem Pappschild gestanden, das man neben ihm gefunden hatte. Damals war auch die Ideologie ihrer Familie auf der Strecke geblieben.

Aurora begann, Arbeit zu suchen, und fand die Liebe.

Ihr Bruder war ein sehr schlechter Schüler. Mit achtzehn Jahren war ihm klar, dass er nicht auf die Universität gehen würde, und so nahm er in einem Unternehmen am Hafen eine Stelle als Bürobote und Handlanger an. Das war für die Geschwister der Anfang vom Ende.

Nicolás geriet in schlechte Gesellschaft.

Zu der gehörte auch Francisco, ein fünfunddreißigjähriger Mann, sein Arbeitskollege und Zechkumpan. Obwohl der bald nicht mehr mitkam. Es war unmöglich, mit Nicolás bei seiner wilden Jagd in den Abgrund Schritt zu halten. Angefangen bei Tabak und Alkohol über Marihuana und andere Drogen bis hin zu illegalen Wetten und betrügerischem Glücksspiel.

Die Familie erfuhr von alldem erst, als es zwei Jahre später kein Zurück mehr gab.

Die letzte Station war das Heroin. Die Eltern hatten das Gott sei Dank nicht mehr erlebt. Sie waren vorher an Krankheit und Kummer gestorben. Es war die Zeit, in der auch ihr Verhängnis seinen Lauf zu nehmen begann.

Es hatte nichts mit Drogen oder gezinkten Karten, sondern mit falschen Liebesbriefen zu tun.

Francisco hatte keine Verwandten in der Stadt, und so brachte ihn Nicolás sonntags immer öfter zum Essen mit nach Hause.

Ihre gastfreundlichen Eltern nahmen ihn mit offenen Armen auf, ohne zu wissen, dass sie sich den Fuchs in den Hühnerstall holten. Es sollte eine ganze Weile dauern, bis sie es merkten.

Und bald schon tauschte Francisco die Gesellschaft von Nicolás gegen die seiner Schwester Aurora.

Die beiden Schläge der Uhr im Gang rissen Aurora aus ihren Gedanken.

Nicolás kommt immer zu spät. Da muss ich mich gar nicht so beeilen, sagte sie sich.

Damit ihr die Wartezeit nicht zu lang würde, beschloss sie, ein paar Fotos in ihr Album einzuordnen. Don Ramón hatte sie ihr gegeben. Sie stammten von der Wahlkampagne.

Eines zeigte ihren Chef, wie er Jordi Pujol die Hand schüttelte, dem wichtigsten Repräsentanten der katalanischen Nationalisten bei den letzten Wahlen. Der Enkel einer Bauernfamilie hatte es mit nur siebenundvierzig Jahren zu großem politischem Einfluss gebracht.

Aurora klebte das Bild neben das Foto, auf dem das gesamte Team der *Stunde der Señorita Leo* zusammen mit Antoni Gutiérrez zu sehen war, Guti, dem Kommunistenführer. Er war für den *Partit Socialista Unificat de Catalunya* angetreten, die Vereinigten Katalanischen Sozialisten, und hatte seit frühester Jugend immer wieder längere Zeit im Gefängnis gesessen. Dafür bewunderte sie ihn. Auf dem Foto wirkte er wie ein Mann, der viel durchgemacht hatte. Obwohl Aurora nicht zu seinen Anhängern gehörte, freute sie sich, dass er bei den letzten Wahlen einen Sitz ergattert hatte.

Was jetzt – schon drei Uhr?, dachte sie, während sie den Eintopf noch einmal aufwärmte.

Wo mochte ihr Bruder sein? Sie hatte bereits in seiner Wohnung angerufen, aber dort war, wie zu erwarten, niemand ans Telefon gegangen.

Nicolás wohnte mit zwei Frauen zusammen, Mutter und Tochter. Er war ein so hübscher Kerl, dass er bei Frauen immer noch punktete, auch wenn er durch seinen Drogenkonsum reichlich mitgenommen aussah. Sie fragte lieber nicht, welche der beiden seine Geliebte war, vielleicht waren sie es alle beide. Ihr Bruder zog es vor, ihr nichts zu erzählen.

Vielleicht hatte er wieder mal einen bewegten Samstag, dachte sie bekümmert.

Sie musste an die ersten Male denken, als das der Fall gewesen war.

Sie und Francisco hatten stundenlang die Straßen nach ihm abgesucht, ohne es ihren verzweifelten Eltern zu sagen.

Damals war Francisco noch ihr Freund, attraktiv, humorvoll und ledig. Noch versprach er ihr, sie zu heiraten, sobald er befördert würde und einen sicheren Posten hätte. Sie glaubte ihm und begrub ihre eigenen beruflichen Träume.

Sie fand eine Arbeit bei Radio Peninsular, weil die Empfangsdame in den Ruhestand getreten war. Und sie schickte sich an, weitere fünf Jahre das Leben anderer zu leben. Sie pflegte ihre Eltern, als sie krank wurden, und hielt ihre Hand, als sie starben. Sie passte auf Nicolás auf, so gut sie konnte und so weit er es zuließ.

Sie arbeitete für Franciscos Träume. Sie blieb an seiner Seite und ignorierte die Nachbarinnen, die sie warnten und ein spätes Mädchen nannten.

So wurde sie neunundzwanzig.

Und ihr Leben war zu Ende. Oder zumindest fühlte es sich für sie so an. Einzig ihre neue Arbeit beim Sender brachte ein wenig Licht in ihre Tage.

»Zu schade, Paquito, dass du keinen Eintopf magst!«, sagte sie zu dem Papagei, während sie mit einem Stück Brot den Rest von ihrem Teller tunkte.

Es war fast vier, und sie war sich sicher, dass Nicolás nicht mehr auftauchen würde. Allenfalls würde er in ein paar Tagen mit irgendeiner Entschuldigung anrufen und versprechen, sie am nächsten Sonntag zu besuchen. Sie würde sich die ganze Woche an dieses zweiminütige Telefongespräch klammern: Ihr Bruder, wo immer er sein mochte, war am Leben.

Der Papagei, der von solchen Sorgen nichts verstand, brach in ein aufgesetztes, schepperndes Gelächter aus.

»Paquito mag Salat. Paquito mag Salat.«

Verblüfft schaute sie ihn an. Manchmal fand sie ihn klüger als sich selbst.

»Dieses Tier ist sehr intelligent, da kann man sagen, was man will«, hatte Carmen gesagt, ihre Nachbarin und beste Freundin, als sie ihr den Papagei zum Geschenk machte.

Das war irgendwann im Februar. An Weihnachten hatte sie die Sache mit Francisco entdeckt. Als sie beim Radio anfing, hätte sie niemals damit gerechnet, dort ihre wahre Bestimmung zu finden.

Zuerst arbeitete sie am Empfang, aber dann wurde eine Sprecherin schwanger, die eines der meistgehörten Programme des Senders moderierte: *Die Stunde der Señorita Leo*. Man versuchte es mit zwei Vertreterinnen der altbewährten Kollegin, fand jedoch keinen geeigneten Ersatz für die Stimme der Señorita Leo.

Don Ramón, der Programmdirektor, sagte jedes Mal, wenn sie ihm einen Anruf durchstellte, was für eine schöne Stimme sie habe. »Sanft, doch mit einem trockenen Unterton, der dafür sorgt, dass sie nicht süßlich klingt, wie Señorita Leo. Manchmal verwechsele ich euch sogar!«, versicherte er ihr. Und so machten sie Probeaufnahmen mit ihr, Aurora, der Empfangsdame. Und nach zwei Stunden verließ sie, zur Verblüffung der gesamten Belegschaft, ihren Arbeitsplatz in der Eingangshalle des Gebäudes, um in die zweite Etage umzuziehen.

So kam es, dass sie die neue Virtudes Leo wurde.

Obgleich es nicht gerade die Erfüllung ihrer Träume bedeutete, war sie über diese Veränderung glücklich, nur dass sie dieses Glück mit niemandem teilen durfte, nicht einmal mit ihrem Freund.

»Es gehört zum Reiz der Sendung«, schärfte Don Ramón ihr ein. »Vergiss nicht, dass die Leute glauben, Virtudes Leo gebe es wirklich. Sie sehen in der Señorita Leo so was wie ein glamouröses Familienmitglied. Was würden sie wohl sagen, wenn sie wüssten, dass wir hier in Wahrheit zu fünft sind.«

Das Leben meinte es gut mit ihr. Sie hatte einen Freund, der den Boden küsste, über den sie ging, auch wenn er offenbar eine Abneigung gegen das Heiraten hatte, und sie erntete Anerkennung für ihre Arbeit. Sie war die Señorita Leo, die alle Zuhörer liebten und schätzten

In den letzten Jahren hatte Aurora sich oft gefragt, ob sie die Stelle abgelehnt hätte, wenn sie gewusst hätte, was ihr bevorstand.

Eines Tages bekam Señorita Leo einen Brief.

Er kam aus einem kleinen Dorf in den Pyrenäen. Eine Hausfrau und Mutter von drei Kindern beklagte sich darüber, dass ihr Mann nie zu Hause war. Er war kurz nach der Hochzeit nach Barcelona gegangen, um Arbeit zu suchen, und hatte ihr versprochen, sie nachzuholen, sobald er ein festes Einkommen hätte. Doch die Jahre gingen ins Land, die Kinder kamen auf die Welt, und nie fand er den rechten Moment, um sein Versprechen wahrzumachen. Die arme Frau klagte der Señorita Leo in ihrem Brief ihr Leid.

Ihr Mann sei aufmerksam, liebevoll und ein vorbildlicher Vater, aber fast nur am Telefon oder in Briefen vorhanden. Seine Arbeit nehme ihn jeden Tag von morgens bis abends in Anspruch und sei trotzdem so schlecht bezahlt, dass er ihnen nicht einmal eine Busfahrkarte spendieren könne.

Das Redaktionsteam war gerührt von dieser Geschichte. Das Weihnachtsfest stand vor der Tür. Sie stellten sich den jungen Vater vor, wie er bis spät in die Nacht schuftete und jede Pesete zur Seite legte, und beschlossen, ihm eine Überraschung zu bereiten.

Die Familie nahm den Bus nach Barcelona.

Eine Abordnung des Senders holte sie dort am Busbahnhof ab.

Aurora war auch dabei, nachdem sie Don Ramón hundertmal hatte schwören müssen, sich im Hintergrund zu halten. Sie durften nicht riskieren, dass jemand ihre Stimme erkannte und ihnen auf die Schliche kam.

Sie fand die ganze Familie bezaubernd, einschließlich der Frau. Die drei Kinder hatten rosige Wangen und alle die gleichen Schals um den Hals, die zweifellos von ihrer Mutter gestrickt worden waren. Diese trug einen nagelneuen Mantel, und man sah schon von weitem, dass sie extra beim Friseur gewesen war.

Aurora betrachtete ihre roten, rissigen Landfrauenhände und war seltsam gerührt. Sie schwieg, wie man es ihr geraten hatte, doch sie lächelte unentwegt und voller Vorfreude.

Alle waren sehr aufgeregt.

Für die Familie war U-Bahnfahren das reinste Abenteuer. Die Straßen waren weihnachtlich erleuchtet, die Schaufenster der Geschäfte schöner dekoriert denn je.

Aurora fühlte sich wie ein Page des Königs Balthasar.

In der Cafeteria neben dem Rundfunkgebäude tranken Don Ramón, Michael und Anita Kaffee mit einem Mann, der in wenigen Minuten der glücklichste Mann auf Erden sein würde. Sie hatten ihn unter dem Vorwand einbestellt, ihm einen Präsentkorb überreichen zu wollen, weil er aus einer angeblichen Weihnachtsverlosung der Gelben Seiten als Gewinner hervorgegangen sei. Alle waren überzeugt, dass seine Überraschung immens sein würde.

Doch überrascht waren sie am Ende alle.

Aurora betrat das Café als Letzte, an der Hand das Kleinste der Kinder. Direkt vor ihr ging der Älteste, und zwei Schritte vor diesem die Mutter mit dem mittleren Sohn, der pausenlos auf die Radioleute einschwatzte.

Ihr Blick suchte nach ihren Kollegen, doch dann stockte sie mit einem Mal, und ihr Herz setzte für einen Moment aus.

Die Kinder rannten los und stürzten sich auf einen Mann, der ihnen mit tellergroßen Augen entgegenstarrte, als wollte er nicht glauben, was er sah. Die beiden Leben, für deren strikte Trennung er so umsichtig gesorgt hatte, trafen mit einem Schlag aufeinander und überlappten sich.

»Arturo!«, rief die Frau in ihrem neuen Mantel beglückt aus.

»Francisco …«, flüsterte Aurora fassungslos.

Fünf Sekunden später begann die Welt, sich rasend schnell zu drehen. Arturo, Francisco, Arturo, Francisco … Nicht einmal von seinem zweiten Namen hatte sie gewusst!

Ihr wurde schwarz vor den Augen.

Die Narbe an ihrer rechten Schläfe erinnerte sie noch nach fünfzehn Jahren daran, dass sie genau in diesem Moment besinnungslos zusammengebrochen war.

Der Sonntagnachmittag lastete schwer auf Aurora.

Die Türklingel riss sie aus einem leichten Schlummer.

»Carmen! Komm doch rein«, rief sie erfreut über den Besuch ihrer Freundin.

»Ist Nicolás noch da? Oder ist er schon weg?«, fragte Carmen, erkannte aber an Auroras traurigem Blick, dass weder das eine noch das andere zutraf. »Tja, was soll ich dazu sagen. Mir ist es, offen gestanden, ganz recht, dass er nicht da ist.«

»Wie geht's, wie steht's, wie geht's, wie steht's, wie geht's, wie steht's …«, krakeelte der Papagei im Hintergrund.

»Hallo, Paquito, du alter Unglücksrabe, du nichtsnutziger Vogel«, rief Carmen lachend zurück, bevor sie sich an ihre Freundin wandte. »Komm, Aurora, mach dich hübsch, und lass uns ins Kino gehen. Mencita bleibt bei meinen Eltern, und so habe ich heute Nachmittag frei. Im ABC setzen sie den Spaghettiwesternzyklus fort, und heute läuft einer, den ich nicht verpassen will.«

Aurora legte Rot auf die Lippen auf und schnappte sich ihre Handtasche.

Die Eltern ihrer Freundin, die verwitwet war und ihre zehnjährige Tochter allein großzog, hatten ihnen beiden ein unverhofftes Geschenk gemacht.

Sie schloss die Wohnungstür.

Drinnen, im Dunkeln, blieben die bösen Vorahnungen, die sie wegen ihres Bruders hatte, zurück, ebenso wie Franciscos ungeheuerlicher Betrug, die zerschmetterten Träume, der Tod ihrer Eltern …

Am Ende wird dieser Sonntag doch noch ein guter Tag werden, sagte sie sich, während sie Arm in Arm mit ihrer Freundin die Calle Balmes entlang zum Kino ging.

6

Strippen ziehen

»Bist du sicher?«

»Ganz sicher, Germán.«

»Nun ja, es wird eine Weile dauern, bis ich wieder vorbeikomme, weißt du?«

»Ich werde auf dich warten.«

»Sag mal, so störrisch habe ich dich ja noch nie erlebt! Du hast doch nicht etwa einen anderen?«

»Wie kommst du denn darauf?«

»Ich weiß nicht … Aber denk daran: Keiner wird dich je so verwöhnen wie ich«, sagte Germán mit flatternden Lidern und einem schelmischen Grinsen.

»Nach all den Jahren? Wofür hältst du mich?«, erwiderte sie beleidigt. »Du müsstest mich eigentlich besser kennen. Oder verwechselst du mich womöglich mit einer anderen?«

Er zuckte mit den Schultern und griff nach seinem Koffer. Diesmal war er bei ihr nicht so viel losgeworden wie erwartet.

»Du hast doch sowieso an jedem Finger zehn!«, setzte sie noch hinzu, bevor sie ihm den Rücken zuwandte und sich wieder ihrem Laden widmete.

Er spielte den Gekränkten, allerdings mit einem Schmunzeln.

Maruja war eine seiner besten Kundinnen. Wenn er hartnäckig blieb, gelang es ihm für gewöhnlich, ihr vier oder fünf Teile mehr aufzudrücken, und zwar von den teuersten.

Zu dieser Jahreszeit, kurz vor dem Sommer, besuchte er sie immer, um die Bestellungen vor den Ferien unter Dach und Fach zu haben.

Wieder auf der Straße, ließ Germán lächelnd den Tag Revue passieren. »Heute ist es nicht schlecht gelaufen. Ich habe fünf Wäschegeschäfte besucht und alle mit einträglichen Bestellungen verlassen. Noch ein Laden, und dann sollte es für heute genug sein. Auf geht's!«, ermunterte er sich, während er ins Auto stieg und den Motor anließ.

Nach einem kurzen Blick in den Rückspiegel steuerte er vorsichtig aus der Parklücke heraus. Eine Hupe warnte ihn, damit besser noch zu warten. Aufgebracht kurbelte er das Fenster herunter.

Er steckte sich eine Ducados an. Der Geruch von Tabak beruhigte ihn. Er erinnerte ihn an seinen Vater, einen Mann, den er kaum gekannt hatte, weil er kurz nach Kriegsende gestorben war: Eine Handgranate an der Ebro-Front hatte ihn schwer verwundet. Nach und nach war Germán die Erinnerung an seine Stimme abhandengekommen, an seine Art zu sprechen, sogar an seine Haarfarbe …, aber seinen Geruch nach schwarzem Tabak, den hatte er nie vergessen.

Germán hatte es nicht so mit der Nostalgie. Er räusperte sich.

Während er, so schnell es der Verkehr und die Stadtpolizei erlaubten, die Calle Muntaner hinunterfuhr, schaltete er das Radio ein.

»Verflucht noch mal! Du schon wieder? Das ist das fünfte Mal in zwei Tagen!«, blaffte er wütend das Radio an.

Miguel Bosé, ein junger Schlagersänger und Sohn eines Toreros und einer italienischen Schauspielerin, sang mit mädchenhafter Stimme:

Linda, agua de la fuente. Linda, dulce e inocente.
Ahora que te abrazo pienso en otra. Linda, corazón de seda.
Linda, antes que suceda, antes de tenerme dentro, escucha:
Linda, te voy a ser sincero, no estoy pensando en ti y no,
no quiero lastimarte, robarte tu primera vez pensando en otra.

Linda, stille Quelle. Linda, süß und unschuldig.
Jetzt, da ich dich in meinen Armen halte, denke ich an eine andere.
Linda, Herz aus Seide. Linda, ehe es geschieht, ehe du mich aufnimmst, hör zu:
Linda, ich werde ehrlich sein, ich denke nicht an dich,
ich möchte dir nicht wehtun und dir dein erstes Mal stehlen,
während ich an eine andere denke.

»Was für ein Idiot!«, schimpfte Germán, ohne recht zu wissen, warum ihn das Lied so wütend machte.

Er selbst hatte nicht viele Freundinnen gehabt. Offiziell nur zwei. Gelegentlich war er auch mit Frauen zusammen gewesen, denen es gar nicht ums Heiraten ging. Und so waren die Jahre dahingegangen. Jetzt war er Ende dreißig, und sogar seine Mutter meinte inzwischen, bei ihm seien Hopfen und Malz verloren.

»Aber trotz allem bete ich weiter zum heiligen Antonius, dass er ein anständiges Mädchen aus einer guter Familie für dich findet, das dich aufrichtig liebt. Du wärst so ein guter Ehemann, mein Sohn, ganz wie dein Vater«, sagte die Mutter, um sich zu trösten und ihn zu ermuntern, endlich vor den Altar zu treten.

Germán hatte eine Schwester, die auch im Dorf wohnte und ihr drei Enkel »wie drei Sonnen« geschenkt hatte. Dennoch würde seine Mutter keine Ruhe geben, bis auch er im Hafen der Ehe wäre und zu ihr zurück ins Dorf käme. Aber da konnte sie lange warten. Kleines Dorf, große Hölle.

Er schüttelte unwillig den Kopf, während er weiter dem Lied aus dem Radio lauschte. Auf ihn hatte keine seiner Frauen so viel Eindruck gemacht. Er spürte einen Stich der Eifersucht, die er mit dem letzten Zug seiner Zigarette wegblies. Was wusste dieses Jüngelchen mit seiner hohen Stimme schon von der Liebe – der sang doch bloß die Texte und Erinnerungen eines anderen nach, der sie für ihn geschrieben hatte.

Germán seufzte tief.

Auch wenn er es seiner Mutter gegenüber niemals zugegeben hätte, war Germán ein Romantiker und glaubte, irgendwo auf der Welt müsse es die eine Frau für ihn geben. Eine Frau, die in diesem Moment auf einer Parkbank einen Roman von Corín Tellado las, einen Kurs in

Maschineschreiben belegt hatte oder, warum nicht?, vor einem Rundfunkmikrofon saß.

Dieser Gedanke zog sogleich einen weiteren nach sich.

Wenn ich hier fertig bin, werde ich mir einen Cognac genehmigen. Den habe ich mir redlich verdient. Ich werde in das Café des Rundfunksenders gehen und vielleicht erfahren, wie das Gesicht der Stimme aussieht, an die ich mein Herz verloren habe, überlegte er, als er jetzt vor dem Schaufenster des Wäscheladens stand, der die letzte Station des Tages sein würde.

Wäsche & Posamenten Santa Ana, mitten im Stadtteil Puerta del Ángel gelegen, war seit jeher eines seiner Lieblingsgeschäfte.

»Was du da nicht findest, das gibt es nirgendwo«, erklärte er seiner Mutter immer. Kurz vor Ausbruch des Bürgerkrieges gegründet, hatte der Laden die schlimmsten Bombardierungen und die langen Jahre der Diktatur unbeschadet überstanden. Und jetzt, während das Land sich auf unsicheren Beinen in Richtung Demokratie bewegte, verkaufte man in dem zweigeschossigen Gebäude wie eh und je Garne zum Nähen und Stricken in tausend Variationen, Reißverschlüsse, Häkchen und Ösen …

Der Traum jeder Hausfrau und Schneiderin, dachte Germán, als er, gerüstet mit einem Musterkoffer voller Seidenstrümpfe, die Tür aufstieß.

»Einen *carajillo*, Kleiner!« Germán saß im Café des Radiosenders. Ein Espresso mit Schuss war jetzt genau das Richtige.

Der Junge, dem gerade der erste Flaum auf den Wangen spross, beeilte sich, dem Wunsch des neuen Gastes nachzukommen.

Einer seiner älteren Kollegen unterhielt sich, die Ellenbogen auf den Tresen gestützt, mit einem Stammgast. Unversehens sah sich Germán in ein Gespräch verwickelt, das ihn überhaupt nicht interessierte.

»Wo soll das noch hinführen?«, gestikulierte der Kellner aufgebracht. »Heutzutage bildet sich jeder ein, Anspruch auf alles erheben zu können. Einschließlich dieser Hungerleider, die noch nie einen Finger krumm gemacht haben …«

»Da zahlt man sein Leben lang Steuern und spart und spart und hat die Hypothek am Hals, bloß um am Ende vier Quadratmeter zu haben, auf denen man dann tot umfallen darf«, schimpfte ein anderer Gast, der auch an der Theke stand, »und dann kommen die und reißen sich, schwupp!, deine Wohnung unter den Nagel.«

»Ich sage dir, das wird das reine Chaos«, fiel ihm der Kellner aufgebracht ins Wort. »Und Sie, wie sehen Sie das?«

Germán zuckte mit den Schultern. Er hatte die Zeitung in den Händen und wollte nicht gestört werden.

»Ja, was meinen Sie dazu? Wir hören uns auch gerne andere Meinungen an, damit das klar ist!«, sagte der andere Mann.

Erfolglos versuchte Germán, sich herauszuwinden:

»Ehrlich gesagt weiß ich gar nicht, worum es geht.«

»Um die Entführung dieses Busses vor ein paar Tagen!«, klärte ihn der Kellner auf. »Bestimmt haben Sie davon gehört.«

Germán erinnerte sich vage, etwas in den Radionachrichten aufgeschnappt zu haben. In einem Vorstadtbezirk hatten hundert Personen einen Bus gekapert und waren damit zum Rathaus gefahren, um die Wohnungen einzufordern, die man ihnen zugesagt hatte. Sie hausten in Blechhütten und Bretterverschlägen.

»Zum Glück haben die Ordnungskräfte richtig reagiert«, schnaubte der Gast. »Mit eingezogenen Schwänzen und demselben Bus haben sie sich wieder in ihr Viertel verzogen.«

Germán fand es großartig, dass die Leute reklamierten, was man ihnen versprochen hatte. Nur ein Rädchen, das quietscht, wird geschmiert, das hatte er schon in frühester Jugend gelernt. Doch er beschloss, alles zu vermeiden, was ihn von seinen wichtigsten Vorhaben abbrachte: einen Blick in die Zeitung zu werfen und das Schicksal herauszufordern und darauf zu hoffen, dass Señorita Leo in der Cafeteria vorbeischauen würde. Gleichgültig gab er den beiden Diskutierenden recht und senkte den Kopf über den Lokalteil, wo er gleich über mehrere Tote stolperte.

Die erste Titelzeile der Seite lautete:

LEICHE EINES MANNES AN DER
KÜSTE VON MASNOU GEFUNDEN

Gestern fanden Fischer einen Toten, der inzwischen als Pedro Luis Oliva Selva identifiziert werden konnte. Der Dreißigjährige war vor ein paar Tagen verschwunden, nachdem er in Premiá ins Wasser gesprungen war, um ein junges Paar zu retten, dessen Boot gekentert war.

Das nenne ich Pech. Der armer Teufel!, dachte Germán. Er selbst war eine Landratte, und das Meer flößte ihm großen Respekt ein.

Auf derselben Seite befand sich ein weiterer kurzer Artikel, der seine Aufmerksamkeit erregte. Die Überschrift ähnelte der vorigen, doch wie sich im Text zeigte, hatten die beiden Toten weiter nichts gemeinsam:

LEICHENFUND AUF EINER BAUSTELLE

Der Tote war ein vorbestrafter Kleinkrimineller. Er wurde in der Calle Francisco Aranda 75 auf einigen Eisenstangen und einem Elektrokabel liegend aufgefunden, und es wird vermutet, dass er bei einem Einbruchsversuch abgestürzt ist.

Germán trank einen Schluck von seinem *carajillo*.

»Ein Held und ein Dieb, verbunden durch das gleiche Los, das Leben ist nicht gerecht«, murmelte er kopfschüttelnd, während er weiterblätterte und immer aufblickte, wenn ein neuer Gast das Café betrat.

Inzwischen war es acht Uhr geworden.

Zwei *carajillos* und zwei Zeitungen später gab Germán die Hoffnung auf, dass die Stimme seiner Träume an diesem Abend noch auftauchen würde. Wäre ja auch ein Riesenzufall gewesen, dachte er, während er seinen Geldbeutel zog und zahlte.

An diesem Nachmittag hatte er plötzlich mit der Möglichkeit geliebäugelt, dass Señorita Leo, in einem engen Rock und mit hohen Schuhen, plötzlich in der Tür des Cafés stehen könnte. Sie hätte sich neben ihn an die Theke gestellt. Der Kellner hätte sie mit Namen angesprochen.

Und dann hätte ich, ich hätte dann …, sagte sich Germán eine Weile später immer noch, nachdem er schon längst das Café verlassen hatte und die Hoffnung, der wunderbaren Señorita Leo zu begegnen, sich zumindest für dieses Mal zerstreut hatte.

Das Ende des Satzes blieb in der Luft hängen, direkt neben dem Stück Tortilla, das er auf seiner Gabel aufgespießt hatte.

Etwas Elektrisierendes, kaum Fassbares und zutiefst Maskulines hing über der Hunderennbahn von Meridiana.

Mit hoher Geschwindigkeit hatte ein schlanker Galgo, der seinen griechischen Ahnen alle Ehre machte, die letzte Kurve genommen und war nun auf der Zielgeraden, immer hinter einem Fellfetzen her, der nach Hase roch. Sieben weitere Hunde waren ihm auf den Fersen, verzweifelt, weil sie wussten, dass sie an diesem Abend nichts zu fressen bekommen und nicht als Sieger schlafen gehen würden.

Das Publikum heulte auf. Teils vor Freude, teils vor Enttäuschung. Zu den Letzteren gehörte Germán, der wieder einmal mit ein paar Duros weniger in seine Pension zurückkehren würde, jedoch mit einem starken Zugehörigkeitsgefühl zu diesem aus Menschen und Tieren bestehenden Stamm von Verlierern. Das war wohl auch der Grund, weshalb er sich oft zum Abendessen und Wetten auf der Rennbahn einfand – zusammen mit den anderen Männern, die im Lauf der Jahre fast zu Bekannten geworden waren. Er setzte, und es war ihm gleichgültig, ob er gewann oder verlor. Und trotz zahlreicher Architekturpreise und Lobeshymnen in der Presse konnte das Gebäude die Tristesse nicht verbergen, von der das Leben der meisten seiner Besucher überschattet war.

Siebenhundert Spanische Windhunde lebten dort, um wie irre hinter einem Kaninchen herzuhetzen und damit gut tausend Männer zu unterhalten, die genauso irre hinter dem Geld herhetzten. Beute machten weder die einen noch die anderen.

Doch während er jetzt auf der Suche nach einem Taxi durch das Congreso-Viertel ging, hatte Germán trotz allem das Gefühl, die anderen seien größere Verlierer als er.

»Ich bin der einäugige König im Reich der Blinden«, murmelte er mit einem schiefen Lächeln.

Und tatsächlich hatte er etwas, das ihn von den anderen unterschied.

Es war eine Stimme, die in seiner bescheidenen Pension auf ihn wartete, eine Stimme, die jeden Abend pünktlich zur Stelle war, um ihn vor sich selbst und der Einsamkeit zu bewahren, die ihm auf Schritt und Tritt folgte.

7

Ausschuss

Aurora stand kopfschüttelnd vor dem Sack voller Briefe, die sie hatte retten können.

Dies alles erschien ihr wie ein riesiger Betrug, »eine gigantische Ungerechtigkeit und eine Frechheit unseren Hörern gegenüber«, hatte sie voller Zorn zu Don Ramón gesagt. Und nachdem es diesem nicht gelungen war, seine aufgebrachte Moderatorin zu beruhigen – was auch immer für Argumente er vorbringen mochte –, hatte er sie mit all den Briefen schlicht und ergreifend stehenlassen.

»Die sind längst vermodert, Aurora, allesamt Kadaver, riechst du es nicht?«, hatte er noch gesagt, ehe er durch die Tür verschwand, und provozierend hinzugefügt: »Wenn du es mit Mund-zu-Mund-Beatmung versuchen willst, nur zu. Ich werde dich nicht daran hindern, damit du siehst, dass ich kein Unmensch bin.«

Aurora präsentierte die Sendung *Die Stunde der Señorita Leo* nun schon seit über fünfzehn Jahren, und nie hatte sie sich gefragt, wie viele Briefe »Señorita Leo« eigentlich wirklich erhielt. Hätte sie sich erkundigt, hätte sie erfahren, dass es jede Woche Hunderte von Briefen waren. Wenn sie dann gerechnet hätte – sechs Briefe pro

Sendung, eine Sendung pro Werktag –, dann wäre ihr klar geworden, dass etwas faul sein musste.

Was also wurde aus den Tausenden und Abertausenden von Seiten, die so viele spanische Frauen unter Tränen und Seufzern beschrieben hatten? Die von keinem Psychologen beantwortet wurden? Die sie nicht im Radio vorlas?

An diesem Junimorgen fand Aurora – die dank eines Zufalls, ihrer angenehmen Stimme und Don Ramóns unverhohlener Zuneigung zur *Stunde der Señorita Leo* gekommen war – heraus, dass der größte Teil der an Virtudes Leo, also an sie, gerichteten Briefe in Säcke gestopft und in der Johannisnacht zusammen mit alten Möbeln und Stoffpuppen auf der Straße verbrannt wurde. Wie war es möglich, dass sie in all den Jahren nichts davon gemerkt hatte? Aurora verfluchte sich für ihre Gedankenlosigkeit.

»Heute ist der dreiundzwanzigste Juni, der Tag der Urteilsvollstreckung. Verbrennung auf dem Scheiterhaufen«, hatten die Psychologin Anita und der Tontechniker Mario lachend erklärt, als sie die ersten Säcke aus dem Lager schleiften.

Schockiert war Aurora ins Büro ihres Chefs gestürmt. Sie war überzeugt, dass es sich um einen Irrtum handeln musste. »Bestimmt wollen sich diese Faulpelze Arbeit ersparen und werfen hinter Don Ramóns Rücken einen Teil der Korrespondenz einfach weg.« Ihre Entrüstung war unbeschreiblich, als ihr der alte Journalist bestätigte, dass dies in seinem Auftrag geschah, und mehr noch:

»Wir müssen uns an die Vorgaben des Werbekunden halten. Wie naiv bist du? Glaubst du etwa, *Cosméticos Leo* hat ein Interesse daran, dass in dieser Sendung heikle Themen zur Sprache kommen? Die verkaufen Schönheit und Make-up, Aurorita, es kann ihnen kaum daran gelegen sein, dass man sie mit irgendwelchen unschönen Dingen assoziiert«, hatte er bissig gesagt. »Ich kann mir übrigens nicht erklären, wie uns der Brief dieses Mädchens, dieser Elisa, durchrutschen konnte … Ich werde die anderen ermahnen müssen, besser aufzupassen.«

Aurora hielt dagegen, die Demokratie sei bereits da, und dies sei ein freies Land. Und dass die Meinung des Sponsors zwar wichtig, aber nicht über alles andere erhaben sei.

Don Ramón, eine gute Seele, den sein Beruf und das Leben zum Zyniker gemacht hatten, war gerührt, als er seine Moderatorin so reden hörte.

Seit langem war der Programmleiter ein wenig verliebt in Aurora, schon als sie noch am Empfang gesessen hatte. Sie war freundlich, gebildet, und ihre Stimme hatte Charakter. Als die erste Virtudes Leo ausschied, hatte er die Direktion des Senders überzeugt, dass die Rezeptionistin ein Rohdiamant sei. Die Probeaufnahmen seien sehr gelungen, und ihre samtige Stimme ähnele der der vorigen Moderatorin so sehr! Was könne es für die Sendung Besseres geben als Kontinuität …? Natürlich war ihm an dem Erfolg der Sendung gelegen, aber er tat es auch dieser jungen Frau zuliebe, die ihm für interessantere Aufgaben geeignet schien als die, mit denen sie betraut war, und –

wozu sich etwas vormachen – ein bisschen tat er es auch für sich selbst. Er mochte sich mit seinem Witwerleben nicht abfinden, und Aurora, fröhlich, ledig und hübsch anzusehen, schien ihm eine geeignete Partie zu sein. Es zeigte sich bald, dass er mit seiner Prognose, sie gäbe eine wunderbare Moderatorin ab, richtiggelegen hatte; was allerdings seine Bestrebungen anging, ihr Herz zu gewinnen, kam er nicht recht voran. Er wusste nicht, woran es lag, scheiterte jedoch mit jedem seiner Annäherungsversuche.

»Aurorita, glaubst du denn wirklich, es hätte sich so viel geändert? Hier bestimmen immer noch dieselben und beobachten das feiernde Volk von der Absperrung aus«, seufzte er. »Beim kleinsten Krawall ist das Militär mit Panzern zur Stelle, die Priester schwenken die Kruzifixe und die Großgrundbesitzer wedeln mit ihrem Geld. Und ruckzuck ist wieder Schluss mit lustig.«

Sie ließ nicht locker.

Was für Geschichten standen denn in den Briefen, die man aussortiert hatte? Waren sie gefährlich? Subversiv? Waren sie politisch? Revolutionär?

Don Ramón schüttelte den Kopf, während er mit ihr zum Lager ging, um sie ein paar wahllos herausgegriffene Schreiben lesen zu lassen.

»Sie zeigen ein Spanien, das niemandem gefällt, Aurora«, sagte er. Dann nahm er schweigend ein paar der Briefe und reichte sie ihr. »Im Grunde enthalten sie Wahrheiten. Unbequeme, hässliche, harte Wahrheiten. Wozu sollte man die ans Licht zerren?«

Nach einer Weile verstand Aurora, was er meinte. Zu einem großen Teil deckte sich der Inhalt dieser Briefe: angsterfüllte Nächte, großes Unglück, Schläge, Beleidigungen, Freiheitsberaubung ... Geschichten von verzweifelten Frauen, die ihr letztes Quäntchen Mut zusammengenommen hatten, um ihr, Virtudes Leo, zu schreiben.

Aurora hielt die Briefe in der Hand und spürte, wie ihr die Tränen in die Augen stiegen, während sie sich fragte, was diese Frauen wohl empfinden würden, wenn sie ihre Hilferufe in einem Sack aussortierter Briefe vorfänden? Was würden sie denken, wenn sie wüssten, dass niemand sie jemals anhören würde.

Anita und Michael öffneten jeden Brief. Sobald sich herausstellte, dass er von einem Opfer häuslicher Gewalt, sexuellen Missbrauchs oder politischer Verfolgung stammte oder das Schreiben irgendein unschönes Thema enthielt, das dem Sender nicht opportun erschien, wurde der Brief aussortiert, und man breitete den Mantel des Schweigens darüber. Diese Hilferufe verbannte man in den Sack in der dunklen Kammer, bis der tausendfache Ausschuss, der sich dort angesammelt hatte, schließlich in der Johannisnacht dem Feuer übergeben wurde.

»Wir suchen lustige Briefe, unterhaltsame, solche mit normalen Alltagsproblemen oder kleinen Eifersuchtsdramen, mit denen sich unsere Hörerinnen und Hörer identifizieren können, verstehst du?«, hatte Michael ihr erklärt, als sie ihn nach ihrer Entdeckung darauf angesprochen hatte.

»So ist es … Welche Ehefrau verdächtigt ihren Mann nicht, eine Geliebte zu haben?«, hatte Anita ergänzt. »Oder heimlich die junge Nachbarin zu beobachten? Seitensprünge kommen bei den Verheirateten immer gut an. Und was die Unverheirateten betrifft: Wie viele warten auf ihren Märchenprinzen? Oder verlieben sich in einen Familienvater?«

»Oder in Zwillingsbrüder, wie diese hier«, lachte Mario und schwenkte einen Brief in der Luft. Mit Falsettstimme fing der Tontechniker an zu lesen:

Liebe Virtudes,

es kostet mich große Überwindung, Ihnen zu schreiben. Glauben Sie mir bitte, wenn ich Ihnen sage, dass ich mich für das, was ich Ihnen erzählen werde, sehr schäme, aber ich bin verzweifelt und weiß nicht, an wen ich mich sonst wenden soll. Ich muss eine Entscheidung treffen: Auf der Kommode meines Schlafzimmers liegen zwei Verlobungsringe. Sie sind einander so gleich wie die beiden Männer, die sie mir geschenkt haben. Pedro und Pablo sind Zwillinge. Wir kennen uns seit unserer Kindheit, weil wir Nachbarn sind.

Seit etwa drei Jahren habe ich eine Beziehung mit Pedro, der Zahnarzt ist. Alles lief großartig. Er ist fleißig, wohlerzogen, liebevoll … Ein Volltreffer! Doch letzten Sommer bekam er am Tag meiner Geburtstagsparty eine Grippe. Um mir nicht absagen zu müssen, wies er Pablo an, sich als seinen Bruder auszugeben. Selbstverständlich hätte der mich nicht anrühren oder gar küssen dürfen, aber … Die Hitze war unerträglich!

Wir tranken Sangría und so führte eins zum anderen. Ach, Señorita Leo! Das waren Küsse und Zärtlichkeiten! Er setzte mich unter Strom, indem er mich nur ansah. Und wie er mich zum Lachen brachte! Ich verstand die Welt nicht mehr. In all den Jahren, die wir mittlerweile zusammen waren, hatte sich Pedro als ziemlich langweilig erwiesen. Was war an diesem Tag nur los mit ihm? Als ich es herausfand, war es zu spät.

Ich liebe beide. Oder besser gesagt, von jedem einen Teil.

Und mich lieben sie beide komplett. So sehr, dass sie, jeder ohne das Wissen des anderen, alle beide um meine Hand angehalten haben. Und damit bin ich gezwungen, eine Entscheidung zu treffen. Bis jetzt habe ich mich mal mit dem einen, mal mit dem anderen verabredet. Aber es ist Zeit, zu heiraten, eine Familie zu gründen und …

Was soll ich nur tun, liebe Señorita Leo?

Welchen nehme ich? Wie sage ich es dem anderen, ohne ihn zu verletzen? An Heiligabend, zum Geburtstag meiner Schwiegermutter und bei jedem Familienfest waren wir immer alle zusammen. Ich würde Zank und Aufruhr gern vermeiden.

Ihre
hin- und hergerissene Liebende

»Ich nehme sie mit«, sagte Aurora mit fester Stimme.

»Was?«, fragte Mario perplex.

»Du sollst mir diesen Brief geben und alle, die ihr noch nicht rausgeschafft habt zum Verbrennen«, erklärte sie. »Ich rufe mir ein Taxi und nehme sie mit zu mir nach Hause.«

Ihre Kollegen glaubten, nicht recht gehört zu haben.

»Don Ramón hat selbst gesagt, wenn ich diese Kadaver mit einer Mund-zu-Mund-Beatmung wieder zum Leben erwecken wolle, könne ich das seinetwegen tun.«

»Und was hast du tatsächlich damit vor?«, fragte Michael.

»Ich werde diese Briefe lesen und beantworten«, erwiderte Aurora lächelnd.

»Alle?«, entfuhr es Mario.

»Beantworten?«, wunderte sich auch Anita, holte rasch ein Handbuch aus ihrer Schreibtischschublade und hielt es Aurora hin. Es enthielt eine Reihe von Anweisungen der Programmdirektion für diese Arbeit.

Aurora ignorierte das Handbuch und zerrte den Sack zu ihrem Schreibtisch. Mit einem Mal schien alles einen Sinn zu ergeben. Wie im Zeitraffer entsann sie sich ihrer Studienjahre und der Psychologiebücher, die sie immer mit großem Interesse gelesen hatte, ihres Einstiegs beim Sender als Rezeptionistin, ihrer Beförderung zur Moderatorin von *Die Stunde der Señorita Leo* und kam schließlich zu diesem Moment, da sie – die Hände in die Hüften gestützt – nun vor den Säcken mit den vergessenen Briefen stand.

Das Universum hat seine Maschinerie in Gang gesetzt, schoss es ihr durch den Kopf. Nichts geschieht einfach so. Ich bin nicht nur eine hübsche Stimme, kein Papagei wie mein Paquito. Ich kann zuhören, fühlen und denken. Und ab jetzt werde ich schreiben. Alle diese Frauen sollen wissen, dass es jemanden gibt, der sie versteht und ihnen zur Seite steht, dachte sie mit einem Lächeln.

»Ab sofort«, verkündete sie und schaute ihre Kollegen herausfordernd an, »gebt ihr alle ausgemusterten Briefe mir. Egal ob es zehn oder hundert sind. Ich werde sie lesen und persönlich beantworten.«

»Aber unbezahlt und außerhalb der Bürostunden«, hörte sie Don Ramón durch die angelehnte Tür seines Zimmers rufen.

Sie war drauf und dran, ihm eine patzige Antwort zu geben, als plötzlich wie aus dem Boden gewachsen eine alte Frau neben ihrem Schreibtisch stand, die sie schüchtern ansprach.

»Verzeihung, ich suche die Señorita Leo …«

Aurora zuckte zusammen.

Wie konnte die Alte wissen, dass sie Virtudes Leo war? Der Erfolg und Zauber der Sendung basierte zu einem großen Teil darauf, dass dem Publikum nicht bekannt war, wer sich hinter der Stimme verbarg. Und wie hatte die Frau sich am Empfang vorbeigemogelt? Man sollte die Kollegin an der Rezeption mal an ihre Pflichten erinnern, dachte Aurora, andernfalls könnte es eines Tages für sie alle böse ausgehen.

»Señorita Leo ist tausendundeine Frauen zugleich. So viele, wie sie Zuhörerinnen hat. Jede soll sie sich so vorstellen können, wie sie ihr am besten gefällt«, hatte es bei Unterzeichnung ihres Vertrages geheißen. Darum gab es darin auch eine Klausel, die ihr ausdrücklich untersagte, irgendjemandem zu verraten, was sie beruflich tat. »Ihren engsten Angehörigen können Sie erzählen, dass Sie Mitarbeiterin des Senders sind. Erfinden Sie, was Sie wollen, dass Sie in der Produktion arbeiten oder Don Ramóns Sekretärin sind … Alles außer, dass Sie die Stimme der Señorita Leo sind. Denn dann müssten wir Ihnen kündigen«, hatte man ihr in der Personalabteilung mit strenger Miene versichert.

Aurora hatte sich strikt daran gehalten. Nur Paquito wusste von ihrem Doppelleben. Und bei dem war ihr Geheimnis gut aufgehoben.

»Verzeihung, können Sie mir sagen, wo ich die Señorita Leo finde?«

Bevor Aurora reagieren konnte, trat die Psychologin hinzu.

»Und wer sind Sie, bitte?«

»Ich bin eine große Verehrerin von ihr und wollte …«

Anita fasste die alte Frau beim Arm und bugsierte sie zur Tür.

»Señorita Leo ist leider nicht da.«

»Dann warte ich auf sie …«

»Oh nein, das geht nicht! Wir wissen nicht, wann sie wiederkommt.«

»Aber heute Abend ist doch ihre Sendung …«, protestierte die Alte, als man sie schon über den Flur zog.

»Nun, sie kommt, wann sie will, nimmt die Sendung auf und geht wieder …«

»Aber ich habe ihr einen Brief geschickt, unterschrieben mit ›die traurige Witwe‹, und sie hat mir nicht geantwortet«, schluchzte die Alte auf. »Für mich geht es um Leben und Tod, verstehen Sie?«, konnte sie gerade noch hervorstoßen, bevor sich die Türen des Fahrstuhls hinter ihr schlossen.

Anita fluchte leise, während sie an ihren Schreibtisch zurückkehrte, sie hatte mit alten Leuten keine Geduld. Mario und Michael alberten herum und malten sich aus, um was es im Schreiben der Alten wohl gegangen sein könnte.

Aurora schwieg.

Sie stand mitten im Raum, schloss für einen Moment die Augen und legte ein Gelübde ab, das nur das Universum hörte:

Traurige Witwe, bald wirst du deine Antwort haben.

8

Feuerwerk

»Na? Immer noch wütend? Oder hast du deinen Groll inzwischen überwunden?«, erkundigte sich Don Ramón angelegentlich. »Ich kann es nicht ertragen, wenn du schmollst.«

»Und was würden deine Zuhörerinnen erst sagen, wenn sie wüssten, wie ihre geliebte Señorita manchmal ausrastet?«, bemerkte Anita grinsend.

Aurora sah ihre Kollegen einen nach dem anderen an.

Sie saßen alle am Tresen des *El Piolindo*, ließen sich ein Grillhähnchen schmecken und gönnten sich ein Gläschen Cava dazu.

Es war das erste Mal, dass sie das Johannisfest zusammen feierten. Sie hatten den ganzen Tag gearbeitet, und jetzt aßen sie gemeinsam zu Abend, um sich anschließend auf der Avenida María Cristina in Montjuich ins Kirmesgetümmel zu stürzen.

Sie lächelte, und alle atmeten erleichtert auf.

Wie hätte sie ihren Kollegen grollen sollen? In ihnen hatte sie die Familie gefunden, die sie nicht besaß. Ihre Eltern lebten nicht mehr, und Nicolás war nie da, somit waren sie es, auf die sie sich verließ. Als sie im vorletzten Winter wegen einer Lungenentzündung zwei Wochen zu Hause bleiben musste, war Anita jeden Tag vorbeigekommen. Sie hatte für sie eingekauft, gekocht und in der Apotheke die Medikamente besorgt. Don Ramón kümmerte sich um das ganze Durcheinander von Rechnungen, Finanzamt und Bank, das eigentlich ihr Bruder hätte erledigen sollen. Sie vertraute ihrem Chef blind. Michael mit seinem feinen britischen Humor entlockte ihr immer ein Lächeln, wenn sie traurig war. Und Mario, der zwar gern so tat, als wüsste er alles besser, war stets bereit, seinen Kollegen zur Hand zu gehen, noch bevor er darum gebeten wurde.

»Ist das voll hier«, maulte Mario, dem gerade ein Mann mittleren Alters den Ellenbogen zwischen die Rippen gerammt hatte. »Ich hasse dieses Gedränge …«

»Sag bloß! Als uns die schwedischen Journalistinnen besucht haben, hast du dich darüber nicht beklagt«, meinte Michael grinsend. »Als die vier Walküren von Radio Stockholm unbedingt die gesamte Sendezeit über bei dir im Tonstudio sein wollten, da konntest du gar nicht schnell genug ja sagen.«

Mario hob die Schultern.

»Kein Blatt Papier hätte mehr zwischen euch gepasst«, stimmte Don Ramón in die Frotzelei mit ein.

Alle lachten, als sie sich die Szene ins Gedächtnis riefen. Mario war einen Meter sechzig groß, und die nordischen Rundfunkjournalistinnen hatten ihn um mindestens einen Kopf überragt.

»Ihr wisst ja, für eine enge Beziehung zu meinen Kolleginnen tue ich alles«, spöttelte der Tontechniker, der seit über zwanzig Jahren mit seiner Freundin aus dem Gymnasium verheiratet war.

»Und du, Michael, lach mal nicht so laut, sonst müssen wir dich daran erinnern …«

»Schon wieder diese Geschichte, Ramón? Die ist doch uralt und hängt schon allen zum Hals raus«, versuchte ihn der Angesprochene einzubremsen.

»Nein, mir nicht, ich war nicht dabei, da hatte ich gerade meine Lungenentzündung«, scherzte Aurora, die die Anekdote mit der Stipendiatin Mariló in- und auswendig kannte. »Wie war das noch mal?«

Genüsslich erzählte Don Ramón die ganze Geschichte noch einmal in epischer Breite, und dem armen Michael trieb es die Schamesröte ins Gesicht. Sie handelte von einer Psychologiestudentin, die bei ihnen ein Praktikum gemacht hatte. Sie war immer schwarz gekleidet und hatte dramatisch geschminkte Augen, Haare bis zum Po und sprach kaum ein Wort. Eines Tages schloss sie sich mit Michael in der Materialkammer ein und stürzte sich buchstäblich auf ihn. Man hörte Hilferufe und verzweifelte Schläge gegen die Tür. Und der Hausmeister, der die Ersatzschlüssel hatte, war nirgends aufzutreiben, weil er sich auf die Dachterrasse verzogen hatte, um heimlich ein paar Bierchen zu zischen. Als sie Michael endlich fanden und die Kammer öffneten, verteidigte sich dieser gerade in heller Panik, links einen Staubwedel und rechts eine Schere schwingend, gegen Mariló.

»Lacht ihr nur, lacht ihr nur …«, sagte Michael. »Dieses Weib wollte mein Blut trinken. Angeblich gehörte sie der mexikanischen Bruderschaft des heiligen Todes an, wie auch ihre Mutter und ihre Großmutter, die von dort stammten.«

»Die war total verrückt nach dir, gib's doch zu«, lachte ihn die Psychologin aus.

»Das hat sie jedenfalls behauptet und ihm darum vorgeschlagen, ihn in den Arm oder in den Hintern zu beißen und sein Blut zu saugen«, erklärte Mario Aurora. »Blut würde sie erregen. Was für ein Liebesbeweis! Den hat mir noch nie jemand offeriert.«

»Von wegen Liebe«, protestierte Michael. »Mariló war total gestört. Ihr werdet schon sehen, eines Tages wird das, was mit ihr los war, einen Namen haben.«

»Vampirismus?«, fragte Aurora belustigt.

»So was in der Art.« Michael lachte. Dann gestand er, mehr als einmal Verbindung zu den Eltern aufgenommen zu haben, um sich zu erkundigen, wie es dem Mädchen ging, das seit diesem Vorfall in einer geschlossenen Anstalt behandelt wurde.

»Ich glaube nicht, dass Mariló sich allzu sehr von unseren Hörerinnen unterscheidet«, warf Mario provokant ein.

»Was?«, riefen alle überrascht.

»Sie sind alle ein bisschen verrückt, ehrlich gesagt. Zugegeben, nicht ganz so gefährlich, aber …«

»Ich denke, den meisten ist einfach nur langweilig«, fiel ihm Anita ins Wort. »Hausfrauen, die nicht viel zu tun haben.«

»So ein Quatsch! Man merkt, dass du keinen Haushalt führst«, fuhr Aurora auf. »Ehefrau und Mutter zu sein, ist nicht leicht. Und heutzutage schon gar nicht, wo du jede Pesete dreimal umdrehen musst ...«

»Und vergiss die Teenager nicht mit ihren Flausen. Den ganzen Tag vor dem Spiegel und nur Traumprinzen im Kopf ...«, lachte Don Ramón.

»Ich kann mir nicht helfen, ich finde, die spanischen Frauen haben etwas Altbackenes«, bemerkte Michael. »Diese ganze bigotte Moral riecht nach Sakristei und Weihrauch.«

Aurora sprang für ihre Hörerinnen in die Bresche.

»Wie könnt ihr nur so reden?«, meinte sie erstaunt. »Ich finde nicht, dass man das so verallgemeinern darf. Die spanische Frau existiert doch gar nicht. Es gibt Tausende, Millionen von spanischen Frauen. Jede mit ihrer eigenen Lebensrealität. Wir sind ein stetig wachsendes Land, und es sind vor allem die Frauen, die den Wandel, den wir zurzeit erleben, überhaupt möglich machen.«

Ihr Chef sah sie liebevoll an.

Sie ist einfach rührend, diese Aurora, dachte er. Und um zu verhindern, dass die Diskussion in ein Blutbad mündete, beschloss er, das Thema zu wechseln.

Er griff in seinen Hut voller Anekdoten und Erinnerungen und zog einige der ältesten und witzigsten daraus hervor.

Sie ließen die Gläser klingen, riefen sich ihre besten und schlimmsten Momente beim Sender ins Gedächtnis, und so verging die Zeit wie im Flug, bis Don Ramón schließlich zum Aufbruch blies.

»Los geht's, Leute, nächste Station: Feuerwerk!«

Die Avenida war voller Menschen. Ganze Familien hatten sich auf der Straße mit Stühlen und Kühlboxen häuslich eingerichtet. Sie hatten gleich an Ort und Stelle zu Abend gegessen, um sich für das Feuerwerk gute Plätze zu sichern. Manche Großväter waren eingeschlafen, bevor es so weit war, ohne sich von den Böllern ihrer vorwitzigen Enkel stören zu lassen. Cliquen von Jugendlichen tanzten und sangen, während sie sich umschlungen hielten und Cava-Flaschen in der Hand schwenkten.

Für eine Nacht schien die Eintracht zwischen Alt und Jung perfekt.

»Was kosten zwei Flaschen Cava?«, fragte Don Ramón einen Mann, der mit Eiswürfeln gefüllte Eimer schleppte.

Die Männer vom Sender kramten in den Taschen, um zur »gemeinsamen Sache« etwas beizusteuern.

Sekunden später reichten sie den Sekt von einem zum anderen und tranken aus der Flasche, während sie einigen Studenten zusahen, die über ein improvisiertes Lagerfeuer sprangen.

Einer stolperte, und Aurora schloss erschrocken die Augen. Sie stellte sich den Jungen vor, verkohlt wie ein Steak auf dem Grill. Fast hätte sie aufgeschrien, da spürte sie, wie ihr jemand den Arm um die Schultern legte.

Der vertraute Geruch nach Varon Dandy und Pfeifentabak hüllte sie beruhigend ein.

»Keine Angst, Aurorita. Diese Jungs haben Sprungfedern unter den Füßen.«

Ohne die Augen zu öffnen, lächelte sie.

Der Druck auf ihrer Schulter verstärkte sich. Beflügelt durch ihr Lächeln und den Sekt beugte sich Don Ramón zu ihr.

»Kleines, so empfindlich, wie du bist, brauchst du wirklich jemanden, der sich um dich kümmert«, raunte er ihr ins Ohr.

Aurora entwand sich seinem Griff und ging zu ihrer Kollegin Anita hinüber, die gerade mit den Studenten plauderte und von ihnen animiert wurde, auch über das Feuer zu springen. Die Psychologin blödelte mit ihnen herum, hatte aber nicht die Absicht, auf sie zu hören.

Aurora spürte den Blick ihres Chefs im Nacken.

Sie mochte diesen ruhigen, ironischen Mann. Er war ein guter Chef und unter der harten Schale des erprobten Journalisten ein noch besserer Mensch. Geradeheraus, loyal und gerecht. Doch obwohl sie gelegentlich durchaus mit dem Gedanken gespielt hatte, seinen Avancen nachzugeben, wusste sie, dass es zwischen ihnen nicht funktionieren würde. Bei ihr funkte es einfach nicht. »Schade, denn damit wärst du versorgt«, hatte ihre Freundin und Nachbarin Carmen gesagt, aber Aurora hatte lachend den Kopf geschüttelt. »Mit achtundzwanzig oder fünfunddreißig mag das ja angehen. Aber ich bin nun über vierzig und kann mich gut selbst versorgen. Ich werde mich doch jetzt auf kein Zweckbündnis einlassen. Mir geht es prima, und ich komme auch ohne Liebe bestens zurecht.« Wobei sie sich über eines allerdings im Klaren war: Sollte sie jemals von einer Leidenschaft erfasst werden, wie sie ihr aus manchen Briefen entgegenloderte, würde sie keine Sekunde zögern, ihr Leben als Junggesellin aufzugeben.

Ach, Don Ramón, ich wünschte, ich könnte mich in dich verlieben, dachte Aurora, während die ersten Leuchtraketen in den schwarzen Himmel zischten.

»Wir sind jung!«, rief Michael ausgelassen, als er Anita die Taxitür aufhielt.

»Und du, alter Gauner?«, wandte sich Don Ramón an Mario.

Die Antwort des Tontechnikers kam genau eine Sekunde, bevor das Taxi anfuhr:

»Man ist so alt, wie man sich fühlt, und ich bin nicht mal erwachsen!«

Aurora und Don Ramón sahen ihren Kollegen nach, die sich in der Nacht verloren, unterwegs zur Diskothek *Bocaccio*. Wie auf den Asphalt geklebt standen sie da, und keiner von beiden wagte, den ersten Schritt zu tun.

Ramón kostete den kurzen Moment aus, den er mit seiner Angebeteten allein sein konnte. Er wollte den Zauber der Johannisnacht nicht zerstören, und auch wenn er nicht die geringste Chance sah, dass der Abend mit einem Kuss oder einem weiteren Glas ausklingen könnte, genügte ihm ihre stumme Gegenwart.

Aurora wusste nicht, wie sie sich verabschieden sollte. Sie wollte nicht, dass Don Ramón sie nach Hause begleitete, aus Angst, er könnte wieder den Arm um sie legen oder etwas sagen, was er am nächsten Tag bereuen würde.

Der Alkohol macht aus jedem Sancho Panza einen Quijote, sagte sie sich.

Er sah sie an und erkannte ihren inneren Kampf, weil er in ihren Augen zu lesen verstand.

»Gehen wir?«

»Ich bin müde und …«, fing sie unnötigerweise an, sich zu rechtfertigen.

»Ich auch. Man ist so alt, wie man sich fühlt, da hat Mario recht.« Er zwinkerte ihr zu und setzte sich in Bewegung.

»Also, ich werde die U-Bahn nehmen und …«

»Kommt nicht infrage. Diese Straßen sind voller Gesindel«, unterbrach Ramón sie. »Ich bestehe darauf, dich nach Hause zu bringen.«

Als er ihr Zögern bemerkte, fügte er hinzu:

»Wir nehmen ein Taxi und setzen dich als Erste ab.«

Als sie durch die nächtliche Stadt fuhren und sie auf dem Rücksitz neben diesem Mann saß, gestattete sich Aurora einen Augenblick der Schwäche und träumte von einem anderen Leben, in welchem sie das Schwindelgefühl verliebter Küsse wiederentdeckte.

Dann lehnte sie sich zurück, nahm die Probleme ihres Bruders, die bitteren Erinnerungen an Francisco und die Rechnungen, die sich auf der Kommode stapelten, und warf in Gedanken alles auf den lodernden Scheiterhaufen, der an der Ecke Calle Balmes und Vía Augustina, wenige Meter vor ihrem Wohnhaus, brannte.

Zwei Kilometer weiter, in einem anderen Teil der Stadt, träumte ein siebzehnjähriger Junge denselben Traum wie die Radiosprecherin.

Toño schrieb alles, was ihm in diesem und den anderen Jahren seines jungen Lebens an Schlechtem widerfahren war, auf ein Blatt Papier. Er schrieb sehr ordentlich, als er all die Dinge auflistete, die er am liebsten hinter sich gelassen hätte: Mamas Tränen, Papas Gebrüll, die Sechsen seines Bruders in der Schule, die Schulden der Eltern … Zusammen mit den Notizen sämtlicher Fächer des zu Ende gehenden Schuljahres – mit Ausnahme von Mathematik, weil die Prüfung erst noch im September kam – warf er es in das Feuer, das seine Nachbarn vor der Haustür entfacht hatten.

Er schaute hinauf zum Balkon, wo seine drei jüngeren Geschwister Wunderkerzen schwenkten und kreischend nach Böllern verlangten. Seine Mutter, die ein Stückchen ihrer »ersten demokratischen *coca*« kaute, schüttelte energisch den Kopf.

Ein Flüstern ließ ihn aufhorchen.

Ein Pärchen schlenderte an ihm vorbei und küsste sich, als wäre es allein auf der Welt.

Er seufzte. Feierlich blickte er in die Flammen und tat einen Schwur:

»Nächstes Jahr werde ich auch zu denen gehören, die küssen.«

Er schloss die Augen und malte in Gedanken jedes einzelne Detail vom Gesicht eines Mädchens, das sich in der Aula der Akademie neben ihn gesetzt und ihm das Herz gestohlen hatte.

Ihre Traurigkeit und die zarten Lippen hob er sich bis zuletzt auf.

»Unter meinen Küssen wirst du wieder lachen lernen.«

9

Wünsche, von den Wellen davongetragen

»Am Horizont unter dem dunklen Gewitterhimmel sehe ich sie alle dahinfahren.
Der gestrenge Herr Tod bittet zum Tanz. Sie halten sich an den Händen, sie tanzen
hinter ihm her, wie er es will. Er selber geht voran. Der Herr mit Sense und Stundenglas.
Fort vom Tag ziehen sie in die Nacht. Der Regen strömt über ihre Gesichter und
spült ihnen das Salz ihrer Tränen von den Wangen.«

Eine betretene Stille senkte sich über den Saal. Die Leinwand wurde schwarz, doch Elisa konnte die Augen nicht abwenden.

Sie war sicher, jeden Moment müsse der Regisseur hervortreten, um sie zu beruhigen und ihr zu versichern, dass nichts von dem, was sie eben gesehen hatte, in irgendeiner Verbindung zu ihr stand, auch wenn sie dieses Gefühl nicht loswurde.

Der Applaus kam, erst zaghaft, dann voller Begeisterung, und holte das Mädchen in die Wirklichkeit zurück. Tränenüberströmt wartete sie und verließ den Saal als Letzte.

Vielleicht war es keine so gute Idee gewesen, sich ausgerechnet in der Johannisnacht alleine diesen dramatischen Film von Ingmar Bergman anzusehen.

Auf dem Paseo de Gracia war sie umtost von tanzenden, singenden Grüppchen, die jede Minute dieser kürzesten Nacht des Jahres fröhlich feierten. Und sie fühlte mit einem Mal eine nostalgische Sehnsucht nach etwas, das sie noch nie gehabt hatte.

Kann man beim Gedanken an die Zukunft Nostalgie empfinden?, fragte sie sich, während sie vor den prachtvollen Schaufenstern von *Santa Eulalia* stehen blieb, einem Laden, der zwar unerschwinglich war für ihren Geldbeutel, aber nicht unerreichbar für ihre Träume. Das Flaggschiff der hohen Schneiderkunst lenkte seit Mitte des neunzehnten Jahrhunderts das modische Geschick der feinen Damen des katalanischen Großbürgertums.

Zu diesen gehörten die Frauen in Elisas Familie nicht, wohl aber zu den Hunderten, die in der Textilindustrie arbeiteten und die Träume der Wohlhabenden verwirklichten. Ihre Mutter war Modistin in der Schneiderwerkstatt von *El Dique Flotante*, dem großen Konkurrenten von *Santa Eulalia*, der sein Ladengeschäft ebenfalls auf dem Paseo de Gracia hatte. Ihre Tante war dort Verkäuferin.

»Und eines Tages, Elisa, könntest du auch bei uns arbeiten. Es ist ein eleganter, ruhiger, sicherer Ort. Wer weiß? Du könntest beispielsweise Buchhalterin werden oder im Verkauf die besonders eleganten Kundinnen bedienen oder …«, lockte ihre Mutter und überhörte geflissentlich die Pläne ihres Gatten, der aus ihrer Tochter eine Sekretärin machen wollte.

Elisa war sich nicht sicher, ob sie Lust dazu hatte. Sie interessierte sich zwar für Mode, nähen oder snobistische Herrschaften bedienen war jedoch etwas ganz anderes. Aber wozu widersprechen? Elisa war überzeugt davon, dass sie die Zwanzig nicht erreichen würde.

Gedankenverloren stieß sie fast mit einem Paar zusammen, das vor der *Casa Milà*, Gaudís »Steinbruchhaus«, stehen geblieben war, um einen magischen Kuss zu tauschen.

Sie wechselte die Straßenseite, um die *Casa Amatller* aus der Nähe zu betrachten.

Dieser Jugendstilpalast, wesentlich weniger bekannt als seine Nachbarn *Casa Batlló* und *Casa Lleó Morera,* war ihr Lieblingswerk des Architekten.

Im Weitergehen musste sie einer Familie ausweichen, die ein paar alte Möbelstücke zu einem der Johannisfeuer schleppte. Die Kleinste wimmerte ängstlich auf dem Arm ihrer Großmutter, die ihr versicherte, die Feuerwerkskörper könnten ihr nichts anhaben:

»Die sind nicht echt, mein Schatz, das ist nur Schießpulver.«

Das Weinen des Kindes noch in den Ohren, erreichte Elisa die Plaza Cataluña, wo sich ein paar rücksichtslose Spaßvögel damit vergnügten, ahnungslose Passanten mit Krachern zu bewerfen.

Elisa holte tief Luft und rannte vorbei, fast ohne hinzusehen. Wie die Kleine vorhin fand auch sie diese

Miniaturwaffen furchterregend, »auch wenn davon allenfalls eine Maus einen Herzinfarkt bekommt«.

Außer Atem blieb sie stehen.

Hier schien sie sicher zu sein. Das einzige Geräusch war das Heulen eines unglückseligen Hundes, den man auf den Balkon gesperrt hatte.

Ihre Augen suchten in der Dunkelheit nach dem Tier, und als sie es zwei Stockwerke über sich erspähte, warf sie ihm eine Kusshand zu.

Erstaunt stellte sie fest, dass ihre Flucht vor den Feuerwerkskörpern sie zum *Drugstore Liceo* geführt hatte, der fünf Jahre zuvor eröffnet worden war, um auf der Erfolgswelle seines Bruders auf dem Paseo de Gracia mitzuschwimmen, ohne diesen jedoch einholen zu können.

Sie schaute auf die Uhr: nach eins.

Um diese Zeit war sie noch nie hier gewesen.

Diese Nacht war ein einziges Abenteuer. Sie hatte alle Grenzen hinter sich gelassen, war allein ins Kino gegangen, zu später Stunde ziellos durch die Straßen gestreift und stand jetzt an den Ramblas, in einer Gegend, die ihr Vater wegen der Prostituierten und Drogendealer als »Komantschengebiet« bezeichnete. Warum nicht eine Grenze mehr überschreiten? Ihre Eltern glaubten sie wohlbehütet bei ihrer nicht existierenden Freundin Piluca, bei der sie angeblich übernachtete.

Diese Lüge hatte zur Folge, dass sie erst am Morgen nach Hause kommen konnte. Sich eine Weile hinzusetzen und eine Cola zu trinken, würde ihr helfen, so lange durchzuhalten.

Sie stieß die Tür zum *Drugstore* auf und fühlte sich wie in einer anderen Galaxie.

Das Getöse war draußen geblieben, und zwischen diesen Wänden schien niemand die Johannisnacht zu feiern.

Hier verstecken sich die Unbestechlichen, die wie ich versuchen, inmitten dieses verordneten Frohsinns den Verstand zu bewahren, sagte sich Elisa.

In eine Rauchwolke gehüllt, klammerten sich am Ende der Theke zwei junge Männer an ihre Gläser und schienen über das Gute und das Böse der ganzen Welt zu debattieren. So vertieft waren sie in ihrer Diskussion, dass sie die ältere Frau, die etwas zu stark geschminkt war, nicht bemerkten, obwohl diese sich augenscheinlich bemühte, die beiden auf sich aufmerksam zu machen. Mitleidig betrachtete Elisa ihre unechten Halsketten.

Ein Mann im Alter ihres Großvaters saß an einem der Tische und trank schluckweise seinen Kaffee, während er gebannt in einem Buch las. Mit seinem weißen Bart hatte er etwas von einem zerstreuten Genie, er wippte nervös mit dem Fuß und schien irgendwie nicht hier hinzugehören.

»Der war Professor für Philosophie, bevor er aus Liebeskummer verrückt geworden ist«, sagte da plötzlich eine Stimme in ihrem Rücken.

Sie zuckte zusammen und drehte sich überrascht um. Hinter ihr stand ein Junge in einem schwarzen T-Shirt, das er eigenhändig mit der Aufschrift *Soyez réalistes, demandez l'impossible* verziert zu haben schien. Sie erinnerte sich, in einer Dokumentation über den Mai '68 gesehen zu haben, wie Studenten diesen Satz an die Mauern von Paris gesprüht hatten.

»Und woher willst du das wissen?«, entgegnete Elisa und wusste nicht recht, woher sie den Mut dazu nahm.

»Weil ich jeden Tag hier bin«, antwortete der Junge und lud sie mit einer Handbewegung ein, sich zu ihm an den Tisch zu setzen. »Wenn du willst, erzähle ich dir seine Geschichte …«

»In Ordnung. Ich setze mich zu dir, wenn du mir seine Geschichte erzählst – und deine auch.«

Fünf Minuten später hielt sie ein Glas in der Hand und lauschte gespannt ihrem neuen Freund. Álvaro, Student der Literaturwissenschaften im dritten Jahr, träumte davon, Journalist zu werden. Und irgendwie gelang es dem jungen Mann, Elisa für eine Weile vergessen zu lassen, dass sie eine einsame, traurige, lebensmüde Siebzehnjährige war …

»Was mich angeht, gibt es nicht viel zu erzählen. Ich habe es gewagt, vor der ganzen Klasse mit unserem Dinosaurier von Geschichtsprofessor über die vierte Gewalt diskutieren zu wollen. Ihre Legitimität, ihr …« Er unterbrach sich, als er sah, dass das Thema der Auseinandersetzung sein Gegenüber nicht interessierte, und breitete die Hände aus. »An mir kannst du sehen, was passiert, wenn du dich mit denen da oben anlegst.«

»Durchgefallen?«

»Ach was! Nein, nein … der Dinosaurier bevorzugt die langsamen Foltermethoden. Er erwartet mich jeden Morgen um acht in seinem Büro in der Universidad Autónoma.«

»Damit du ihm hilfst, die Vorlesung vorzubereiten?«

»Kalt«, erwiderte Álvaro mysteriös.

»Putzt du sein Büro?«

»Eiskalt«, entgegnete er leicht beleidigt.

Ein paar Minuten lang riet Elisa herum, bis es ihm reichte und er erklärte:

»Ich berichte ihm, was in den Zeitungen steht, und zwar sämtlichen überregionalen, zwei lokalen und einer internationalen. Deshalb bin ich hier …«

»Hier?«, fragte Elisa verdutzt.

Sie blickte sich um. Am Nachbartisch lachten sich zwei Mädchen und zwei Jungen halbtot. Die Jungen waren Ausländer, und die vier hatten sich ganz offensichtlich an diesem Abend auf irgendeinem Fest kennengelernt. An dem Tisch hinter ihnen tauschte ein Pärchen flüsternd Geheimnisse aus. Die beiden Intellektuellen am Tresen bestellten die dritte Runde und begannen einen neuen Disput über die Mittelmäßigkeit der aktuellen Literatur.

Sie richtete die Augen wieder auf Álvaro und wiederholte ihre Frage:

»Hier?«

»Weißt du nicht, dass das eine der ersten Anlieferungsstellen der Stadt für die Zeitungen ist? Außerdem habe ich es von hier aus nicht weit zur Bahnstation an der Plaza Cataluña, um zur Uni zu fahren.«

Elisa wollte etwas erwidern, aber der zukünftige Journalist kam ihr zuvor:

»Ganz recht, Miss Agatha Christie! Der vierundzwanzigste Juni ist ein Feiertag, und da ist dort niemand. Aber wie soll ich sagen … Ich fühle mich hier mittlerweile richtig wohl«, sagte er, und seine Armbewegung umfing das ganze Lokal.

Eine Stunde lang erzählte ihr der junge Mann von den Gestalten, die den *Drugstore* bevölkerten. Das erste Opfer seiner Ermittlungen war der ehemalige Professor gewesen, der inzwischen an seinem Tisch eingeschlafen war und sich nicht darum scherte, welcher Durchleuchtung die beiden jungen Leute seinen Lebenslauf unterzogen.

Álvaro nannte seine Geschichte klassisch. Er habe sehr jung die Tochter seiner Nachbarn geheiratet. Das Mädchen habe ihn während seines Studiums und weiter bis zur Habilitation und Erlangung des Lehrstuhls unterstützt. Die folgenden Jahre habe er sich in der Bibliothek vergraben und Hunderte von philosophischen Schriften verfasst, während seine Frau alleine mit ihren drei Töchtern zu Hause saß. Er habe Karriere gemacht und sein Ansehen vermehrt, sie die Familie. »Und als er dann so um die fünfzig war, ging alles den Bach runter. Auf dem Höhepunkt des Erfolges kreuzte eine siebzehnjährige Studentin seinen Weg, die ihn intellektuell und … physisch schwer beeindruckte«, resümierte ihr neuer Freund süffisant. Und das sei der Anfang vom Ende gewesen. Als die Affäre ans Licht gekommen sei, hätten ihn alle rausgeschmissen, seine Familie und die Hochschule. Seine Frau sei in eine tiefe Depression gestürzt, und die Töchter seien schließlich von Onkel und Tante aufgenommen worden.

»Natürlich wollte da auch die Studentin nichts mehr von ihm wissen und verließ ihn ebenfalls …«, murmelte Elisa empört.

Álvaro schüttelte den Kopf.

»Ihre Eltern, sehr reiche, sehr katholische Leute, haben ein paar Fäden gezogen. Da das Mädchen noch minderjährig war, hat man sie weggebracht. Es heißt, sie sei ins Kloster gegangen, um Nonne zu werden. Angeblich aus Reue, weil sie eine Familie zerstört hätte. Hier geschieht alles Mögliche, Elisa«, sagte er geheimnisvoll. »Der *Drugstore* schläft so gut wie nie.«

Dann sprach er über den Gitarristen eines Flamenco-Lokals auf den Ramblas, der immer Arm in Arm mit einer deutschen oder französischen Touristin erschien.

»Der Kerl ist hässlich wie die Nacht, er spricht keine einzige Fremdsprache. Ich weiß nicht, was er ihnen gibt, dass sie ihm alle aus der Hand fressen …«

»Seine Kunst?«, erwiderte sie.

»Ach, sieh an! Der Chronist der Nacht«, platzte eine Frau von etwa dreißig Jahren dazwischen.

Ihr Gesicht wirkte müde, aber sie sah nicht aus, als käme sie von einem Fest. Lächelnd ließ sie sich unaufgefordert an ihrem Tisch nieder.

»Ich bin Mayra«, sagte sie anstelle einer Begrüßung. »Ich arbeite in der Apotheke da vorne.«

»Ich bin Elisa.« Elisa streckte ihre Hand aus.

In diesem Moment waren die zwei Narben an ihrem Handgelenk zu sehen. Hastig zog sie den Arm zurück, aber es war zu spät. Mayra hatte die Überreste eines früheren Schiffbruchs bereits erspäht und schaute sie mitfühlend an.

Wie sich herausstellte, war Mayra ebenfalls Stammkundin im *Drugstore*, wo sie immer zu Abend aß, wenn sie in der Apotheke Dienst hatte, oder einen Milchkaffee trank, wenn ihre Nachtschicht zu Ende war. Und nachdem sie und der Literaturstudent einander dort häufiger begegnet waren, hatten sie sich angefreundet.

»Alle unter neunzig sind in dieser Stadt heute Nacht am Feiern. Welchen Vorwand habt ihr?«, fragte sie die jungen Leute. »Meiner ist, dass ich bis zwei Uhr morgens Dienst hatte.«

Álvaro und Elisa hoben die Schultern und wussten nicht recht, was sie sagen sollten. Elisa überlegte, ob sie den beiden erzählen sollte, dass sie sehr wohl feierte, wenn auch auf ihre Art. Aber zwei Fremden ihr Herz zu öffnen, das ging zu weit, selbst in einer so verrückten Nacht wie dieser.

Trotz ihres Widerstandes schleppte Mayra sie hinaus in die laute Wirklichkeit. Die Ramblas waren eine einzige Partymeile. Hunderte von Menschen außer Rand und Band schwelgten in dieser ersten Johannisnacht der Demokratie, als könnten sie nicht glauben, dass sie sie auch im nächsten und im übernächsten und alle Jahre wieder feiern würden.

Wie von einem Mahlstrom wurden sie von der Menge mitgerissen und mit unbekanntem Ziel weitergetragen. Als sie einsahen, dass es unmöglich war, sich dagegen zu wehren, hakten sich Elisa, Álvaro und Mayra unter, tauchten hinein ins Getümmel und überließen sich den

Umarmungen und Küssen wildfremder Menschen, dem ausgelassenen Treiben, dem Lachen, den hingeworfenen Sätzen und Versprechen für die Ewigkeit, die so lange hielten, wie eine Ampel rot war …

Als sie endlich wieder sie selbst waren, spürte Elisa Sand unter den Füßen. Sie schloss die Augen und atmete tief ein: Ihre Lungen füllten sich mit salziger Luft. Und ohne recht zu wissen, warum, überkam sie ein immenses Bedürfnis zu weinen.

Sie war überwältigt von der Magie dieser Nacht und von den neuen Freunden, die sie gefunden hatte. Es war offensichtlich, dass sie sich besser mit Menschen verstand, die älter waren als sie. Zu Gleichaltrigen fand sie nicht so leicht einen Draht. Heute Nacht jedoch hatte sie das Gefühl, mit diesen beiden Nachtvögeln einen Pakt geschlossen zu haben. Ihr Herz war erfasst worden von der Freude und der Leidenschaft, die um sie herum brodelte. Kaum aber hatten ihre Tränen zu fließen begonnen, konnte sie nicht mehr aufhören. Sie weinte um die vielen in Einsamkeit verbrachten Nächte, sie weinte vor Sehnsucht nach dem Unbekannten, sie weinte aus Angst vor dem Erwachsenwerden … Und vielleicht hätte sie immer so weitergeweint, bis sie auf dem Strand zerflossen wäre, hätte sich nicht ein Arm um ihre Schultern gelegt.

Die zartfühlende Geste und die liebevollen Worte einer jungen Apothekenhelferin waren wie Balsam für ihre Seele.

»Weißt du, dass Tausende von Leuten an vielen Stränden der Welt jetzt in diesem Augenblick ihren sehnlichsten Wunsch auf ein Stück Papier schreiben und dem Meer übergeben? Mir gefällt die Vorstellung, die Wellen würden diese Botschaften zu den Göttern tragen, damit diese den Menschenwesen, die es verdient haben, ihren Wunsch erfüllen.«

Mayra hielt ihr eine weiße Serviette hin, die sie im *Drugstore* mitgenommen hatte, und einen Kugelschreiber.

Elisa lächelte scheu.

Sie musste nicht zweimal überlegen.

»Ich möchte den Jungen wiedersehen, der so gut malt«, schrieb sie.

10

Blicke und Briefe

»Ich kann nicht mein Leben lang in einer Cafeteria herumsitzen und darauf warten, dass du dich herablässt zu erscheinen«, knurrte Germán in sich hinein.

Er sah auf den Kalender und prägte sich das Datum ein: Samstag, der fünfundzwanzigste Juni. Das war der Tag, an dem sich sein Leben ändern würde.

»Jede Woche bekommst du Briefe, aber die sind immer alle für Virtudes Leo, die Kummerkastentante. Diese Woche wirst du einen erhalten, der an dich gerichtet ist«, sagte er sich, während er die Schreibtischschublade aufzog. »Ich werde ihn dir schicken, ich, Germán Herrero, Handelsvertreter und verliebt in deine Stimme«, fügte er hinzu.

Er holte den Füllfederhalter heraus, den ihm sein Patenonkel zum Abitur geschenkt hatte.

Germán schrieb eigentlich immer mit einem BIC-Kuli und verwendete seinen Füller nur für große Anlässe, beispielsweise als er den Kaufvertrag für seinen SEAT unterschrieben hatte. Dieser Brief ist seiner zweifellos würdig, dachte er und strich über den Montblanc.

Die transzendentale Erkenntnis war ihm vor wenigen Stunden gekommen.

Samstags war in der Pension *La Perla* Waschtag.

Es war auch sein freier Tag, aber früh aufstehen musste er trotzdem, weil Doña Concepción an die Zimmertüren klopfte und nach der schmutzigen Wäsche ihrer Mieter verlangte. Von diesem Moment an tobte auf dem Flur der dritte Weltkrieg. Türen wurden aufgerissen und zugeschlagen, Möbel verschoben, der Staubsauger dröhnte …

An diesem Morgen hatte er, um sich gar nicht erst die Laune verderben zu lassen, das Radio eingeschaltet. Er suchte einen Musiksender und hörte schließlich die Schlagerparade. Und mit einem Mal schien sich Demis Roussos, die Nummer zwei der Hitliste, direkt an ihn zu wenden:

Wenn ich sterben muss, möchte ich dich bei mir haben.
Ich weiß, so viel Liebe wird mir helfen, ins Jenseits hinabzusteigen.

Um das Tor zu durchschreiten, wünsche ich weiter nichts.
Liebkost von deiner Stimme, sterbe ich an der Seite meiner Liebe.

Ich werde dich anschauen und einschlafen.

Zwei Abende zuvor hatte er in einem Festsaal am Paralelo mit einer Gruppe Kollegen die Johannisnacht begangen.

Sie hatten getrunken, getanzt und sogar mit ein paar Frauen angebändelt, die gar nicht übel aussahen.

Doch an diesem Morgen war er nur von Sehnsucht nach einer erfüllt, mit der er nie zusammen gewesen war: der Königin seines Herzens, die ihn mit ihrer Stimme bezauberte. Er wusste, dass er sie erst am Montag wieder würde hören können, und die Wartezeit wurde ihm unerträglich lang. Und als die kraftvolle Stimme des griechischstämmigen Sängers sein Zimmer erfüllte, wusste er, dass er etwas unternehmen musste.

Er war zum Schreibwarenladen an der Ecke gegangen, wo er Kugelschreiber und Notizhefte zu kaufen pflegte.

»Ich brauche ein besonderes Briefpapier«, sagte er mehr zu sich und sah sich im Laden um.

Drei Sekunden später geschah genau das, was er hatte vermeiden wollen: Die Verkäuferinnen näherten sich alle drei.

»Wie denn besonders?«, erkundigte sich die Rotgelockte.

»Ganz besonders.«

»Sie wollen wohl ans Königshaus schreiben, was?«, lachte die mit den glatten schwarzen Haaren.

»Oder vielleicht Ihre Doktorarbeit?«, fragte die dritte, die einen blonden Bubikopf hatte.

Er schüttelte den Kopf.

»Ich möchte einfach ein schönes Papier.«

»Was heißt schön?«, mischte sich die Rothaarige wieder ein. »Schön für die Oma? Als Geschenk für Ihre Nichte? Oder …«

Drei gespannte Augenpaare in Erwartung einer Antwort, die er nicht über die Lippen brachte.

Germán hüstelte.

»Ich will einen Brief an den Rundfunk schreiben, weil ich einen Wunsch an eine Sendung habe.«

Die Enttäuschung malte sich in den Mienen der Verkäuferinnen.

»Normale DIN-A-4-Bögen also.« Die Blonde reichte ihm drei Muster. »Suchen Sie sich die Stärke aus.«

»Ich hätte gern etwas ... Persönlicheres.«

Die Augen der Dunkelhaarigen funkelten, als sie ein Schubfach öffnete, das Papier in unterschiedlichen Farben und Texturen enthielt. Einige waren parfümiert, und Germán stieg eine Duftmischung aus Jasmin, Rosen und Lavendel in die Nase. »Doch nicht etwa so etwas?«

Diese Hexen wollen mich auf die Probe stellen, sagte er sich, weil sie keine Anstalten machte, ihm die wundervollen Briefbögen herauszuholen.

»Also schön, Mädels«, sagte er und stützte sich auf den Ladentisch. »Ihr habt mich durchschaut. Es ist für einen Brief an eine besondere Freundin.«

Mit einem Mal hätte Germán schwören können, dass irgendwo in einem Winkel des alten Ladens Musik erklang. Die Mädchen begannen, ihn mit Fragen zu löchern, auf die er spontan Antworten erfand.

»Wie alt ist sie?«

»Kennst du sie gut? Ist sie eine enge Freundin oder nur eine Bekannte?«

»Ist sie leidenschaftlich, romantisch, scheu oder temperamentvoll?«

»Klassisch oder modern?«

Den definitiven Stoß versetzte ihm schließlich der Lockenkopf, allem Anschein nach die Forscheste:

»Und das Wichtigste überhaupt: Was beabsichtigst du mit diesem Brief?«

Wie konnte es nur so schwierig sein, ein Stück Papier zu kaufen und ein Briefchen zu schreiben?

Einen Augenblick lang war Germán versucht, aufzugeben und aus dem Laden zu flüchten, doch die blonde Verkäuferin versperrte ihm den Weg.

»Zwischen dreißig und vierzig, sie sind sich des Öfteren begegnet, aber sie ist nur eine Bekannte, er schätzt sie als romantisch und eher klassisch ein«, fasste die Brünette zusammen und zeigte ihren Kolleginnen ein paar Muster.

Sie führten eine Abstimmung durch, in die er nicht einbezogen wurde, und übergaben ihm ein Päckchen mit fünf zart malvenfarbenen Bögen und zwei passenden Umschlägen, »falls Sie sich vor lauter Nervosität bei der Adresse verschreiben«.

»Viel Glück!«, wünschten alle drei im Chor, während sie ihn kichernd zur Tür geleiteten.

»Vergessen Sie nicht, uns mitzuteilen, ob sie geantwortet hat, und vor allem, ob es zu einem Rendezvous gekommen ist«, rief ihm die Rothaarige noch nach, als er schon auf der Straße war.

Jetzt, da er das gesamte Material vor sich auf dem Tisch ausgebreitet hatte, stellte er sich vor, was passieren würde, wenn die Señorita Leo ihm nicht antwortete.

»Damit würde sie mir nicht nur das Herz brechen, ich müsste mir wohl auch ein anderes Schreibwarengeschäft suchen, um meine Notizhefte zu kaufen.«

Er schloss einen Moment die Augen und streichelte die Feder. Dann begann er zu schreiben, während im Radio Camilo Sesto zu Tausenden von Menschen sang.

Liebe Señorita Leo,

mein Name ist Germán, und ich möchte dir sagen, dass ich ein großer Verehrer von dir bin. Seit über zwei Jahren habe ich nicht eine einzige Verabredung mit dir verpasst. Jeden Abend lausche ich deiner Stimme im Radio.

Ich bin Handelsvertreter. Ich wohne in einer Pension und habe kein Zuhause mehr, seit ich mit einundzwanzig Jahren mein Dorf verließ, um hinaus ins Leben zu ziehen. Meinen Vater habe ich schon früh verloren. Meine liebe Mutter rufe ich jeden Sonntag an, und jedes Jahr zu Weihnachten besuche ich sie. Sie, meine Schwester und meine beiden Neffen sind meine ganze Familie.

Ich beklage mich nicht. Es ist das Leben, das ich mir ausgesucht habe. Es ist mir immer gut dabei gegangen.

Mein Besitz? Das Auto, in dem ich die Kilometer herunterreiße, um meine Kunden zu besuchen, sieben Musterkoffer und ein gutes Rundfunkgerät. Mein Radio ist das Fenster zu dir und mein kostbarster Besitz.

Ich werde dir nichts vormachen.

Ich habe deine Sendung rein zufällig entdeckt. Weil das Rädchen an dem alten Apparat, den ich früher hatte, nicht richtig funktionierte, sodass ich auf der Suche nach einem Fußballspiel auf dich gestoßen bin. Ich weiß noch, als wäre es gestern gewesen, dass du den Brief einer Hausfrau vorgelesen hast, die überzeugt war, ihr Mann sei der Spielsucht verfallen und beteilige sich an geheimen Pokerrunden.

Ich bin aus Neugierde dabeigeblieben. Ich spiele gern Karten und wette gern. Nicht übertrieben, versteh mich nicht falsch. Aber ich wollte wissen, was du ihr antworten würdest. Ich war sicher, du würdest den armen Teufel niedermachen, ohne dass der eine Chance gehabt hätte, sich zu verteidigen. Aber so war es nicht, und das hat mich erstaunt.

Du hast eine sehr warmherzige Stimme, die obendrein vernünftige Dinge sagt.

Und so begann ich Die Stunde der Señorita Leo öfter zu hören. Zuerst an den Tagen, an denen es kein Fußballspiel gab. Später immer. Wenn ich unterwegs bin, höre ich die Sendung im Auto oder halte zum Abendessen bei irgendeiner Bar und bitte, man möge dein Programm einschalten. Wenn ich in meinem Zimmer bin, lasse ich alles stehen und liegen, um dir zuzuhören.

Du sollst wissen, dass du in mir Sehnsüchte geweckt hast, die ich nicht für möglich hielt.

Jetzt träume ich von einem Heim. Ich höre deine Stimme, schließe die Augen und stelle mir vor, ich sitze im Sessel und schlürfe meinen Dyc.

Aus der Küche kommt der Duft der Suppe, die meine Frau gerade kocht. Ich habe Lust, ihr zu sagen, wie hübsch sie ist, wie sehr ich sie liebe und dass wir am Sonntag tanzen gehen werden.

Ich rufe meine Mutter jetzt häufiger an. Ich möchte ihre tausendmal wiederholten Geschichten hören, weil sie von ihrem Leben erzählen und von meinem. Und ich habe versprochen, an einem Wochenende meine Neffen zu besuchen und mit ihnen zu einem Fußballspiel zu gehen.

Ich muss mich sehr verändert haben, wenn es mir sogar Spaß macht, einen Brief zu schreiben. Den du aber bitte nicht in deiner Sendung vorlesen darfst.

Er ist nur für dich. Um mich bei dir zu bedanken.

Ich habe viel herumfantasiert, wie wohl das Gesicht zu dieser Stimme aussehen mag, die mich zum Träumen bringt. Ich weiß nicht, wie alt du bist, welche Farbe dein Haar hat oder wie du dich am liebsten kleidest. Trotzdem glaube ich manchmal, alles Wesentliche über dich zu wissen, allein wegen der Anteilnahme, mit der du die Briefe vorliest, und des überzeugten Tonfalls deiner Antworten. Du musst eine zurückhaltende, aber fröhliche Person sein, sanft, aber mit Charakter.

Ich weiß nicht, ob das, worum ich dich jetzt bitten möchte, normal ist, aber bitte antworte mir.

Ich will keinen Rat. Ich will einen Brief.

Erzähl mir, was du gern tust, wovon du träumst oder was dich bedrückt. Und wenn es nur ein einziges Mal wäre, würdest du mich damit zum glücklichsten Mann unter der Sonne machen.

Glaubst du an die Liebe auf den ersten Ton?

Seit ich dir zuhöre, glaube ich daran.

Germán

Er las seinen Brief noch einmal durch, ohne zu wissen, dass die Adressatin ein paar Bushaltestellen weiter dasselbe mit einem anderen Brief tat, den sie gerade aus Deutschland erhalten hatte.

Liebe Aurora,

ich hoffe, es geht dir gut.

Wie geht es deinem Bruder Nicolás? Ist er immer noch so ein Wirrkopf? Ich weiß noch, als wir Philosophie studierten – was tausend Jahre her sein muss –, da war er schon ziemlich daneben …

Wie dem auch sei, liebe Freundin, wir alle haben unser Päckchen zu tragen.

Ich bin hier in Deutschland und friere mich tot. Kannst du dir vorstellen, dass wir im Juni immer noch im Mantel herumlaufen? Und du bist drauf und dran, ins Meer zu steigen! Wer hat mich bloß auf die Idee gebracht, meine Dissertation in diesem Barbarenland zu schreiben? Um am Ende doch nichts als eine ganz normale Hausfrau zu werden. Ich weiß, du denkst jetzt, es geschieht mir ganz recht, was muss ich mich auch in meinen Doktorvater verlieben, ihn im Mai heiraten und im Juli schwanger werden, aber was hätte ich denn tun sollen? So eine Robe macht mich dermaßen an …

Hans hat mir versprochen, die Sommerferien dieses Jahr bei euch zu verbringen. Wird auch Zeit! Die Kinder kennen ihre Cousins und ihre Großeltern kaum. Und ihr Spanisch, das sie nur mit mir üben können, klingt hart wie Metall. Halte jede Menge Vor- und Nachmittage auf deinem Terminkalender für uns frei, und rede dich nicht mit Arbeit heraus. Wenn es sein muss, rufe ich Don Ramón an und erzähle ihm irgendeine haarsträubende Geschichte. Wir müssen mit den Kindern zum Tibidabo, *im* Petrichol *eine heiße Schokolade trinken, auf dem* Montjuich *im* Walfisch *zu Mittag essen … und vor allem in den Zoo. Du ahnst nicht, wie mich mein Jüngster, Martín, wegen* Copito de Nieve *nervt.*

Die Schulklassen der Kleinen haben hier Tiernamen. Seine ist die der Gorillas. Ich weiß nicht, wie er herausgefunden hat, dass es in Barcelona, der Stadt seiner Mutter, einen weißen Gorilla gibt. Er hat es seinem Lehrer erzählt, und der hat ihn gebeten, eine Arbeit darüber zu schreiben.

Und damit macht er mich jetzt halb wahnsinnig! Er kennt die ganze Geschichte auswendig. Wusstest du, dass der Gorilla in Äquatorialguinea geboren wurde? Anscheinend hatte ein Jäger die gesamte Familie erschossen, weil sie die Anpflanzungen in der Gegend zerstörte. Als er sich dem Kadaver eines der Weibchen näherte, stellte er fest, dass sich an dessen Rücken ein Albinojunges klammerte, das noch am Leben war. Kurzerhand verkaufte er es für 15.000 Peseten an Jordi Sabater Pi, einen Wissenschaftler. Jedenfalls musst du uns einen Gefallen tun. Um diese spezielle Hausarbeit, die wir im Juli präsentieren müssen, perfekt zu machen, brauchen wir ein Bild.

Von Martín soll ich dir ausrichten: »Bitte, bitte, Tante Aurora, schick mir eine Postkarte von Schneeflöckchen. *Ich schicke dir eine von dem Haus, in dem* Beethoven *geboren wurde, weil Mama gesagt hat, den magst du sehr.«*

Da siehst du mal, wie hoch hier einer der größten Komponisten aller Zeiten im Kurs steht. Da schreibt man Sym-

phonien, um am Ende mit einem Affen auf gleicher Stufe zu stehen.

Wir sind nichts, Aurora. Oder beinahe nichts. Du arbeitest immerhin beim Radio, und damit bist du schon beinahe eine Berühmtheit, oder nicht?

Du musst mir unbedingt erzählen, was du da eigentlich machst. Du bist nun schon seit einer Ewigkeit da, und ich weiß immer noch nichts Genaues. Als wärst du bei der CIA!

In diesem Sinne, im Sommer sehen wir uns.

Bis dahin, pass gut auf dich auf.

Marta

PS: Bitte vergiss die Postkarte von Schneeflöckchen nicht. Hab ich schon gesagt, dass es sehr eilig ist?

Aurora konnte sich ein Lächeln nicht verkneifen, als ihr der Verkäufer auf den Ramblas eine ganze Kollektion von Postkarten mit Fotos von *Copito de Nieve* vorlegte.

Ich bezweifle, dass Martín so viele Postkarten von Beethovens Geburtshaus finden wird, sagte sie sich, während sie eine Karte auswählte.

»Hätten Sie ihn lieber im Profil oder von vorne?«, fragte der Verkäufer.

»Ein Bild, auf dem man ihn gut erkennt, bitte«, sagte sie, um irgendetwas zu sagen.

»Dann von vorne. Soll er posieren oder etwas tun?«

»Etwas tun?«, wunderte sie sich.

»Spielen, essen, sich das Gesicht waschen …«

»Lieber posieren«, sagte sie ohne besondere Überzeugung.

»Soll er wild, lieb oder gleichgültig schauen?«

Hätte ihr eine Woche zuvor jemand gesagt, dass sie ein solches Gespräch führen würde, sie hätte es nicht geglaubt. Es war schon ziemlich absurd. Um nicht länger überlegen zu müssen, kaufte sie zwei Porträts und ein Ganzkörperfoto des Gorillas, einen Umschlag und die entsprechenden Briefmarken.

Am Briefkasten bei der Rotonde San Pedro schrieb sie im Stehen und in Schönschrift Martíns Adresse. Sie war so konzentriert, dass sie den großen kräftigen Mann Ende dreißig, der mit einem malvenfarbenen Umschlag in der Hand auf den Briefkasten zusteuerte, gar nicht bemerkte.

»Entschuldigen Sie«, sagte er.

Aurora fuhr erschrocken herum und ließ ihre Handtasche fallen.

Ehe sie sich bücken konnte, hatte der Mann die Tasche bereits aufgehoben und hielt sie ihr hin.

»Tut mir leid, ich wollte Sie nicht erschrecken«, sagte er lächelnd.

Etwas an seiner Art, sich zu bewegen und zu sprechen, flößte ihr Vertrauen ein. Ihr Herz schlug wieder langsamer.

»Schon gut. Ich war so vertieft ins Briefmarkenkleben, dass ich Sie gar nicht habe kommen sehen.«

Mit einer zuvorkommenden Geste ließ er sie ihren Brief zuerst einzuwerfen.

»Hoffen wir, dass unsere Briefe mehr Glück haben als die drei Millionen, die sich im Postamt stapeln«, sagte sie lächelnd zum Abschied.

»Wie bitte?!«

»Sie haben richtig gehört. Wegen der Briefwahl ist die Post total überlastet. So einen Ansturm ist man dort nicht mehr gewohnt«, sagte Aurora im Weggehen mit einem scheuen Lächeln.

»Briefchen, lass du mich nur ja nicht im Stich! Du bist für eine ganz besondere Frau bestimmt, auch wenn diese noch nichts von ihrem Glück weiß«, sagte Germán und blickte dem Brief hinterher, der nun ebenfalls in dem Schlitz des Postkastens verschwand.

»Señorita Leo, wo auch immer du sein magst, wir werden dich finden!«

11

Erfüllte Wünsche

Zu dieser Tageszeit war die Bibliothek fast leer.

Das Abendlicht schien durch die Vorhänge, fiel auf die Bücherrücken in den Regalen und von dort auf den Boden. Die wenigen Besucher, die sich Ende Juni abends um halb acht noch dort aufhielten, wirkten wie Geister.

Wenn die Bibliothek eine magische Stunde hat, dann diese, dachte Elisa, während sie sich mit dem Rücken zur Tür an einen der hinteren Tische setzte.

Für Elisa war es die schönste Zeit. Sie war ein erklärter Fan von Liebesromanen, und an diesem Tag war sie wegen *Das Geheimnis von St. Branok* hier, einem Roman von einer international bekannten Autorin, Philippa Carr.

Sie hielt das Exemplar bereits in den Händen.

Elisa strich über den Einband und beschloss, gleich an Ort und Stelle mit dem ersten Kapitel zu beginnen, weil sie es nicht abwarten konnte, bis sie zu Hause war. Für eine halbe Stunde könnte sie sich in den Weiten englischer Ländereien verlieren. Doch dann erregte etwas anderes ihre Aufmerksamkeit. Auf dem Tisch lag ein blaues Notizheft. Elisa schob es ein Stück beiseite. Wenn sein Besitzer es vermisste, würde er es holen kommen, und sie wollte nicht den Eindruck erwecken, als schnüffelte sie in anderer Leute Sachen. Das Beste war, es dort liegenzulassen, damit wer auch immer es vergessen hatte, es wieder finden konnte.

Erneut versuchte sie, sich auf ihre Lektüre zu konzentrieren, aber das blaue Heft zog ihren Blick magnetisch an. Es war von einem gewöhnlichen Blau, hatte aber etwas Besonderes: Jemand hatte offenbar Stunden damit verbracht, den Umschlag mit seltsamen Symbolen zu bedecken. Sie erkannte das Unendlichkeitszeichen, aber das war auch das Einzige. Was wohl in dem Notizbuch stand? Wem mochte es gehören?

Elisa konnte nicht verhindern, dass ihre Fantasie mit ihr durchging. Und wenn der Besitzer Mitglied einer geheimen Bruderschaft war? Oder wenn es den Grundriss eines antiken Gebäudes enthielt?

Das Naheliegende wäre die Vermutung, dass das Heft jemandem gehörte, der im September noch Prüfungen nachzuholen hatte und in den Sommerferien büffeln musste. Doch an jenem Tag war das Naheliegende nicht in Elisas Interesse.

Sie entschied, Philippa Carr auf zu Hause zu verschieben.

Mit einem raschen Blick vergewisserte sie sich, dass niemand zu ihr herüberschaute. Dann zog sie das Heft zu sich heran und schlug es auf.

Einen Augenblick später schnappte sie nach Luft. Mit dieser Entdeckung hatte sie nicht gerechnet.

»Das ist eine Fügung des Schicksals!«, murmelte sie.

Sie schloss die Augen. Es war der siebenundzwanzigste Juni und somit gerade mal vier Tage her, dass sie den

Göttern des Meeres ihren Wunsch anvertraut hatte. Und schon hatten sie ihr großmütig geantwortet.

Wie hätte sie diese Ritter in ihren blanken Uniformen nicht auf Anhieb erkennen sollen?

Als sie zu blättern begann, fand sie die Seiten voller mathematischer Formeln und Gleichungen, aber aus den Ecken lugten Drachenköpfe, Schilde mit unmöglichen Wappen oder Kriegerhelme. Einige waren hastig hingekritzelt, als wäre die Zeit knapp gewesen, andere nur grob skizziert, aber den meisten sah man die Sorgfalt an, die ihr Schöpfer ihnen hatte angedeihen lassen.

Sie war wie verzaubert von diesen Zeichnungen. Als hätte sie ihr ganzes Leben darauf gewartet, suchte sie eifrig Seite für Seite nach den Figuren ab und fand sie an den überraschendsten Stellen. Eine Multiplikationsaufgabe konnte als Ergebnis einen Ritter mit Lanze haben und eine Ableitung die Beine eines Pferdes verstecken.

Als sie die letzte Seite umblätterte, schien die Zeit mit einem Mal stillzustehen.

Sie war wie vor den Kopf geschlagen.

Das Letzte, was der junge Künstler gezeichnet hatte, war sie. Ihre Augen.

Sie erkannte sich wieder. Ihren fragenden Blick.

Doch bevor sie noch Zeit hatte, ihren Gedanken zu Ende zu denken und zu einem Schluss zu kommen, hörte sie eine Stimme, die die Welt um sie herum wieder in Gang setzte.

»Hörst du nicht die Musik?«

Elisa wagte es nicht aufzusehen.

Sie wusste, wem diese Stimme gehörte.

Eine Hand nahm ihr behutsam das Büchlein weg.

»Danke, dass du darauf aufgepasst hast«, sagte die Stimme. »Es ist mir sehr kostbar. Und nicht nur, weil es meine gesamten Aufzeichnungen enthält, die ich für die Matheprüfung im September brauche.«

Sie rührte sich nicht vom Fleck.

»Gehen wir?«, fragte die Stimme.

Sie hätte weiterhin da gesessen, zur Salzsäule erstarrt, wäre nicht mit tadelnder Miene die Bibliothekarin herangerauscht.

»Hast du schon wieder dein Heft vergessen, Toño?«, fragte sie leise. »Eines Tages vergisst du noch deinen Kopf! Ich weiß gar nicht, wie deine arme Mutter es mit dir aushält.«

Der Junge grinste und zuckte mit den Schultern.

»Na los, ihr müsst gehen, die Bibliothek schließt jetzt. Oder denkt ihr, ihr könnt heute alles nachholen, was ihr im ganzen Schuljahr nicht gelernt habt?«

»Toño, Toño, Toño …«, hallte es in Elisas Kopf wider, während sie dem Jungen zur Tür folgte.

»Du bist mir gegenüber im Vorteil«, stellte er fest, kaum dass sie draußen waren.

»Inwiefern?«, fragte sie erstaunt.

»Beispielsweise kennst du meinen Namen, aber ich deinen nicht.«

»Elisa«, erwiderte sie zaghaft.

»Ein schöner Name. Und, Elisa, abgesehen davon, dass du gern in den Notizen anderer Menschen herumstöberst, was macht dir sonst noch Spaß?«

Sie wurde rot, und Toño bereute seinen Scherz sofort.

Dieses Mädchen gehört eher zu den Schüchternen. Ich sollte es langsam angehen lassen, dachte er.

»Offensichtlich liest du gern«, sagte er und wies auf die Regalwände. »Oder musst du auch noch ein Fach nachholen?«

»Nein, ich habe alles bestanden. Ich leihe mir hier nur Bücher aus.«

»Und was liest du am liebsten?«

Statt einer Antwort fragte Elisa zurück:

»Nimmst du Zeichenunterricht? Du zeichnest sehr gut. Hast du das von klein auf gemacht?«

Ihr fiel es leichter zu fragen, als zu antworten.

Hoch erfreut, über seine Lieblingsbeschäftigung sprechen zu können, ließ Toño sich nicht lange bitten.

»Weißt du was? Ich bringe dich nach Hause, und auf dem Weg dorthin erzähle ich es dir. Es ist eine lange Geschichte!«, erklärte er lächelnd, seine Seele im Bann ihrer Lippen.

Er befand sich an einem Scheideweg. Ein Ja aus dem Mund dieses Mädchens, und sein Sommer wäre gerettet.

Elisa nickte und ging voran.

Er folgte ihr, ohne zu wissen, dass er das von diesem Augenblick an für viele Jahre tun würde.

12

Falsche Geschenke

Sonntage mit Sonnenschein waren für Aurora wie ein Geschenk.

Sie verließ früh das Haus und ging die Calle Balmes hinunter zur Plaza Molina. Es war ihr zur lieben Gewohnheit geworden, beim Frühstück die Zeitung zu lesen, immer in derselben Bar, immer bei einer heißen Schokolade mit Churros. Anschließend würden ihre Schritte sie zum Vergnügungspark Caspolino auf der Plaza Gala Placidia führen. Angelockt von der Musik der Erinnerung.

Ihr gefielen die bunten Lichter, der Geruch nach glasierten Äpfeln und das Hupen der Autoscooter. Aber vor allem liebte sie die erwartungsfrohen Gesichter der Kinder, die mit ihren Eltern Schlange standen, um ein Karussellpferdchen zu reiten.

Zwei dieser Kinder waren einst auch sie und Nicolás gewesen. Und auch wenn die silbrigen Fäden in ihrem Haar das Gegenteil bezeugten, kam es ihr so vor, als wären seither kaum ein paar Jahre vergangen. Der Rummelplatz Caspolino, in den Vierzigerjahren eröffnet, war aus ihrem Leben nicht wegzudenken, ebenso wenig wie aus dem Leben Tausender anderer Barceloner.

Dieser Julimorgen bildete da keine Ausnahme.

Als sie stehen blieb, um einer Gruppe Jugendlicher bei einer furiosen Partie Tischfußball zuzusehen, dachte sie an ihren Bruder, wie immer, wenn sie dort umherstrich. Sie hatte ihn länger nicht gesehen. Seit er sie vor zwei Wochen versetzt hatte, telefonierten sie zwar fast täglich, aber nie konnte sie ihn zu einem Treffen bewegen. Immer war er schon verabredet oder hatte etwas zu erledigen.

Was er wohl treibt?, fragte sich Aurora bekümmert.

Sie blickte in den Himmel, der strahlend blau war.

Da kam ihr ein Gedanke.

»Kommt der Berg nicht zum Propheten, geht der Prophet eben zum Berg«, murmelte sie vor sich hin, während sie die Treppe zum Bahnsteig hinunterstieg.

Zwanzig Minuten später drückte sie auf den Knopf der Gegensprechanlage eines alten Portals.

Die Straße, eng und dunkel, war eine der vielen Gassen im Barrio Gótico, die man auf keinem Stadtplan fand. Der Gestank nach Urin und abgestandenem Wein hüllte Aurora ein. Sie mochte die Umgebung nicht, in der ihr Bruder wohnte, aber noch weniger mochte sie seine Mitbewohnerinnen. Seitdem er diese Frau und deren Tochter kannte, wurde es immer schlimmer mit ihm. Sie kannte die beiden nicht, doch wusste sie auch so, wie sie waren und um was es ihnen ging.

Sie schloss die Augen. »Mach auf, Nicolás, bitte«, flüsterte sie

Die erfreute Miene und die bärenhafte Umarmung ihres Bruders bewiesen, dass es eine gute Idee gewesen war, ihn zu besuchen.

Nicolás, der tiefe Ringe unter den Augen hatte und dünner geworden war, freute sich so unbändig, seine Schwester zu sehen, dass sie schon glaubte, er wollte im Hausflur anfangen zu tanzen. Arm in Arm mit ihm fühlte sie sich leicht. Auf dem Weg zu den Ramblas schienen Sorgen und Traurigkeit von ihr abzufallen.

Vielleicht sind das alles nur Hirngespinste von mir. Vielleicht geht es Nicolás ja gut, und er ist einfach sehr beschäftigt, beschwichtigte sie sich selbst.

Sie tauchten ein in die Menge aus Touristen und Einheimischen, ließen sich vorbeitreiben an den Ständen, wo man Blumen und Kleintiere kaufen konnte.

»Schau mal, Paquito hat einen Zwillingsbruder«, rief Nicolás plötzlich und stupste ihr den Ellenbogen in die Rippen.

»Wie?«

»Hallo, mein Freund«, grüßte Nicolás.

Ein grüner Papagei schaute ihn gleichgültig an. Der Vogel kniff ein Auge zu, als versuchte er, die Gestalt, die vor ihm stand, zu fokussieren. Dann öffnete er es wieder.

»Komm schon, mein Hübscher, sag was«, beharrte Nicolás.

Der Vogel legte den Kopf zur Seite. Aurora hatte das Gefühl, als zögerte er für den Bruchteil einer Sekunde, ehe er ihnen ganz den Rücken kehrte.

»Na, du bist ja kein sehr leutseliger Papagei«, schimpfte ihr Bruder. »Pass bloß auf, dass ich dich nicht kaufe und mit getrockneten Aprikosen schmore.«

Aurora lachte.

»Vielleicht ist er auch ein Papagei mit Menschenkenntnis, der sich nicht mit jedem anfreundet.«

Nicolás hob die Schultern und wandte sich einem Käfig mit Meerschweinchen zu. Während sie ihn davor kauern sah, überfiel Aurora zum zweiten Mal an diesem Morgen die Nostalgie.

Ich werde eben alt, dachte sie nachsichtig, und im selben Moment überraschte ihr Bruder sie mit einem Geschenk.

»Eine Rose für eine Rose«, sagte er und zeigte auf eine rote Rose, die allein aus einem Plastikeimer ragte.

Eine ältliche Gitana lächelte und erhob sich ohne Eile von ihrem Hocker.

»Nicolás, das ist doch nicht nötig«, sagte Aurora sanft.

Die Arme der Gitana hielten auf halbem Weg inne, und ihr fragender Blick schien eher dem Schicksal als dem jungen Herrn zu gelten.

»Und ob das nötig ist! Meinst du etwa, ich wüsste nicht mehr, dass ich dich am Sonntag vor zwei Wochen umsonst habe warten lassen«, entgegnete er zerknirscht. »Du ahnst nicht, wie leid mir das getan hat, aber … wenn ich es mit dieser kleinen Gabe wiedergutmachen dürfte, würde ich mich besser fühlen.«

»Das ist doch längst vergessen«, sagte Aurora lächelnd und nickte der Verkäuferin zu, die sich beeilte, die Rose in Zellophan einzuwickeln, bevor dieses unschlüssige Paar womöglich noch einen Rückzieher machte.

Aurora hatte es nie ertragen können, wenn ihr kleiner Bruder Kummer hatte. Schon als Kind war sie imstande gewesen, eine Strafe über sich ergehen zu lassen, nur damit Nicolás nicht verboten wurde, auf der Straße zu spielen, oder er auf das Briefchen mit den Sammelbildern verzichten musste, das der Vater ihm jeden Sonntag kaufte. Gern erduldete sie den Hausarrest, wenn er dafür mit seiner Münze in der Hand lachend zum Kiosk rennen durfte. Er bedankte sich fast nie für ihr Opfer, doch wie sollte man ihm das verübeln? Mit seinem gewinnenden Lächeln und seiner Wortgewandtheit ließ er sie binnen fünf Minuten alles vergessen.

Mich wundert es nicht, dass die Frauen auf ihn fliegen. Auch wenn der Traum dann jedes Mal schnell ausgeträumt ist, dachte Aurora traurig.

»Ich bin mir nicht sicher, ob du mir wirklich schon verziehen hast«, sagte er jetzt mit schmeichelnder Stimme. »Aber wenn ich dich zum Essen einladen würde …«

»Hör auf, hör auf!«, gab sie zurück. »Nein, im Ernst, du bist immer knapp bei Kasse. Mir wäre es lieber, du hebst dein Geld auf für etwas, das du brauchst. Ich bin vollauf zufrieden, mit dieser Rose in der Hand an deinem Arm über die Ramblas zu spazieren. Hast du gesehen, was für neidische Blicke ich ernte?«

Nicolás lachte erneut und von Herzen.

Aurora betrachtete ihn aus dem Augenwinkel.

Trotz seines ungesunden Lebenswandels, und von den Augenringen einmal abgesehen, schien dieser Mann einen Pakt mit dem Teufel geschlossen zu haben. Sein Gesicht bewahrte seine Schönheit, trotz der unübersehbaren Spuren der Zerstörung. In diesem Moment warf eine riesige dunkle Wolke einen Schatten über Barcelona und zugleich auch über Auroras Herz.

Dieses verfluchte, tausendmal verfluchte Heroin!

»Du musst wissen, dass sich für mich hier bald alles ändern wird. Ich glaube, Fortuna ist mir endlich wieder hold. Ich habe da etwas im Auge, ein Geschäft, bei dem nichts schiefgehen kann.«

Vor lauter Erleichterung wurde Aurora nachlässig.

Während sie die Touristen beobachtete, die um die Hütchenspieler herumstanden und sich bemühten, dem Weg des Kügelchens unter den blitzschnell hin- und hergeschobenen Hütchen zu folgen, merkte sie nicht, wie auch für sie eine Falle ausgelegt wurde.

»Also gut, zum Essen nicht, aber eine Hafenrundfahrt wirst du mir doch nicht abschlagen, oder?«, fing ihr Bruder noch einmal an. »Ich habe schon so lange kein Meerwasser geschmeckt!«

»Vom Boot aus wirst du es auch nicht schmecken«, sagte seine Schwester augenzwinkernd. »Oder hast du vor, über Bord zu springen?«

Sie hatten Glück.

Unmittelbar bevor der Schalter schloss, bekamen sie noch Fahrscheine und setzten sich dicht an die Reling.

Nicolás erinnerte sich an einen Spaß, den ihr Vater immer mit ihnen getrieben hatte. Er gab seiner Schwester einen Stoß in die Seite und sagte:

»Pass bloß auf, dass du den Delfin nicht verpasst!«

Ihr Vater hatte ihnen immer erzählt, dass der Delfin jahrelang einen katalanischen Fischkutter durch das offene Meer begleitet hatte. Während der nächtelangen Wartezeiten hörten die Fischer Radio, fütterten ihn, redeten mit ihm über Fußball … »Und als die Männer feststellten, dass sie für die hohe See zu alt geworden waren, und in den Hafen zurückkehrten, da folgte ihnen der Delfin«, schloss der Vater seine Erzählung stets und wartete auf den Kommentar seiner kleinen Tochter, die dann immer sagte: »Na klar, sie waren ja Freunde geworden.«

Dann lachten der Vater und Nicolás sie aus und antworteten: »Ach was! Der Delfin war Barça-Anhänger geworden und hielt es nicht mehr aus, ohne zu wissen, wie die Spiele seines Vereines ausgingen. Darum zieht er seine Runden noch heute im Hafen, und wenn ihm ein freundlicher Bürger die Resultate vom letzten Sonntag oder die Mannschaftsaufstellung verrät, schießt er aus dem Wasser und macht vor Freude eine Pirouette.«

Ihr Bruder beugte sich über die Reling und begann zum Erstaunen eines alten Ehepaares die Elf aufzuzählen, die an diesem Nachmittag spielen würde.

»Das nenne ich Leben!«, sagte Aurora, sog die salzige Luft ein, schloss die Augen und legte den Kopf an die Schulter ihres Bruders, der noch immer in die Wellen starrte.

»Möchtest du immer so leben, Ora?«

»Was meinst du mit so?«, fragte sie zurück und überhörte auch das zweite Schrillen der Alarmglocke.

Als sie Kinder waren, hatte Nicolás sie immer Ora genannt. Doch sie wurden größer, und zusammen mit den einbeinigen *Madelmans*, den vollgekritzelten Comics und dem Bobbycar war der Name in Vergessenheit geraten. Ihr Bruder holte ihn nur noch hervor, wenn er etwas ausgefressen hatte oder im Begriff war, es zu tun.

»Wie an einem strahlenden Julisonntag«, wisperte er ihr ins Ohr.

Ihre Antwort war nur ein Seufzen.

Ein paar Sekunden herrschte Stille.

Am Himmel war das Kreischen der Möwen zu hören. Und plötzlich empfand Aurora die Aasfresser als Unglücksboten.

Sie öffnete die Lider und blickte direkt in Nicolás' glühende, fiebrige Augen, die sie fast durchbohrten.

»Dann musst du mir helfen, Ora.«

Sie hob den Blick gen Himmel.

Ein Schwarm Möwen kreiste über dem Boot. Ihr wildes Geschrei übertönte Auroras Gedanken.

»Wie meinst du das?«, sagte sie abwehrend.

»Ich habe Bekannte getroffen, die mir ein total sicheres Geschäft anbieten wollen. Import-Export …«, fing er an, die Augen zum Horizont gerichtet. »Es ist eine sagenhafte Chance. Das Ende aller meiner Probleme. Und du kannst dann auch beim Radio aufhören.«

Die Moderatorin versuchte eine sinnlose Verteidigung.

»Aber ich bin gern beim Radio. Ich will meine Arbeit gar nicht aufgeben.«

»Na gut, dann hör mir zu. Wenn diese Sache klappt, kannst du dir dein eigenes Radio kaufen! Und ein auserlesenes Kulturprogramm machen …«

Aurora wollte erneut Einspruch erheben, aber sie kam nicht dazu.

»Würdest du nicht gern eine Sendung über Filme machen? Wo du doch das Kino so magst!«

»Ja, Nicolás, natürlich würde ich das gern …« Sie hielt einen Moment inne, ehe sie die Breitseite abfeuerte. »Was ich nur wissen will, ist, wie viel mich dein Traum diesmal kosten soll? Und was ich damit zu tun habe?«

»Sei doch nicht so! Du bist meine große Schwester und alles, was ich habe. Also möchte ich eine solche Wahnsinnsgelegenheit mit dir teilen. Was wäre ich denn sonst für ein Bruder?«

Ein normaler Bruder?, fragte sich Aurora im Stillen.

»Ich langweile dich nicht mit Einzelheiten, Schwesterherz, weil du von Geschäften nun mal nichts verstehst. Das überlass ruhig mir. Was Besseres kann mir gar nicht passieren. Schweizer Uhren, französischer Modeschmuck, alles vom Feinsten … Alles via Andorra. Was hältst du davon? Freust du dich nicht für mich?«

Wieder stieß er sie mit dem Ellenbogen in die Seite.

»Jedenfalls kann ich dir zu Weihnachten eine Goldkette für das Medaillon mit der Jungfrau vom Karmel schenken, das Mama dir hinterlassen hat. Du hast es noch gar nicht tragen können. Ich weiß, dass ich daran schuld bin, weil ich den Schmuck damals verpfändet habe und du nur genug Geld hattest, um die Jungfrau auszulösen, aber nicht die Kette …«

Aurora seufzte. Diesmal war es ernst. Ihr Bruder fuhr die ganz schweren Geschütze auf.

»Und deine Partner? Was sollen das für Leute sein?«

Aurora kam sich vor wie ein Katzenbaby, das sich mit dem Pfötchen gegen einen Dobermann zur Wehr setzt.

»Saubere Leute, Aurora. Angustias hat sie mir vorgestellt. Ja, ich weiß, du kannst sie nicht leiden«, er räusperte sich, »aber sie ist nun mal aus reichem Haus und hat immer noch Kontakt zu Freunden ihrer Eltern. Sie hat das alles eingefädelt, um mir einen Gefallen zu tun.«

Als sie den Namen der Frau hörte, zu der sie so wenig Vertrauen hegte, schwand ihr Mut.

»Wenn du dir deiner Sache so sicher bist, warum fragst du mich dann noch, was ich davon halte?«, murmelte sie, während sie instinktiv ihre Tasche umklammerte.

»Mit Leuten dieses Kalibers kann man keine Geschäfte machen, ohne selbst etwas beizutragen«, erklärte ihr Bruder hastig. »Das verstehst du doch, nicht wahr? Wie du weißt, habe ich in der letzten Zeit reichlich Pech gehabt und …«

Auch nichts dagegen unternommen, dachte Aurora, die ihm etliche Male angeboten hatte, sich für ihn einzusetzen, damit man ihm die Nachtschicht am Empfang des Senders übertrug. Er hatte abgelehnt mit der Begründung, das sei nichts für ihn.

Nicolás schwieg. Er sammelte seine Kräfte für den alles entscheidenden Schlag, der die Seele seiner Schwester erschüttern würde.

»Außerdem habe ich ihnen schon mein Wort gegeben, und sie haben mir einiges erzählt …, du weißt ja, wie solche Leute sein können, wenn sie das Gefühl haben, dass man sie reinlegen will. Wenn die denken, ich nehme sie nicht für voll, dass ich ja sage, aber nein meine … wer weiß, was die dann mit mir anstellen! Ich habe dir doch gesagt, dass sie zuverlässig sind. Sie haben einflussreiche Freunde, Aurora, es stimmt nämlich gar nicht, dass alles anders geworden ist. Es sind immer noch dieselben Leute, nur tragen sie jetzt Anzug statt Uniform.«

Zwei Möwen flogen über ihren Köpfen, so dicht, dass sie eine Passagierin fast gestreift hätten und diese erschrocken aufschrie. Der Rest des Schwarms zog weiter kreischend seine Kreise am Himmel, direkt über dem Boot. Die Passagiere wurden unruhig. Was war los mit diesen Vögeln?

»Was willst du von mir, Nicolás?«, fragte sie, sah ihm geradewegs in die Augen und bemühte sich, ein klein wenig Würde zu bewahren.

»Fünfundzwanzigtausend Peseten, die ich dir mit Zinsen zurückzahlen werde«, antwortete er und drückte seiner Schwester die Hände. »Und ich brauche das Geld sofort. Können wir morgen zusammen zur Bank gehen?«

Wie ein Militärgeschwader stürzten sich die Möwen auf das Deck des Bootes.

Das alte Ehepaar, einige Familien, Pärchen … alle flüchteten sich Hals über Kopf ins Innere des Ausflugsschiffchens.

Nur eine Radiomoderatorin mit tränennassen Wangen und ein geistesabwesender Russisch-Roulette-Spieler waren Zeugen, wie sechs weiße Vögel mit schwarzen Seelen sich über den Kadaver einer Ratte hermachten, die achtern in den Schlingen einer Taurolle gefangen war.

13

Asphaltferien

»Diese Hitze wird uns umbringen, Kindchen. Ich besuche dich erst wieder, wenn du ein paar von diesen Dingern aufgestellt hast, ordentlich große Ventilatoren …«

Sole sah Rosario belustigt an. Die Temperatur war die gleiche wie an jedem siebzehnten Juli, aber dieser Frau war das egal.

Rosario stammte aus Andalusien und war ihre beste Freundin. Sie hatten zusammen in der Schneiderei gearbeitet, als sie noch fast Kinder waren. Dann hatte Sole geheiratet und auf Wunsch ihres Antonios gekündigt. Ihre Freundin dagegen, mit viel Eigensinn und einem Ehemann, »der ein Schatz ist, das gebe ich gern zu«, beschloss weiterzuarbeiten. Zwanzig Jahre später hatte die Tochter eines Schafhirten selbst eine Tochter und ihren eigenen Laden, in dem sie für die Damen der besseren Gesellschaft nähte. Auf beides, Amelita und ihr Geschäft, war Rosario sehr stolz.

Und zwanzig Jahre lang hatte sie ihrer Freundin vorgeschlagen, mit in ihrem Laden einzusteigen, mehr zu deren Wohl als aus Notwendigkeit, doch wann immer Sole das Thema ihrem Mann gegenüber anschnitt, wollte dieser nichts davon wissen.

»Was ist das für ein neumodischer Unfug. Das hatten wir doch längst besprochen. Kümmere du dich um die Kinder, um mich, um unser Haus, wie wir es bei unserer Hochzeit vereinbart haben«, tobte er.

»Na schön«, sagte Rosario, als sie diese Szene einmal miterlebt hatte. »Dann sind wir geschäftlich eben keine Partnerinnen, aber weder dein Mann noch sonst jemand wird verhindern können, dass wir Freundinnen sind.«

Seitdem hatte ihr die Freundin aus Andalusien mit unverbrüchlicher Loyalität stets zur Seite gestanden.

»Ventilatoren? Was meinst du wohl, wie lange so ein Gerät hier halten würde, bei meinen vier Wildfängen? Na ja, die gnädige Frau hat ja auch nur ein Prinzesschen …«

»Die tausche ich dir gern gegen Miguel oder Ramón ein!«, schnaufte Rosario und verdrehte die Augen. »Sie hält ihren Vater und mich ganz schön auf Trab. Sie ist erst fünfzehn, spielt sich aber mächtig auf … Ob es ein Fehler war, ihr so viel Freiheit zu lassen? Jetzt will sie im August mit zwei Freunden zum Zelten fahren, stell dir das mal vor.«

Sole lachte. Sie war Amelitas Taufpatin und hatte sie aus nächster Nähe aufwachsen sehen. »Die Kleine hat ihr Herz auf dem rechten Fleck, sie ist nur ein bisschen eitel und amüsiert sich gern. Sie kommt schon noch zur Vernunft«, pflegte sie ihre Freundin zu beruhigen, auch wenn sie davon manchmal selbst nicht ganz überzeugt war. Ihr Mann jedenfalls sagte immer nur: »Wenn sie dieses

Mädchen nicht fester an die Kandare nehmen, werden sie noch ihr blaues Wunder erleben. Mit diesen Miniröcken, den hohen Absätzen und schon in ihrem Alter angemalt wie ein Clown …«

Ein Luftzug wehte durch die Küche, unmittelbar bevor Toño in der Tür erschien.

Der Junge saß fast jeden Morgen in seinem Zimmer und lernte, und gelegentlich ging er nachmittags in die Bibliothek und hinterher mit seinen Freunden an den Strand oder zum Montjuich.

Sonne und frische Luft tun diesem Jungen gut. Was er für eine schöne Farbe hat! Und wie groß er ist, dachte Rosario, als er hereinkam.

»Hallo, Tante Rosario! Ich wusste gar nicht, dass du da bist«, sagte Toño und küsste sie auf die Wange.

»Wie du siehst, mein Kleiner, leiste ich deiner Mutter Gesellschaft beim Schwitzen. Man sagt ja, Hitze sei gut zum Abnehmen«, erwiderte Rosario, die ziemlich rundlich war. »Die Küche ist die Sauna der Armen.«

Sie zwinkerte ihm zu, ohne das Kartoffelschälen zu unterbrechen.

»Was gibt's zum Abendessen?«, fragte er seine Mutter.

»Wir machen gerade einen Kartoffelsalat.«

Sole war Spezialistin für Rezepte mit Nudeln, Kartoffeln oder sonstigen Kohlenhydraten. »So viele hungrige heranwachsende Männer schränken die kulinarische Fantasie ein«, klagte sie oft.

»Mmh …«, machte er und steckte den Kopf in den Kühlschrank. »Ist noch Limonade da? Bei dieser Hitze sterbe ich vor Durst, und wenn ich sterbe, lernt hier keiner mehr Mathe!«

Sole nickte. Sie legte die Tomate, die sie gerade kleinschnitt, auf den Tisch und deutete auf den Krug. Der Junge schenkte drei Gläser ein und servierte eines seiner Mutter und eines seiner Patentante.

»Und Toño fährt nicht weg in den Ferien?«, erkundigte sich Rosario, als der Junge wieder gegangen war.

»Doch, wir verbringen alle zusammen zwei Wochen in dem Haus meiner Schwiegereltern auf dem Land. Sobald Antonio Urlaub bekommt …«

»Ich meine, ob er nicht allein irgendwohin will, wie meine Amelita.«

Sole schaute sie verständnislos an.

»Das wäre ja noch schöner! Er hat keinen Duro, er muss lernen, sein Vater zieht ihm das Fell über die Ohren … Von so etwas träumt er nicht mal.«

Rosario schwieg nachdenklich.

»Unsere ganze Nachbarschaft ist schon weg oder am Packen«, seufzte Sole. »Gestern habe ich gesehen, wie die González' ihren Fiat 600 bis unters Dach beladen haben. Außer der Oma, die sie bei einer Tante gelassen haben, die genauso alt ist wie sie, haben sie alles mit nach Benidorm genommen.«

»Was du nicht sagst! Benidorm? Das ist ja toll.«

»Na, also hör mal, so toll finde ich das nicht, dass sie die alte Frau, die so nett ist und den ganzen Winter über für alle kocht, hierlassen«, schimpfte Sole. »Fahren können die meinetwegen, wohin sie wollen.«

»Ja, scheint, dass jetzt alle ausfliegen«, meinte Rosario geistesabwesend. »Auf dem Markt sind die meisten Stände schon geschlossen, und mit der Ausrede, es seien ja bald Ferien, haben die anderen auch kaum noch frische Ware. Die vom Obstladen sind auch ans Meer gefahren, an die Costa Brava, glaube ich. Und der Fischhändler und seine Frau sind dieses Jahr auf Mallorca, weil sie Silberhochzeit haben …«

Nach und nach erschien Sole ihr eigenes Viertel immer mehr wie eine Pappmachékulisse. In ein paar Tagen würden die Kirchenbänke leer und die Läden alle zu sein. An die Betriebsamkeit gewöhnt, die das ganze Jahr über herrschte, fühlte sie sich mit einem Mal fremd in ihrer eigenen Umgebung. Sie seufzte und schüttelte den Kopf.

»Selbst die Bäckereien schließen, und ich werde ewig laufen müssen, um ein Brot zu kaufen. Und dabei haben wir noch nicht mal August … Dann ist mein Haus die einzige Oase inmitten einer Wüste!«, sagte Sole wehmütig, weil sie wusste, dass am einunddreißigsten Juli auch ihre Freundin mit ihrer Familie in die Alpujarras fahren würde.

Vertraute Stimmen drangen durchs Küchenfenster herein, und beide lächelten.

»Wenigstens sind die Kinder glücklich«, sagte Rosario und trank einen Schluck Limonade.

»Natürlich, ohne Autos gehört die Straße ihnen«, meinte Sole, die ihre drei Kleinen frühmorgens mit dem Ball rausgehen sah und erst wieder von ihnen hörte, wenn der Hunger sie zurück ins Haus trieb. Sie richteten sich im Hof der Finca ein provisorisches Fußballfeld her und trugen eine kleine Liga aus, die von St. Johannis bis St. Ignatius dauerte.

Ohne Stundenpläne, ohne Hausaufgaben genossen sie ihre Freiheit in vollen Zügen. Sie spielten Ball, Verstecken, fuhren Rad und waren in diesen Sommerwochen die wahren Herren ihres Stadtviertels.

»Weißt du, Sole …«, begann Rosario jetzt zögernd.

»Wirst du es mir also endlich sagen!«, entgegnete Sole.

»Was soll denn das heißen?«

»Dass du seit einer Weile nicht richtig da bist, weil du offenbar über irgendetwas nachgrübelst.«

»Ich will es nicht abstreiten …«, erklärte Rosario lächelnd. »Du kennst mich gut, was?«

Sole nickte.

»Nun, dein Sohn Toño hat mich vorhin sehr beeindruckt. Er sieht ausgesprochen gut aus.«

Sole sah sie überrascht an.

»Meinst du, er ließe sich verkuppeln mit …«

»Herrje, Rosario, der Junge ist noch keine einundzwanzig.«

»Ja, darum ist er perfekt.«

»Jetzt verstehe ich dich nicht.«

»Er ist ein guter Junge, nicht wahr?«

»Das kann man sagen«, erwiderte Sole stolz.

»Zuverlässig?«

»Ja, schon. Manchmal ein bisschen versponnen, und in letzter Zeit scheint er sich zunehmend für Politik zu interessieren, was mir gar nicht gefällt. Ich glaube, er hat einen Lehrer in Geschichte, der den Kindern viele Flausen in den Kopf setzt.«

»Aber nichts Ernsthaftes, oder? Ich meine, geht er auf Demonstrationen?«

»Natürlich nicht!«, wehrte Sole erschrocken ab. »Was soll denn dieses Verhör?«

»Amelita ist fünfzehn. Ich weiß, dass sie Jungs mag, die ein bisschen älter sind als sie. Und vielleicht, eines Tages ... Was wäre, wenn ich deinen Sohn bitten würde, mit meiner Tochter auszugehen ... Sie wären ein hübsches Paar, findest du nicht?«

»Soll er auf sie aufpassen oder sich in sie verlieben?«, fragte Sole belustigt.

»Na ja ...«

»Ich sage das nur, weil aufpassen ja vielleicht ginge. Aber was das Verlieben betrifft, kommen wir, glaube ich, zu spät.«

»Was? Unser Toño ist verliebt? Das hast du ja schön für dich behalten!«

Sole beschwichtigte ihre Freundin. Sie sagte, sie wisse auch nichts Genaues, aber seit einiger Zeit sei ihr Sohn verträumter denn je. »Und neulich habe ich ihn dabei erwischt, wie er zum ersten Mal eine Prinzessin gezeichnet hat! Keinen Drachen, kein Pferd, keinen Ritter, nein. Ein Mädchen mit langen blonden Haaren!«

Der Nachmittag kroch in die Küche, wo die beiden Freundinnen schon seit geraumer Weile die Hände in den Schoß gelegt hatten und nur noch plauderten.

In der Ferne hörte man eine Kirchenglocke.

»Nicht zu glauben! So spät schon?«

»Ruf zu Hause an und sag, dass du mit uns zu Abend isst. Dann können wir uns nachher zusammen etwas im Radio anhören«, rief Sole aus. »Das fände ich sehr schön!«

Gesagt, getan. Zehn Minuten später futterten Soles vier Kinder in der Küche, und die beiden Frauen lauschten auf dem Balkon dem Radio.

Der Abend war ebenso heiß wie der Nachmittag.

Rosario saß in ihrem gepunkteten Trägerkleid da und wedelte ununterbrochen mit ihrem Fächer.

»Die haben bestimmt eine richtige Klimaanlage, so eine moderne, und brauchen nicht so zu schwitzen wie wir.«

»Wen meinst du?«, fragte Sole.

Rosario nickte zu dem Radiogerät hinüber.

»Die Radiosprecher, wen denn sonst?«, lachte sie.

»Womöglich haben sie nicht nur eine, sondern einen ganzen Haufen«, witzelte Sole. »Sprecherinnen wie Señorita Leo müssen bestimmt keine Kartoffeln schälen. Sie wird eine eigene Köchin haben, vielleicht sogar einen Butler! Meinst du, sie hat auch eine Stylistin, die sich um ihre Garderobe kümmert, und eine persönliche Visagistin?«

»Kindchen, du schaust zu viele Filme! Das ist Barcelona und nicht Hollywood«, sagte Rosario.

Sole überhörte die Bemerkung ihrer Freundin und spann ihren Gedanken weiter.

»Nachmittags geht sie mit ihren Freundinnen einkaufen. Oder in eine schicke Bar oberhalb der Diagonal zum Cocktail. Gewiss hat sie keine Geldsorgen«, murmelte

Sole, die immer nur mit Ach und Krach bis zum Monatsende hinkam.

Ihr liebster Zeitvertreib am einunddreißigsten hieß »dem Konto den Saum rauslassen«, um ein Paar neue Schuhe für den Jüngsten oder den Zahnarzt für den Ältesten zu bezahlen.

»Sole, wenn ich dich nicht so gut kennen würde, könnte mir der Verdacht kommen, dass du … ein bisschen neidisch bist?«

»Wie kommst du denn darauf?«, fragte Sole lachend zurück. »Aber weißt du, worum ich sie wirklich beneide? Um den gutaussehenden, aufmerksamen Ehemann, den sie sicherlich hat. Und die ganzen Fans, die ihr jede Woche Blumen in den Sender schicken.«

»Vielleicht hat sie ja auch noch einen Liebhaber«, setzte Rosario noch eins drauf und zwinkerte schelmisch.

»Nein! So eine ist das nicht. Ausgeschlossen«, verteidigte Sole die Radiosprecherin. »Hörst du nicht, wie sie die Briefe beantwortet? Sie ist eine Frau mit Herz. Und sicher treu.«

Ein Seufzer entwischte einem Balkon im Ensanche und verlor sich zwischen den Sternen. Sole dachte, dass alles, was mit der Liebe zu tun hatte, kompliziert war. Auf die Balkonbrüstung gestützt schaute sie zu, wie ihre Freundin Rosario die vier Jungs küsste, ehe sie sich umdrehte und ihr zum Abschied zuwinkte. Sie schloss die Augen, um dieses Bild auf ihrer Netzhaut festzuhalten.

»In dieser Art von Liebe habe ich kein Glück gehabt, dafür aber in allen anderen«, sagte sie zu allen und zu niemandem.

14

Anfänge zeichnen sich ab

In knappen Shorts und einem Trägerhemd lag Elisa auf ihrem Bett und bemühte sich, der Hitze und der Langeweile zu trotzen.

Gegen das eine half ihr ein Ventilator, der am Fußende stand und sich vierundzwanzig Stunden am Tag drehte. Das andere zu besiegen, war erheblich schwieriger, obwohl sie ihr Tagebuch hatte und Roberto Pistuny. Der Discjockey von Radio España begleitete sie jede Nacht »wenn normale Menschen schlafen gehen«, und in seiner Sendung *Das Leben ist zu kurz zum Schlafen* lief die beste Musik für sie, für sie allein.

Elisa hatte das Gefühl, Pistuny begreife ihren Gemütszustand, obwohl er sie gar nicht kannte.

Er wusste, was ihr Herz brauchte, um in diesem Sommer weiterzuschlagen, von dem sie ahnte, dass er ihr sehr lang werden würde.

Inmitten der Wüstendurchquerung, als die sie ihre Tage empfand, war die Begegnung mit Toño eine kleine Oase gewesen. Oder eine Fata Morgana?, fragte sie sich. Fast einen Monat war es her, dass der Junge sie nach Hause begleitet hatte, und seither hatte sie nichts von ihm gehört. Zwar war sie selbst kaum draußen gewesen. »Aber das wäre eine schwache Entschuldigung für einen, der auf Ritter macht wie du«, murmelte sie.

In diesem Moment erklang *Morir al lado de mi amor,* und der Grieche Demis Roussos, Nummer eins der Vorwoche, schrie sich die Kehle wund. Sie konzentrierte sich auf ihr Tagebuch.

Der letzte lange Eintrag war von dem Tag, an dem sie beschlossen hatte, auf das von Señorita Leo angekündigte Zeichen zu warten. In der Johannisnacht, jener verrückten Nacht, die ihr jetzt so weit weg schien, hatte sie geglaubt, dass ihr Leben eine magische Veränderung erfahren könnte. Eine unerwartete Wendung, um sie aus dieser Starre zu reißen, die ihr bis in die Knochen gedrungen war. Sie schloss die Augen und erinnerte sich mit einem kleinen Lächeln an den künftigen Journalisten und die Apothekengehilfin, mit denen sie in jener Nacht in der Barceloneta gelandet war. Alles, was schlecht war an ihrem Leben, hatten sie verbrannt und das Universum um eine neue Chance angefleht.

»Ein Monat, ein ganzer Monat ist seither vergangen. Ich dachte, ich hätte neue Freunde gefunden ..., aber hier sitze ich, allein unter den Sternen, genau wie vorher«, seufzte Elisa. Wann war sie endlich erwachsen und durfte ausgehen, mit wem sie wollte und wann sie wollte?

Die Einsamkeit bemächtigte sich ihres ganzen Körpers wie eine zähe, schwere Masse.

Sie überflog die Sätze, die sie seither geschrieben hatte. Sie holte tief Luft, und im selben Augenblick legte Roberto Pistuny zum dritten Mal an diesem Abend das Lied auf, das ausersehen war, »in diesem Sommer den Thron zu besteigen«. Camilo Sesto sang *Mi buen amor*, und der Text drang dem Mädchen in jede Faser ihres Herzens:

Der Welt den Rücken, die Liebe im Blick,
trotzen wir der Gefahr.
Von Kuss zu Kuss umrankt uns
ein Efeu aus Liebe,
bis wir ganz verbunden sind.

Wütend packte sie ihren Kugelschreiber und begann, in ihr Tagebuch zu schreiben.

22. Juli

10 Gründe, warum ich den Sommer hasse

1. Die Tage sind länger als im Winter. Sie dauern ewig.
2. Die Nächte sind kürzer, aber die Albträume heftiger.
3. Die Leute sind fröhlicher. Sie lachen mehr. Sie reden mehr. Alle außer mir. Alle außer meiner Familie.
4. Die Verliebten küssen sich öfter. Sie lieben sich mehr. Mit mehr Leidenschaft.
5. Ich muss die Fenster aufmachen, um zu atmen. Und wenn ich sie öffne, breitet sich das Leben in meinem Zimmer aus, ohne um Erlaubnis zu fragen. Die Sonne, die Schmetterlinge, das Kindergeschrei, der Geruch reifer Früchte …
6. Ich mag weder Eis noch Sorbet.

7. Ich habe keine Termine und keine Verpflichtungen. Mein Geist hat nichts zu tun. Keine Mauern, die ihn schützen. Die Gedanken proben den Aufstand, und die Erinnerungen fallen über mich her.
8. Ich habe hässliche Arme. Die Tyrannei der Träger und kurzen Ärmel zwingt mich, sie zu zeigen.
9. Alle fahren sie ins Dorf zu den Großeltern. Ich habe weder Dorf noch Großeltern.
10. Heute ist es 13 Jahre her, dass mein Bruder gegangen ist. Er hat mich allein gelassen. Der Feigling ist einfach gestorben.

Sie schaltete das Radio und die Lampe aus. Der Mond schien durchs Fenster. Sie hatte genug von diesem zweiundzwanzigsten Juli. Es war zwar erst neun Uhr, aber die Öde dieser Stunden war nicht zum Aushalten.

Sie hörte ihre Mutter an die Tür klopfen, regte sich jedoch nicht. Sie wartete, dass auch diese Schritte vorübergingen wie in so vielen anderen Nächten. Ein »Gute Nacht« drang aus dem Flur herein.

»Gute Nacht«, antwortete sie langsam.

Sie wusste, das reichte aus, damit man sie in Frieden ließ. Zumindest war es bisher so gewesen.

Doch in dieser Nacht galt ein anderes Drehbuch. Ein Umschlag wurde unter der Tür durchgeschoben. Zuerst wollte sie ihn ignorieren, doch in der Dunkelheit schien sein Weiß nach ihr zu schnappen. Sie schloss die Augen und sah ihn immer noch.

Sie hatte keine Ahnung, wer ihr geschrieben haben könnte. Unter ihren wenigen Freundinnen war keine, die etwas fürs Briefeschreiben übrighatte.

Langsam erhob sie sich. Ihre Augen starrten gebannt auf den Umschlag.

Ein paar Sekunden zögerte sie, dann bückte sie sich und hob ihn auf. Es war keine Briefmarke auf dem Umschlag. Nur ihr Name in großen Buchstaben. Jemand hatte sich eine Menge Mühe gemacht und diesen Brief bis zu ihr nach Hause gebracht … Der Brief hatte auf sich warten lassen, aber als Elisa ihn öffnete, waren all die vielen Tage ohne ein Zeichen verziehen.

Als die Mutter am folgenden Morgen hereinkam, um sie zu wecken, wunderte sie sich über die glückliche Miene ihrer Tochter. So hatte sie Elisa lange nicht gesehen. Liebevoll betrachtete sie ihr schlafendes Gesicht.

Dann bemerkte sie die Zeichnung in ihrer Hand. Auf dem zerknitterten Blatt schritt eine kraftvolle Elisa mit funkelnden grünen Augen und langer blonden Mähne einen Weg entlang, der sich zwischen hohen Bergen verlor. Sie trug das Kettenhemd eines mittelalterlichen Ritters, Stiefel bis übers Knie und einen Schild, in den ein achtstrahliger Stern graviert war.

Wer mochte sie wohl am Ende dieses geheimnisvollen Weges erwarten?

15

Zufälle?

Germán sah sie nicht hereinkommen.

Mit Kopfhörern und geschlossenen Augen stand er im Plattenladen und wippte im Rhythmus der Bee Gees und der Songs ihres Albums *Saturday Night Fever*. Er verharrte schon über eine halbe Stunde in dieser Position, angeschlossen an Kopfhörer und ein Kabel, durch das wie durch eine Nabelschnur die Nahrung floss, die er zum Leben brauchte.

Er summte das Stück mit, das in diesem Augenblick erklang, und widmete es seiner angehimmelten Señorita Leo. An diesem Tag stellte er sie sich rothaarig vor, mit tausend Sommersprossen und in grauen Schlaghosen.

Rechts von ihm hörten ein paar pickelige Jugendliche und langhaarige Zwanzigjährige ebenfalls Musik, auch wenn die Töne, die ihre Gehörgänge fluteten, gänzlich andere waren. Aerosmith, AC/DC und sogar Bob Dylan stritten hier um die höchste Beliebtheit – sehr zum Leidwesen der Angestellten, die jeden Samstag zusehen mussten, wie dieser »Krähenschwarm« die Plattenregale belagerte und sich kaum noch vertreiben ließ. Erst das Geräusch des Rollgitters schien sie in die Wirklichkeit zurückzuholen.

»Meine Güte, ihr seid ja immer noch da! Wissen eure Mütter eigentlich, was ihr für Schnorrer seid? Wenn ihr wenigstens mal eine Platte kaufen würdet«, schimpfte der Verkäufer, als er die jungen Leute vier Stunden später aus dem Plattenladen hinauskomplimentierte.

Für Germán allerdings war dieses Paradies, in dem Hausfrauen auf der Suche nach dem zuverlässigsten Staubsauger waren, Brautpaare und Schwiegermütter die Vasen für die Hochzeitsliste auswählten oder mittellose junge Musikfans nach der neuesten LP gierten, absolutes Neuland.

Seit er das Warenhaus Vidosa in der Oberstadt betreten hatte, fühlte sich Germán umgeben von einem ganz eigenen Mikrokosmos.

Bis zur Kreuzung der Calle Balmes und der Calle Atenas war es zu weit, wenn man in der Barceloneta wohnte. Musste er etwas besorgen, ging er eher zu den Märkten am Hafen oder allenfalls hinauf zum Corte Inglés an der Plaza Cataluña.

Wie konnte ich nur ohne euch leben? Danke, meine liebe Unbekannte, dass du mich hierher gelotst hast, dachte Germán und strich über die Rücken von Dutzenden alphabetisch geordneten Schallplatten.

Er war so vertieft, dass er zunächst nichts von den harten Verhandlungen mitbekam, die die Adressatin seiner Dankbarkeit – von der er nicht ahnen konnte, dass sie es war – mit einem der Verkäufer führte.

»Ich versichere Ihnen, ich habe sie schon bezahlt«, sagte sie zum wiederholten Mal.

»Señora, das bezweifle ich nicht«, antwortete der junge Mann, schüttelte aber den Kopf, ohne sich von der Enttäuschung seiner Kundin erweichen zu lassen. »Aber Sie haben keinen Beleg.«

»Aber ich sage Ihnen doch, den habe ich verloren«, erwiderte Aurora leise. »Diese Platte ist sehr wichtig für mich. Bitte. Ich bin Stammkundin hier, ich wohne gleich dort drüben, gegenüber vom Eingang des Monterol-Parks und …«

Der Verkäufer, der ihr Sohn hätte sein können, warf einen geringschätzigen Blick auf die Platte in seiner Hand. So ein Aufstand wegen einer Scheibe von ABBA?

»Es ist ja nicht einmal die neueste Platte«, meinte er herablassend. »Aber so sind nun mal die Regeln des Hauses, Señora. Und die habe ich mir nicht ausgedacht.«

»Bitte, morgen ist Sonntag, und die Platte ist ein Geschenk für jemanden, der mir sehr viel bedeutet.«

»Ach, ist die Platte etwa für Ihren Liebsten?«, fragte er mit sarkastischem Unterton. »Nun, wenn es Ihnen so wichtig ist, bezahlen Sie sie eben noch mal. Wir reden hier schließlich nicht von tausend Peseten.«

Die Moderatorin spürte den Stich der Demütigung.

Für wen hält sich dieser Hampelmann? Nicht genug damit, dass er mir die Platte nicht geben will, obendrein erlaubt er sich auch noch ein Urteil über mich, dachte sie, während er die Platte wie den berühmten Wurstzipfel vor ihrer Nase schwenkte.

»Jetzt reicht es. Würden Sie bitte Ihren Vorgesetzten holen?« Sie beschloss, ihren letzten Trumpf auszuspielen.

Dem Verkäufer behagte dieser Entzug seiner Autorität ganz und gar nicht.

»Herr Canals wird Ihnen auch nichts anderes sagen.«

»Mag sein«, sie sah ihn hoheitsvoll an, »aber vielleicht auch nicht.«

Vielleicht weiß er eine gute Kundin zu erkennen und entsprechend zu behandeln, dachte sie und ärgerte sich, dass sie an diesem Morgen kein Make-up aufgelegt hatte. Ich hätte den schwarzen Mantel mit der Brosche und die Pumps anziehen sollen. Damit wirke ich respektabler, überlegte sie, und sah an ihrem alten Cordrock hinunter auf die Mokassins.

Die Platte war ihr tatsächlich immens wichtig.

In weniger als vierundzwanzig Stunden wurde Nicolás achtunddreißig Jahre alt, und er hatte ihr versprochen, seinen Geburtstag mit ihr zu feiern.

Und nun wollte dieser sture Angestellte ihr Geschenk nicht herausrücken. Ein Geschenk, das sie Nicolás vor ein paar Tagen versprochen hatte. Sie hatte es nach dem Morgen am Meer sofort bestellt und sich schuldig gefühlt, weil sie ihn beschimpft hatte. Das Geld, das er von ihr wollte, hatte sie ihm verweigert.

Wider Erwarten war er ihr jedoch nicht allzu böse gewesen und hatte sich sogar bereiterklärt, an diesem Sonntag, seinem Geburtstag, mit ihr zu essen.

Und das ist morgen, dachte sie. Ich bekomme die Platte nicht mehr rechtzeitig woanders. Und außerdem, verdammt noch mal, gehört sie mir, ich habe sie schließlich bezahlt, und warum soll ich mein Geld aus dem Fenster werfen und zweimal bezahlen? Sie spürte, wie der Ärger in ihr aufstieg.

»Es wundert mich, dass in einem Laden dieser Kategorie nicht notiert wird, welche Bestellungen schon kassiert wurden und welche nicht. Nicht zu glauben, dass alles von einem kleinen gelben Zettel abhängen soll, den der Kunde aufbewahren muss, nachdem er bezahlt hat«, sagte sie ungehalten, und ihr Blick suchte die Zustimmung eines Ehepaares mittleren Alters, das an die Theke getreten war, weil es etwas fragen wollte.

Der junge Mann verstummte und ließ die Platte unter dem Ladentisch verschwinden, als er das Paar nicken sah. Er schien zu zögern, und Aurora nutzte die Gelegenheit für den Todesstoß.

»Die Platte war doch auf meinen Namen zurückgelegt, stimmt's?« Sie holte Luft. »Ich bestehe darauf, dass Sie Ihren Chef sofort holen.«

»Das wird, glaube ich, nicht nötig sein«, hörte sie eine Stimme hinter sich sagen.

Erstaunt wandte sie sich um.

»Verzeihung? Sind Sie hier der Abteilungsleiter?«, fragte sie und bemühte sich um ihr schönstes Lächeln.

Dies war der Mann, den es zu überzeugen galt, dass sie eine wichtige Kundin und diese Schallplatte von vitaler Bedeutung für sie war. Dass sie sie haben musste, aber natürlich ohne zweimal dafür zu bezahlen.

Sie räusperte sich, doch noch ehe sie den Mund aufmachen konnte, kam ihr der Mann überraschenderweise zuvor.

»Um Himmels willen, nein! Das wäre mir viel zu langweilig, den ganzen Tag hinter dem Ladentisch zu stehen, den Angestellten auf die Finger zu sehen und der Kundschaft nach dem Mund zu reden.«

Aurora sah ihn neugierig an, und ihre Züge entspannten sich.

Kannte sie diesen Mann? Sie erinnerte sich nicht an dieses Gesicht, das nichts Besonderes hatte, aber durch das offenherzige Lächeln sehr anziehend wirkte. Sie bemerkte die weißen Fäden, die kaum merklich seine Schläfen versilberten: Sie ähnelten denen, die sie selbst überfärbte. Der Pullover, dunkelrot und mit V-Ausschnitt, schien von guter Qualität, konnte allerdings einen leichten Bauchansatz nicht verbergen. Was nicht weiter schlimm war bei einem so großen, breitschultrigen Mann.

»Da haben Sie wohl recht«, gab sie langsam zurück.

Noch mit über vierzig Jahren hörte sie jedes Mal, wenn sie mit einem Fremden sprach, ihre Mutter: »Aurora, du gehst von zu Hause direkt in die Schule und von der Schule direkt nach Hause. Wenn dich ein Mann anspricht, antworte nicht. Und dass du mir ja keine Bonbons annimmst!«

Es war wirklich absurd.

Sie war eine erwachsene Frau, und sie befanden sich am helllichten Tag in einem Warenhaus, was also sollte schon passieren? Und außerdem macht dieser Mann einen vertrauenswürdigen Eindruck, dachte sie zu ihrem eigenen Erstaunen.

Sie musste über sich selbst lächeln.

Germán aber bezog dieses Lächeln auf sich und spürte, wie ihm Flügel wuchsen.

»Ich meinte, gehört zu haben, dass Sie einen Beleg suchen«, sagte er geheimnisvoll. »Ein Stück Papier, das ich möglicherweise habe.«

Offenbar erkennt sie mich nicht wieder, dachte er. Er hatte sie erkannt, kaum dass er die Kopfhörer abnahm.

Diese Stimme hatte ihn sofort aufhorchen lassen.

Auf der Suche nach ihrer Besitzerin war sein Blick die Verkaufstheke entlanggewandert.

Und dann hatte er sie entdeckt, die Frau, die ihn frühmorgens aus dem Bett geholt hatte, obwohl er nicht zur Arbeit musste.

Aurora riss die Augen auf.

»Wie bitte?«

Germán hatte solchen Spaß an der Situation, dass er die neugierigen Blicke der Angestellten und des wartenden Ehepaares gar nicht wahrnahm.

»Ist es das, was Sie gesucht haben?«

Aurora starrte das kleine gelbe Papier an, auf dem in Rot *Bezahlt* stand.

»Das kann doch unmöglich mein Beleg sein«, murmelte sie.

»Ring Ring, das erste Studioalbum von ABBA«, las Germán langsam vor und genoss die Magie jedes seiner Worte.

»Ich verstehe nicht, warum …«, stammelte Aurora, während sie den Zettel entgegennahm.

»Das macht nichts. Wenn Sie sich freuen, genügt mir das völlig.«

Zehn Minuten später lachten beide vor der Tür des Warenhauses Vidosa über den jungen Mann, wie er mit hängenden Ohren der stolzen Aurora ihre Trophäe überreicht hatte.

»Sie haben sich als mein Ritter erwiesen, Germán«, sagte sie mit einer kleinen Verneigung.

Er zwinkerte ihr zu.

»Ehrlich gesagt, dachte ich, meine gute Tat, den Beleg vorbeizubringen, würde anonym bleiben … Aber da kann man nichts machen. Jetzt stehen Sie in meiner Schuld.« Er verstummte einen Moment und fügte dann in verändertem Tonfall hinzu: »Und Ihr Freund auch.«

»Mein Freund?«

»All diese Mühe werden Sie wohl kaum für eine Freundin auf sich genommen haben, oder?«, fragte er herausfordernd.

»Die Platte ist für meinen Bruder«, erwiderte Aurora belustigt.

Dann erzählte ihr der Handelsreisende, dass ihr bei ihrer kurzen Begegnung am Briefkasten vor ein paar Tagen – woran sie sich nicht mehr erinnern konnte, obwohl sie ein paar Worte gewechselt hatten – dieses Papierchen aus der Tasche gefallen sei.

»Wie Aschenputtel sind Sie davongelaufen, Aurora, und statt in eine Märchenkutsche in ein Taxi gesprungen. Ich konnte noch so heftig winken, Sie haben es nicht bemerkt«, schloss er.

Bis zu diesem Tag hatte Germán keine Zeit gefunden, bei Vidosa vorbeizugehen, um einer Unbekannten, die, wie er, Briefe schrieb, einen Gefallen zu tun.

»Was für Spielchen das Schicksal doch manchmal treibt. Und ausgerechnet heute gehe ich meine Platte abholen ...«

»Also ich bin dem Schicksal sehr dankbar«, sagte Germán galant. »Es ist immer eine Freude, einen seelenlosen Verkäufer seiner gerechten Strafe zuzuführen und eine schöne Dame aus seinen Fängen zu befreien.«

Wieder brachen sie beide in Gelächter aus. In diesem Moment hörte Aurora die Glocken eines nahen Kirchturms schlagen.

»Sie werden es nicht glauben, Germán, aber ... Aschenputtel muss schon wieder davonlaufen!«

»Kommen Sie zu spät nach Hause? Wartet etwa Ihre böse Stiefmutter auf Sie?«

»Nun ja, Don Ramón ist zwar nicht der Schönste, aber so hässlich wie die böse Stiefmutter ...«, entgegnete sie lachend, während sie die Stufen zur Bahnstation von Padua hinunterzusteigen begann.

Sie ging langsam, kokett, sich des Mannes bewusst, der verstohlen ihre Waden betrachtete.

»Und dieser glückliche Don Ramón ist ...?«, fragte Germán die schöne Unbekannte, die im Begriff war, wieder aus seinem Leben zu verschwinden.

Wie ein fernes Echo klangen das Lachen und die Worte Auroras zu ihm hinauf: »Sie sind aber neugierig!«

Diese Stimme, diese Stimme ... Ich kenne sie. Aber woher?, fragte er sich, als er die Calle Balmes entlangging, ganz verliebt in die verhaltene, spröde Zärtlichkeit, die die Stimme verhieß.

Er ahnte nicht, das Tausende von Spaniern aller Altersgruppen, trunken von demselben Gefühl, aufseufzten, wenn Señorita Leo ihr »Guten Abend« über den Äther schickte.

16

Schwimmende Küsse

»Wie habe ich das nur für eine gute Idee halten können?«, schalt sich Elisa leise.

Sie sah zu Toño hinüber.

Im Gegensatz zu ihr schien er sich am Rand des Schwimmbeckens recht gut zu amüsieren. Gerade unterhielt er sich mit zwei Schulfreundinnen in spektakulären Bikinis.

Elisa saß, verschanzt hinter einem Buch und einer riesigen Sonnenbrille, auf dem Rasen. Es war zwölf Uhr mittags, und noch immer hatte sie ihr T-Shirt nicht ausgezogen.

Ich bin käseweiß und flach wie ein Bügelbrett, dachte sie in Erinnerung an ihr Spiegelbild heute Morgen.

Ausgeschlossen. Sie würde ihre Baumwollrüstung nicht ablegen.

Einer von Toños Freunden, dessen Namen sie schon wieder vergessen hatte, näherte sich mit triefenden Haaren. Er schüttelte sich und spritzte sie nass. Sie errötete, zuckte aber nur mit den Schultern und sagte nichts.

Der Junge, der bestimmt zwei Köpfe kleiner war als Toño, hielt ihr auffordernd seine Hand hin, die sie geflissentlich übersah. Glaubte er im Ernst, sie würde mit ihm ins Wasser springen?

Sie war nicht gut darin, neue Freundschaften zu schließen. Warum nur hatte sie sich bereit erklärt, den Tag mit Toño und seinen Freunden im Schwimmbad des Sportzentrums zu verbringen? Sie würde wohl lernen müssen, das nächste Mal nicht so impulsiv zu sein.

Schuld daran war nur dieser Umschlag, den sie vor ein paar Tagen erhalten hatte. Wenn sie sich erinnerte, mit welcher Inbrunst sie die Zeichnung vor dem Einschlafen geküsst hatte, überlief sie ein Schauder. Die Hand dieses Jungen hatte sie für sie geschaffen. Er hatte sie nicht vergessen, und nicht nur das, vielmehr stellte sie überrascht fest, dass sie in seinen Augen eine bildhübsche Prinzessin voller Kraft und Energie war.

Aber nachts sind alle Katzen grau. Und er war ihr so anders vorgekommen ... Jetzt knallte unbarmherzig die Sonne vom Himmel und schien es darauf anzulegen, ihr die Risse in einer Liebe aufzuzeigen, die nur sie allein zu spüren schien.

Toños Freund entschied, dass mit ihr nichts anzufangen sei, und trottete wieder zu den anderen.

Elisa tat, als wäre sie ganz in die Lektüre von *Stolz und Vorurteil* vertieft.

Dennoch spürte sie den Blick des Zeichenlehrlings. Erneut bekam sie eine Gänsehaut und wusste nicht, ob sie diese auf den Blick seiner hellbraunen Augen oder auf die Wolken schieben sollte, die sich mit einem Mal vor die Sonne geschoben hatten.

Endlich! Jetzt werden sie alle ihre Sachen einsammeln, wir können nach Hause gehen, und diese Qual hat ein

Ende, dachte sie und vergaß, dass ein Mädchen keinen Einfluss auf die verwegenen Schlenker des Universums hat.

»Ich bin am nächsten Dienstag um elf mit meinen Freunden im Schwimmbad verabredet. Kommst du mit?« Der Satz war der Auslöser für ihre missliche Lage gewesen, geschrieben auf die Rückseite der wunderschönen Zeichnung, von der sie sich nicht einmal an diesem Morgen getrennt hatte. Sie hatte sie zwischen die Seiten ihres Romans gesteckt, und es beruhigte sie, das Bild zu betrachten.

»Ist das kalt!«, rief eine der hübschen Seejungfrauen, auf die sie eben noch so eifersüchtig gewesen war.

Sie ließ sich neben Elisa auf das Handtuch fallen, sodass dieser nichts anderes übrig blieb, als ihr Buch vorerst wegzulegen.

Wie befürchtet, begann das Mädchen, sie in ein Gespräch zu verwickeln, während der Rest der Clique überlegte, ob sie das Schwimmbad verlassen sollten oder nicht.

»Und woher kennst du Toño?«

»Von der Akademie«, erwiderte Elisa.

»Seid ihr im selben Kurs?«

Elisa schüttelte den Kopf.

Ihr fiel wieder der Tag der Wahlen ein. Sie war verspätet in die Aula gekommen, hatte sich auf den ersten freien Platz fallen lassen und gerade noch gehört, wie der Geschichtsprofessor über den historischen Moment sprach, den sie erlebten. Aus Toños Hand waren Ritter, Drachen und Prinzessinnen geflossen, die große Abenteuer versprachen.

Wie lange das schon her zu sein schien!

»Und kennt ihr euch schon lange?«

Eine Sekunde fragte Elisa sich, ob das Mädchen ihre Gedanken lesen konnte?

»Nein. Nicht so lange.«

»Ich sehe schon, gesprächig bist du nicht gerade. Zeichnest du auch?«

Elisa schüttelte den Kopf.

»Nein. Ich nicht«, sagte sie verlegen.

Das Mädchen schien es gerade aufgeben zu wollen, als die anderen hinzukamen.

»Sandra, frag Elisa nicht so aus, ich kenne dich!«, lachte Toño und ließ sich neben den beiden Mädchen nieder. »Du bist neugierig wie ein Waschweib«, sagte er und versetzte Sandra einen Stoß in die Rippen.

»Ich kann sie fragen, soviel ich will, die Antwort ist immer dieselbe«, erwiderte diese gereizt.

Elisa sah sie an.

Sie fühlte sich unbehaglich.

»Braun werden wir heute jedenfalls nicht mehr«, sagte die andere Freundin, während sie sich abtrocknete.

»Schwimmen können wir auch nicht«, maulte der Kleine.

»Ich weigere mich, den ganzen Tag hier herumzusitzen.« Sandra sprang auf. »Wer kommt mit zum Minigolf?«

Elisa war froh, dass Toño nicht sofort antwortete, sondern den Blick erst fragend auf sie richtete. Sie zuckte kurz mit den Schultern, um ihm zu verstehen zu geben, große Lust habe sie nicht.

In Wahrheit spielte sie sehr gern Minigolf, aber nicht mit diesen drei Unbekannten, dachte sie, während sie sie zur Kasse gehen sah, um Schläger auszuleihen.

Toño blieb stumm neben ihr sitzen.

Obwohl es kühl geworden war, hatte er sich noch nichts übergezogen.

Elisa betrachtete seinen breiten Oberkörper und die sehnigen Unterarme. Er hatte die Ellenbogen auf die Knie gestützt, und seine langen, schmalen Hände schienen die Luft zu liebkosen. Ehe sie es sich versah, ertappte sie sich bei der Vorstellung, wie es wohl wäre, wenn diese Hände über ihre Haut strichen. Sie schloss die Augen, aus Angst, ihre Gedanken könnten darin zu lesen sein.

»Was hast du in den Ferien vor?«

»Nichts Besonderes.«

»Fährst du nicht weg?«

Elisa hielt es für verfrüht, ihm schon die Wahrheit zu sagen. Bei ihr zu Hause gab es keine Ferien. Ihr Bruder hatte die Ferien mitgenommen, als er eines Sommers starb. Aus Respekt vor seinem Andenken wollte niemand mehr lachen und sich des Lebens freuen.

»Die Zeiten sind nicht so gut … Meine Mutter hat keine Arbeit …«, schwindelte sie. »Und du?«

»Wir verbringen die zweite Augusthälfte mit der ganzen Familie im Dorf meiner Großeltern. Wie jedes Jahr.«

Toño erzählte ihr, seine drei jüngeren Geschwister würden ihrer Mutter nie verzeihen, wenn sie sie in Barcelona zurückließe. »Auf dem Land machen sie, was sie wollen, und sind ständig mit dem Fahrrad draußen. Meine Mutter ist dort weniger streng, und die Großeltern verwöhnen sie nach Strich und Faden«, sagte er.

»Und dir macht es nicht so viel Spaß? Hast du keine Lust hinzufahren?«

Der Junge dachte über seine Antwort nach.

»Ich hatte immer sehr viel Spaß, aber diesen Sommer, ich weiß nicht, ich glaube, ich fände es hier schöner.«

Er sah sie an, als versuchte er ihr etwas zu sagen, das er nicht über die Lippen brachte.

»Ich wollte, ich hätte ein Dorf auf dem Land, um dort Ferien zu machen. Die Stadt ist im August so trist. Manchmal, wenn ich durch die Straßen gehe und mir minutenlang kein Mensch entgegenkommt, fühle ich mich wie eine Nebenfigur, die der Regisseur vergessen hat. Aus dem Drehbuch gestrichen.«

Die Melancholie legte sich wie ein Schatten um Toños Schultern.

»Pah, aber bis zum fünfzehnten August ist es noch lange hin! Weißt du was? Lass uns diese Tage nutzen und tausend schöne Dinge tun.« Er lachte über seinen Einfall. »So viele, dass du anschließend fix und fertig bist und nur noch schlafen willst, bis der Sommer vorbei ist.«

Elisa malte sich aus, wie es wäre, immerzu und überall mit Toño unterwegs zu sein. Etwas Schöneres war ihr in all den Jahren nicht passiert.

In meinem ganzen Leben nicht, verbesserte sie sich.

»Die erste Idee hätte ich schon.«

»Und die wäre?«

Er sprang auf die Füße und streckte ihr beide Hände hin. Sie fasste zu, und er zog sie hoch.

Von dem raschen Aufstehen wurde Elisa schwindlig, fast wäre sie gefallen. Noch ehe sie begriff, was los war, zog er sie zum Becken.

»Warte! Ich habe kein zweites T-Shirt für den Nachhauseweg dabei!«

»Das Problem lösen wir, wenn es so weit ist, meinst du nicht auch?«

Er gab ihr keine Zeit, das T-Shirt auszuziehen, schlang den Arm um ihre Taille und stürzte sich zusammen mit ihr ins Schwimmbecken.

Auch unter Wasser spürte sie Toños Hand fest auf ihrer Hüfte. Dieselbe Hand, die sie an die Oberfläche zog.

Eins, zwei, drei … Luft!, dachte sie beim Auftauchen.

Sie öffnete die Augen und blickte in sein lächelndes Gesicht.

»Nicht schlecht, gib's zu!«

Mit diesem Lächeln an meiner Seite könnte ich hier für immer bleiben, dachte sie, bevor sie sagte:

»Mein Shirt muss sowieso in die Wäsche. Danke!« Sie streifte es über den Kopf und schleuderte es an den Beckenrand.

Ohne ein weiteres Wort schwamm sie los.

Toños Blick ruhte auf ihren Schultern. Er fühlte ein unbändiges Bedürfnis, sie zu streicheln, während sie sich im Rhythmus ihrer gleichmäßigen Schwimmstöße entfernten. »Sie sind perfekt«, seufzte er und richtete die Blicke auf das im Nacken gebundene schwarze Band.

Elisa erreichte das andere Ende des Beckens, wendete und schwamm entschlossen auf ihn zu.

Toño hatte das Gefühl, dass tausend kleine Stromschläge seinen Körper durchfuhren. Er tauchte unter. Für den Bruchteil einer Sekunde kam es ihm vor, als wäre die Zeit stehengeblieben.

Dort unten war alles still.

Er öffnete die Augen und ihm war, als sähe er eine Meerjungfrau.

Elisa schwamm unter Wasser auf ihn zu.

Toño würde sich niemals erklären können, woher er den Mut nahm, um das zu tun, was er dann tat.

Als sie bei ihm angelangt war, fasste er sie bei den Schultern und legte seine Lippen auf die ihren. Er spürte, wie sie erbebte.

Als sie sich zwei Stunden später vor Elisas Haustür verabschiedeten, gelang es Toño zum zweiten Mal, ein paar Gramm Mut zusammenzuraffen:

»Sehen wir uns morgen? Wir könnten einkaufen gehen.«

»Was denn?«

»Ich sammle Comics und suche antiquarisch nach alten *Metal Hurlan*-Ausgaben. Das ist eine französische Zeitschrift.«

Elisa antwortete nicht. Sie verschwand hinter ihrer Tür.

Als sie ihren Rucksack öffnete, fand sie darin ein Heft.

Leutnant Blueberry von Moebius, las sie überrascht.

Es war ein Comic! Aber nicht irgendeiner. Eine Notiz fiel heraus:

Mein Favorit. Ich leihe ihn dir bis morgen. Dann werden wir sicher auch einen für dich finden.

Sie lächelte. »Du arbeitest ja mit allen Tricks«, flüsterte sie einem Toño nach, der sie nicht mehr hören konnte, weil er durch die Gänge der U-Bahn rannte.

17

Tausche Herz gegen Schallplatte

Germán rauchte am weit offenen Fenster und hörte Radio. Die Nacht war ungewöhnlich warm und sternenklar. Die übrigen Mieter der Pension *La Perla* waren alle in den Urlaub gefahren. Sogar der alte Drachen, die Wirtin Doña Concepción, schien ein wenig entspannter zu sein. Sie verließ kaum den Salon und vermied es, ihm im Flur zu begegnen.

Ein wahres Stückchen Paradies. Zu schade, dass ich in ein paar Tagen ins Dorf muss, sagte er sich und schaute einer Gruppe von Nachbarn zu, die sich mit ihren Stühlen vors Haus gesetzt hatten.

Die Frauen wedelten sich mit ihren bunten Fächern Luft zu und schwatzten ohne Pause. Ihre Männer, ein Bier in der Hand, spielten Domino.

Von der Straßenecke drangen die Stimmen einiger Kinder zu ihm herauf, die einander mit wassergefüllten Ballons bewarfen.

Er ließ sich den letzten Schluck Whisky über die Zunge rinnen.

Die Anfangsmelodie seiner Lieblingssendung erklang.

Wie jeden Abend erschien Señorita Leo pünktlich zu ihrem Stelldichein mit ihm. Mit ihm und noch ein paar tausend anderen Zuhörern in Barcelona, doch das machte ihm nichts aus, denn »eifersüchtig war ich nie«, wie er sich vor seinen Arbeitskollegen gern brüstete.

Er schloss die Augen und schärfte seine Sinne.

Ihm schien, die Stimme raunte ihm direkt in sein Ohr, als sie nun einen guten Abend wünschte. Liebevoll fragte sie, wie es ihm heute ergangen sei.

Doch bevor er antworten konnte, drängte sich bereits ein neuer Brief dazwischen, den die Moderatorin jetzt vorlas:

Liebe Señorita Leo,

ich wende mich an Sie, weil ich bald verrückt werde.

Ich bin seit fünf Jahren mit meinem Freund zusammen. Er möchte mich heiraten, und mir gehen die Ausreden aus, um ihn weiter zu vertrösten.

Zugegeben, er ist fleißig, ein guter Mensch und sehr in mich verliebt. Meine Freundinnen finden, dass er gut aussieht, und meine Mutter hält ihn für den perfekten Ehemann.

Es gibt nur ein Problem: Ich bin in seinen Bruder verliebt.

Alles begann wie ein Spaß, eine Kinderei.

Blicke, ein paar nette Worte, ein Kompliment ... Sie wissen schon. Es fing ganz harmlos an, bis wir uns eines Tages versehentlich berührten. Noch ehe wir begriffen, was wir taten, küssten wir uns. Ich kann es nicht länger verschweigen: Ich liebe ihn.

Was soll ich tun?

Ich habe mich in den falschen Bruder verliebt.

Trotzdem schaffe ich es nicht, meinem Freund und meiner und seiner Familie die Wahrheit zu sagen. Ich weiß, sie würden mir nie verzeihen. Könnte ich eine neue Beziehung mit seinem Bruder eingehen, wenn uns dann alle den Rücken kehren?

Würde man uns je vergeben? Wären wir glücklich?

Es gibt Tage, da denke ich, das Beste wäre es, zu heiraten und abzuwarten, bis die Zeit diese verräterische Liebe, die mich jetzt verbrennt, wieder erkalten lässt.

An anderen Tagen träume ich davon, mit dem Bruder auf und davon zu gehen, irgendwohin, wo uns niemand kennt.

Ich bin vollkommen durcheinander.

Das Ticken der Uhr ist wie eine Bedrohung, und wenn ich nichts unternehme, werden wir alle drei sehr unglücklich werden.

Ich warte auf Ihre Antwort. Ich zähle auf Sie.

Ein hin- und hergerissenes Herz

Germán fuhr auf.

Er starrte den alten Radioapparat an, der auf dem Nachttisch stand. Als die Moderatorin den Brief zu Ende gelesen hatte, ging er hin.

»Ich kenne dich …«, flüsterte er.

Er streichelte das Gerät, als wollte er es ermutigen, ihm seinen Verdacht zu bestätigen.

Doch in diesem Moment pries erst einmal eine Männerstimme das neue Modell einer französischen Automarke an: »*Renault 7, todo un coche!*«

»Nicht dich will ich hören, komm schon, meine Schöne, komm zurück …«, stöhnte er. »Ein Wort noch, ein einziges«, und endlich, da war sie wieder:

Liebes hin- und hergerissenes Herz,
da stehst du wirklich vor einem schwerwiegenden Problem …

»Du! Du bist es wirklich!«, schrie Germán auf.

Außer sich vor Begeisterung lehnte er sich aus dem Fenster.

»Das ist sie!«, rief er den erstaunten Nachbarn zu.

Die Männer unterbrachen für einen Moment ihre Domino-Partie, hoben die Köpfe und schauten zu ihm hinauf. Doch bald wandten sie sich wieder ihrem Spiel zu, und Germán fühlte sich einsamer denn je.

Er hatte die Besitzerin der Stimme gefunden, die Frau, an die er sein Herz verloren hatte, und die Welt schien das völlig kaltzulassen.

»Dann trinke ich halt allein darauf«, sagte er und schenkte sich noch ein Glas ein.

Das musste unbedingt gefeiert werden, keine Frage.

»Ich hatte dich mir anders vorgestellt, Señorita Leo«, seufzte er. »Andererseits habe ich so viele verschiedene Bilder von dir im Kopf gehabt …«

Mit geschlossenen Augen rief er sich den Anblick von Auroras Waden in Erinnerung, bevor er sie in der Bahnstation Padua hatte verschwinden sehen.

Er musste lächeln, als er sich erinnerte, wie sie langsam, Stufe für Stufe, hinuntergegangen war und genau gewusst hatte, dass er ihr nachschaute. Sie trug einen ziemlich scheußlichen Cordrock und Mokassins.

Nun ja, offensichtlich hast du nicht damit gerechnet, jemandem zu begegnen, dachte er und versuchte, sich die Radiomoderatorin in einer hübschen Bluse oder einem ausgeschnittenen Abendkleid vorzustellen.

»Jetzt hab ich dich«, sagte er zu der Stimme aus dem Radio.

Auf dem Schrank lag sein alter schottisch karierter Koffer. Er warf ihn aufs Bett, öffnete ihn und begann, Bücher und Winterpullover auszupacken.

»Sie muss hier doch irgendwo sein«, brummte er und durchsuchte alles gründlich. Noch bevor seine Augen die Schallplatte erspähten, hatten seine Finger sie ertastet.

Ein Vorwand aus Vinyl: ein Album von ABBA, das nicht leicht aufzutreiben war.

»Señorita Leo, es wird dir nichts anderes übrig bleiben, als dich mit mir zu verabreden. Auch wenn du es noch nicht weißt, werden diese schwedischen Musiker uns zusammenbringen.«

Er hatte ja gesehen, mit welcher Hartnäckigkeit sie sich bemüht hatte, eine Platte dieser Band zu ergattern.

»Du hast zwar gesagt, sie sei für deinen Bruder, aber war sie nicht in Wahrheit für dich selbst, und du hast dich nur geniert, es einem Fremden gegenüber zuzugeben?«, mutmaßte er.

Er brauchte einen Plan.

Als Erstes musste er ihren vollständigen Namen in Erfahrung bringen. Aurora allein genügte nicht, und dass

Señorita Leo ein Pseudonym war, lag auf der Hand. Sobald er wüsste, wie sie hieß, würde er die Schallplatte, zusammen mit einer Nachricht an sie, am Empfang des Senders abgeben. »Und auf ein Wunder hoffen«, seufzte er.

Er küsste die Scheibe.

»Bring mir Glück! Und ich wette, du wirst nie wieder in einem alten Koffer schlafen …«

18

Wegkreuzung

Es war erst zehn Uhr morgens, und Aurora hätte sich schon mindestens dreimal ohrfeigen mögen.

Das erste Mal, als der Wecker klingelte und sie aufstand, um sich mit ihrem Bruder zu treffen.

Das zweite Mal, als sie vor dem Spiegel stand.

Und das dritte Mal, als sie ihn begrüßte, lächelnd, als wäre nichts geschehen. Und ob etwas geschehen war. Nicolás hatte es wieder einmal geschafft.

Am Abend zuvor hatte er sie weinend aus einer Telefonzelle angerufen. Sie seien hinter ihm her. Er könne nicht nach Hause zurück.

»Vierundzwanzig Stunden, Aurora, mehr wollen sie mir nicht geben. Meine Hinrichtung wurde um einen Tag aufgeschoben. Wenn ich nicht bezahle, bin ich in ein paar Stunden Fischfutter«, hatte er geschluchzt.

Wer konnte schon wissen, ob das stimmte.

Wer hätte vierundzwanzig Stunden abgewartet, um es zu überprüfen?

»Schwesterherz, damit hast du wirklich etwas gut bei mir«, sagte Nicolás zur Begrüßung.

Jetzt erst?, dachte die Radiomoderatorin, zog es aber vor, den Mund zu halten, zu lächeln und sich auf den Weg zu der Bankfiliale zu machen, wo sie die Einzahlung vornehmen sollten. Wenn sie schon in den sauren Apfel beißen musste, wollte sie es rasch hinter sich bringen.

»Ich zahle dir alles bis zur letzten Pesete zurück«, versicherte ihr Nicolás, als hätte er ihre Gedanken gelesen. »Es ist nur ein vorübergehender Engpass. Das weißt du.«

Er legte ihr den Arm um die Schultern und drückte sie an sich, während sie am Fußgängerüberweg warteten, dass die Ampel grün würde.

Aurora nickte.

Sie fühlte sich todunglücklich.

Zum Sprechen fehlte ihr die Kraft. Käme ihr auch nur ein Wort über die Lippen, würden all die Tränen, die sich hinter ihren Augen stauten, unaufhaltsam zu fließen beginnen.

Mit diesen Ersparnissen hätte sie mit ihrer Freundin Carmen nach Paris fahren können. »Nur drei oder vier Tage im Frühjahr«, hatten die beiden Freundinnen bei einem Kaffee in Carmens Küche geträumt. Oder womöglich hätte sie davon den Führerschein machen können.

Aurora war so damit beschäftigt, diesen bescheidenen Wünschen Lebewohl zu sagen, dass sie den Mann auf der Bank nicht bemerkte, der in diesem Moment dasselbe mit den seinen tat.

Germán hatte sie schon von weitem erkannt.

Sobald sie den Fuß auf die Plaza Cataluña setzte, hatten seine Augen sie erspäht. Sie trug eine marineblaue Hose und eine bübsche weiße, leicht transparente Bluse. Das dunkelblonde Haar fiel ihr offen über den Rücken.

Auf seine scharfen Augen hatte er sich immer viel zugutegehalten, doch an diesem Morgen Anfang August verfluchte er sie. Señorita Leo überquerte den Platz am Arm eines Mannes, der ein wenig jünger zu sein schien als sie. Er lächelte sie unentwegt an, und sie, wenngleich sie ein wenig abwesend wirkte, ließ sich wiederholt von ihm auf die Wange küssen.

Germán hatte das Gefühl, die Plastiktüte in seinen Händen stehe in Flammen. Darin verschmorten gerade seine Träume und eine vergriffene Schallplatte mit Liebesliedern.

Warum musste er auch gerade heute zum Sender gehen, um ihr sein Geschenk zu bringen?

»Wie weltfremd bist du eigentlich, Germán? Eine erfolgreiche, hübsche, unverheiratete Frau wie Señorita Leo ... Und die soll ausgerechnet auf dich warten?«, murmelte er, während die Frau seiner Träume auf die Zweigstelle einer Bank zustrebte.

In seinem Kopf drehte sich alles.

»Soll ich ihr nachgehen? Nach Hause zurückkehren? Warten, bis sie wieder herauskommt? Sie ansprechen?«, fragte er sich wieder und wieder.

Immer war er ein Mann der Tat gewesen, was war nur los mit ihm?

Er holte Luft.

Sein Blick verlor sich in dem aufflatternden Taubenschwarm in der Mitte des Platzes.

Ein Junge und ein Mädchen tanzten zu einer Musik, die nur sie beide hören konnten, und scheuchten die Vögel auf. Für einen Augenblick ließ sich Germán durch ihr Lachen von seinem Kummer ablenken.

»Versprichst du es mir?«

»Ich verspreche es dir.«

»Jeden Tag?«

»Jeden Tag.«

Toño ergriff Elisas Hände und hielt sie fest. Er begann, sich zu drehen, und zog sie mit sich. Er wollte immer schneller und schneller herumwirbeln, als könnte er damit die Zeiger der Uhr beschleunigen.

»Vierzehn Tage sind ein Klacks. Die sind im Nu vorbei«, hatte Sole ihrem flehenden Sohn geantwortet. Er hatte darum gebettelt, diesen Sommer in der Stadt bleiben zu dürfen, angeblich weil er für das Mathematikexamen im September lernen müsse.

Sole, die den Jungen so gut kannte wie ihre eigene Handfläche, hatte schon seit einiger Zeit eine gewisse Ahnung und ließ sich nicht hinters Licht führen.

Am Abend zuvor, als die Kleinen schliefen und ihr Mann seine letzte Schicht vor den Ferien ableistete, hatte sie ihm vorgeschlagen, mit ihr auf dem Balkon die kühle Nachtluft zu genießen. Eine Limonade in der Hand, begann sie mit ihrem Verhör.

Anfangs hatte Toño sich gesträubt, ihr sein Herz zu offenbaren. Mit der Präzision eines Chirurgen bahnte Sole sich einen Weg durch die Ausreden, kleinen Lügen und ausweichenden Antworten.

Und irgendwann hatte sie ihm direkt in die Augen geblickt und ihn geradeheraus gefragt.

»Wie heißt sie?«

»Wie meinst du das?«

»Ihren Namen will ich wissen.«

Erst hatte er noch weiter so tun wollen, als wüsste er nicht, wovon sie sprach, doch dann begriff er, dass sie ihn längst durchschaut hatte.

»Elisa.«

Sobald er ihren Namen ausgesprochen hatte, wurde alles leichter. Er erzählte seiner Mutter, wie er sie in der Hochschule kennengelernt hatte, und von seinem Glück, ihr eines Nachmittags in der Bibliothek begegnet zu sein.

Sole lauschte mit Nachsicht und Zuneigung, gab aber nicht nach. Toño ging wütend zu Bett. Er würde zwei Wochen lang weit weg von seinem Mädchen sein, und das jetzt, wo sie eben erst zueinander gefunden hatten.

Seine Mutter blieb noch zwei Stunden in dem dunklen Esszimmer sitzen. Und die Erinnerungen brachen über sie herein. Das erste Mal, dass sie Antonio in der Schneiderei gesehen hatte, schleppte der junge Mann drei Ballen Stoff herein. Als er an ihr vorüberging, blieb ein Zipfel zinnoberrote Seide an der Tischecke hängen. Er bemerkte es nicht und zog im Weitergehen eine immer länger werdende leuchtende Spur hinter sich her. Die Frauen in der Werkstatt fingen an zu lachen, vor allem, als sie sahen, wie die junge Sole hinter ihm herrannte und den Seidenfluss aufzufangen versuchte.

Seither war sie immer hinter ihm hergerannt, hatte den Boden gefegt, über den er ging, die Kleider gewaschen, die er schmutzig machte, die Krümel aufgelesen, die er fallen ließ.

Sie seufzte bei dem Gedanken, wie trügerisch eine erste Liebe sein konnte.

Ihr ahnungsloser Sohn Toño schlief und träumte von seinem Rendezvous am nächsten Tag auf der Plaza Cataluña. Er wollte Abschied von Elisa nehmen und hätte ihr doch zu gern gesagt, dass er bei ihr bleiben und jeden einzelnen Augusttag mit ihr verbringen würde. Aber seine Mutter hatte sich nicht bewegen lassen: Er müsse mit der ganzen Familie aufs Land. Die Großeltern freuten sich, ihn zu sehen, und er sei noch zu jung, um allein zu Hause zu bleiben.

Doch mitten auf der Plaza Cataluña, während er Elisa küsste und nicht genug kriegen konnte von ihren Lippen, schien ihm der vergangene Abend sehr weit weg. Er erinnerte sich an nichts mehr, weil ihn der unbändige Wunsch, den Körper seines Mädchens überall zu liebkosen, vollkommen erfüllte.

Er hatte sie gebeten, auf ihn zu warten. Sie hatte ihn gebeten, sie nicht zu vergessen.

Er hatte ihr versichert, das könne er gar nicht, selbst wenn er wollte. Sie hatte einen Beweis verlangt: eine Zeichnung für jeden Tag, an dem sie getrennt sein würden.

Germán wandte den Blick ab von dem Pärchen, das sich all diese Versprechen gab und ihn gar nicht wahrnahm.

Die Küsse gehörten ihnen und ihnen allein. Er wollte sie ihnen nicht stehlen. Er wollte seine eigenen Küsse. Und er wusste auch, von wem. Ein Feigling war er nie gewesen. Er wartete schon seit Jahren auf diesen Moment.

Jetzt willst du dich geschlagen geben? Wirst du dich vor einem Typen wie dem da fürchten? Woher willst du wissen, ob sie ihn nicht satthat? Vielleicht liebt sie ihn ja nicht einmal …, sagte er sich, während er den Paseo de Gracia hinaufging.

Zehn Minuten später stritt er mit dem Empfangschef des Senders, weil der sich weigerte, Señorita Leos Nummer zu wählen, damit er ihr guten Tag sagen konnte.

»Alles, was ich für Sie tun kann, ist, die Tüte entgegenzunehmen und sie ihr auszuhändigen«, sagte der Mann am Empfang schließlich, weil ihm dieser Fan leidtat.

Für gewöhnlich waren es Frauen, die darauf bestanden, Virtudes Leo sehen zu wollen, und die Vorstellung, dass dieser gutaussehende Mann eine Kummerkastensendung im Radio verfolgte, amüsierte ihn.

Germán ließ sich ein auf diese Abkürzung, die ihm das Schicksal bot.

Wichtig ist nur, dass sie mein Geschenk und die Nachricht erhält, sagte er sich, als er das Rundfunkgebäude verließ.

Zu diesem Zeitpunkt hätte er niemals damit gerechnet, dass Aurora, sobald man es ihr überreicht hatte, zur Toilette eilen und sich darin einschließen würde.

Dort brach sie in Tränen aus. Sie drückte die Platte an sich wie einen Rettungsanker. An einem der schlimmsten Tage ihres Lebens hatte ihr das Universum einmal mehr bewiesen, dass sie Vertrauen haben musste, sogar zu einem beinahe Unbekannten.

»Das Glück existiert, auch wenn es sich derzeit ein bisschen rar macht«, sagte sie sich und betrachtete sich im Spiegel des Waschraums. Sie fühlte ein übermächtiges Bedürfnis, die Zeilen zu küssen, die Germán ihr geschrieben hatte.

Der Geschmack nach Tinte und feinem Tabakrauch begleitete sie die ganze Sendung hindurch.

19

Ein besonderer Brief

»Drei, zwei, eins … Auf Sendung!«

Im Studio in der Calle Caspe und in Tausenden von Wohnzimmern, wo man das Programm zu dieser Stunde eingeschaltet hatte, herrschte Totenstille.

Erschrocken klopfte Mario gegen das Mikrofon, das ihn mit der Moderatorin verband. War es defekt? Ausgerechnet an diesem Tag, an dem alles perfekt funktionieren musste. Sie sendeten live! Eine Aufzeichnung unter der Woche war nicht möglich gewesen, weil Feuchtigkeit in die Studios gedrungen war. Wie konnte so etwas passieren bei einer Rundfunkanstalt dieser Kategorie? Weder der Techniker noch sonst jemand hatte eine Erklärung dafür.

»Drei, zwei, eins … Hörst du mich, Aurora?«

Er stand auf und fing an, in Richtung des Glaskastens zu winken, um Aurora, die mit hängendem Kopf reglos dasaß, auf sich aufmerksam zu machen.

Verdammt! Und wenn sie just in diesem Augenblick der Schlag getroffen hat? Alle anderen sind im Café. Und dabei habe ich ihnen schon hundertmal gesagt, sie sollen nicht alle gleichzeitig verschwinden …, dachte Mario, während er die Erkennungsmusik des Senders noch einmal von vorne abspielte. Das verschaffte ihm zwei Minuten Luft. Er verließ den Tonraum, hastete zum Studio und riss die Tür auf. Als hätte das Geräusch sie geweckt, hob Aurora den Kopf, horchte auf die letzten Akkorde, näherte sich dem Mikrofon und begrüßte die Zuhörer.

Mario atmete auf und eilte zurück zu seinem Mischpult, ohne zu ahnen, dass dies noch lange nicht der letzte Schrecken sein würde.

»Heute befassen wir uns mit einem ganz besonderen Brief«, kündigte Aurora mit bebender Stimme an. »Eine sehr mutige Frau hat es gewagt, uns ihr Herz zu öffnen, und wir haben uns entschlossen, einen Blick auf das zu werfen, was sie darin gefunden hat.«

Etwas lag in der Luft, das Mario nicht gefiel. Auroras ernste Miene? Ihre Stimme, teils traurig, teils nervös? Was ihn vor allem hellhörig machte, war die Bezeichnung »eine sehr mutige Frau«. Hier meldeten sich verzweifelte, verliebte, schwärmerische, verstörte, gelangweilte Frauen, aber mutige?

Er persönlich hatte diese Sendung, die zu allem Überfluss auch sämtliche Frauen seiner Familie regelmäßig hörten, nie sonderlich gemocht.

»Als ob acht Stunden jeden Tag nicht schon genug wären, komme ich nach Hause und darf mit Señorita Leo und ihren Briefen dann auch noch zu Abend essen«, beschwerte er sich manchmal bei seinem Chef.

Ein Räuspern Auroras holte ihn in die Gegenwart zurück, in der die Moderatorin soeben anfing, einen Brief vorzulesen:

Liebe Señorita Leo,

seit Jahren verfolge ich ihr Programm täglich. Ich bin eine treue Hörerin, und aus ebendiesem Grund weiß ich, dass Sie meinen Brief nicht im Radio vorlesen werden.

Er passt nicht in Ihre Sendung.

Aber das ist mir egal.

Ich begnüge mich mit der allerentferntesten Chance, dass Sie meine Geschichte zumindest wahrnehmen.

Ich bewundere Sie nicht so sehr für das, was Sie sagen – ich vermute, das ist mit Ihren Programmkollegen abgestimmt –, sondern dafür, wie Sie es sagen.

Ich erkenne Sie an Ihrem Schweigen, nachdem Sie einen Brief über das Zerbrechen einer Liebe vorgelesen haben, wie Sie Atem holen, bevor Sie einen Rat erteilen, oder an dem mütterlichen Tonfall, den Sie den Jüngeren gegenüber anschlagen. An diese Frau wende ich mich.

Wer ich bin?

Eine Frau wie so viele andere in diesem Land. Ich bin im Krieg geboren und aufgewachsen in einer Nachkriegszeit, die kein Ende nehmen wollte. Durch den Vorhangspalt, wie die Schriftstellerin Carmen Martín Gaite einmal sagte, und in ständiger Furcht vor dem Gerede der Leute habe ich das graue Spanien vorbeigehen sehen.

Ich hatte eine gute Mutter, aber sie hat mich zur Angst erzogen, so wie sie selbst in ihrer erzkatholischen Familie erzogen worden war. Damit wollte sie mich schützen, weil sie mich liebte, weil sie nicht wollte, dass mein Name in Verruf geriet. Einige Monate lang war ich frei. Wissen Sie wann? Als ich für ein paar Peseten an eine Nähmaschine gefesselt war. Was für ein Widerspruch! In meiner Jugend war ich Lehrmädchen in einer Schneiderei. Ich hatte Träume. Eine Menge Träume. Doch waren sie alle nur mit Stecknadeln angeheftet.

Der erstbeste Mann, der meinen Weg kreuzte, machte sie zunichte.

Ich habe aus Liebe geheiratet. Das Gegenteil zu behaupten, wäre gelogen. Und ich bin bis heute verliebt in jenen Mann, der mich bat, alle Tänze meines Lebens mit ihm zu tanzen. Nur ist der, mit dem ich heute das Bett teile, nicht mehr derselbe, obgleich der Name mit dem in seinem Ausweis noch übereinstimmt.

Es heißt, Frösche würden zu Prinzen, wenn man sie küsst. Meinen habe ich anfangs so viel geküsst, dass sich der Zauber wohl umgekehrt haben muss. Nach wenigen Jahren war er der Hässlichste im ganzen Froschteich.

Ich habe vier Söhne, sie sind die Sonne meines Lebens. Haben Sie Kinder, Señorita Leo? Dann werden Sie wissen, dass sie alles wettmachen. Als Erstes zwang mein Mann mich, meine Arbeit aufzugeben. Nach und nach verzichtete ich auf meine Freundinnen und meine Steckenpferde. Nicht dass Sie glauben, die seien etwas Besonderes. Ich bin weder Intellektuelle noch Künstlerin. Aber beispielsweise habe ich gern in der Weißnäherei der Gemeinde geholfen, Wäsche für bedürftige Familien herzustellen. Und ich war Mitglied der Theatergruppe unseres Viertels.

Mit allem habe ich aufgehört, weil mein Mann es so wollte. Er benutzte die Kinder als Vorwand, und ich konnte nicht nein sagen.

Das war aber bloß der erste Schritt. Der zweite? Bald sollte ich das Haus nur noch verlassen, um einkaufen oder mit meinen Söhnen zum Arzt zu gehen. Ansonsten, selbst wenn ich meine Familie besuchen wollte, durfte ich mich nur in seiner Begleitung bewegen. Auch damit fand ich mich ab.

So gibt die Seele, ganz allmählich und ohne sich dessen bewusst zu sein, immer mehr ihre Deckung auf. Und eines Tages ist da nichts mehr, womit sie sich schützen könnte. Die Festung fällt in die Hände des Feindes.

Geschrei, Eifersucht, mal ein Klaps, nicht Schlimmes, Nächte, die er außer Haus verbrachte … Das war der dritte Schritt. Eine sehr harte Zeit. Mein Mann begann zu trinken, verlor seine Stelle … Ich fürchtete, er könnte irgendeine Dummheit begehen! Nicht dass ich Angst um die Jungs gehabt hätte. Sein Umgang mit ihnen ist zwar nicht sehr nett, aber ich weiß, dass er ihnen nie etwas antun würde. Er wollte immer ein Mädchen, und dass er keines hat, daran gibt er mir die Schuld. Er ist überzeugt, dass Töchter mehr am Vater hängen und ich ihn zur Einsamkeit verdammen wollte.

Vielleicht wundern Sie sich, dass ich ihn nicht verlassen habe.

Schließlich, wie meine Tante es ausdrückte, haben sich die Wogen jedoch geglättet. Es war eine Frage der Geduld. Heute herrscht Frieden bei uns zu Hause. Mein Mann arbeitet nachts und schläft tagsüber. Wir begegnen einander nur sonntags. Und er ist müde geworden. Seine Träume sind verpufft. Die Jahre haben ihm zugesetzt. Damit will ich ihn nicht etwa rechtfertigen. Der Tag, an dem er mich in seiner Wut an den Haaren durch die Küche gezogen hat, während die Kinder sich unter den

Tisch flüchteten und zusehen mussten, werde ich wohl niemals vergessen. Mein Vergehen? Ein angebranntes Stück Fleisch.

Und jetzt, da ich älter bin, er ruhiger geworden ist, meine Söhne fast groß sind, beginne ich zu überlegen, ob das schon alles war. Ich betrachte mich im Spiegel und frage mich: Und damit gibst du dich zufrieden? Mehr erwartest du nicht vom Leben? Beim Friseur sehe ich viele Frauen, denen ihre Männer zum Hochzeitstag Schmuck schenken, oder junge Mädchen, deren Freunde in einem kleinen Hotel in Cadaqués mit ihnen Urlaub machen. Sie erzählen von Küssen, stürmischen Umarmungen und … Habe ich all dem schon entsagt? Der Liebe? Der Leidenschaft?

Am Abend vor der Wahl schlug mein Ältester vor, gemeinsam die Sondersendungen im Radio anzuhören. Hier in der Küche, deren Wände von meinen Frustrationen imprägniert sind, sah ich plötzlich den Mann, zu dem sich dieser Junge entwickelt hat. Er ist sympathisch, gescheit, voller Träume, hat politisches Bewusstsein, die Seele eines Künstlers …

Was sieht er, wenn er seine Mutter anschaut? Das habe ich mich an diesem Abend und in den Tagen danach gefragt.

Eine gefügige Frau? Grau und feige?

Würden Sie ihn so gut kennen wie ich, die ich ihn geboren habe, wüssten Sie, dass er mir niemals irgendwelche Vorhaltungen machen würde. Er liebt mich, und er hat ein gutes Herz. Wie seine Brüder auch. Sie sind die Rosen meines Gartens.

Ich dagegen halte es mir sehr wohl vor. Jetzt ja, früher nicht.

Jeden Morgen unter der Dusche fühle ich mich imstande, den Schritt zu tun. Welchen Schritt? Meinen Mann zu verlassen und mit meinen Söhnen betteln zu gehen? Was nicht ist, kann immer noch werden, wie es so schön heißt. Und ich habe doch auch das Recht, glücklich zu sein und geliebt zu werden. Vormittags beim Wäschewaschen wiederhole ich mir ständig, dass ich etwas unternehmen müsste, irgendetwas. Am frühen Nachmittag, wenn mein Mann knurrend sein Essen verlangt, damit er nicht zu spät zur Arbeit kommt, habe ich längst wieder alle Hoffnung fahren lassen. Ich betaste die Narbe, die eine seiner Zigaretten auf meiner Schulter hinterlassen hat. Sie ist alt. Aber er hat mich gebrandmarkt wie ein Kalb.

Und so vergehen die Tage. Mein Herz lebt wie auf einer Achterbahn, denn am nächsten Morgen bin ich erneut voller Sehnsüchte und Wünsche.

Señorita Leo, ich erwarte keine Antwort, aber Sie ahnen nicht, wie erleichtert ich mich fühle, nachdem ich das alles einmal niedergeschrieben habe! Ich habe es ausgespuckt und fühle mich befreit.

Allein dafür war es der Mühe wert.

Wer weiß, vielleicht finde ich eines Tages doch den Mut, die Koffer zu packen, zur Tür hinauszugehen und die Zukunft zu suchen, die wir verdient haben, meine Jungs und ich.

Sollte es so kommen, werde ich es Sie wissen lassen.

Ihre stets treue Hörerin

Eine Frau auf der Suche nach einer Bestimmung

Aurora zitterte noch, als sie den Mund vom Mikrofon entfernte. Ohne sich dessen bewusst zu sein, hatte sie es beinahe geküsst. Aus Angst, sie könnten es stummschalten? Langsam hob sie den Blick. Im Tonraum diskutierte

Don Ramón hitzig mit Mario, der das Gebrüll erwiderte. Sie hörte nicht, was sie sagten, doch die Geste ihres Kollegen, des jungen Psychologen, beseitigte jeden Zweifel: Mit dem Daumen fuhr er sich quer über die Kehle.

Es erklang ein beruhigendes Stück klassische Musik, und sie bemühte sich um Gelassenheit. Noch war das Spektakel nicht zu Ende. Das Beste fehlte noch.

Doch zunächst einmal stürmte der Werbeleiter des Senders, den Aurora nur von Weihnachtsfeiern kannte, wutentbrannt ins Studio.

»Das war's, du dumme Kuh. Mach dich auf einen Rausschmiss gefasst, und es ist mir scheißegal, ob du zehn Kinder zu füttern oder eine blinde Mutter hast. Schluss, aus, für dich war's das! Das war's!«, zeterte er und wirbelte herum, ohne ihr ins Gesicht zu sehen.

Anita, die Psychologin, nutzte die Gelegenheit hereinzuschlüpfen, sich neben die Moderatorin zu setzen und ihr zu versichern, dass sie ihr nicht eine Sekunde von der Seite zu weichen gedenke.

Auch Mario erwies sich erstaunlicherweise als ihr Komplize und bedeutete ihr mit einem Wink, sie sei wieder auf Sendung. Dem Tontechniker war die »Frau auf der Suche nach einer Bestimmung« ziemlich gleichgültig, aber er genoss den Zoff.

»Heute ist endlich mal was los auf der Arbeit«, murmelte er, während sowohl dem Programmdirektor als auch dem jungen Psychologen anzusehen war, dass sie kurz vor dem Platzen waren.

Dessen ungeachtet sprach Aurora wieder ins Mikrofon.

Liebe Frau auf der Suche nach einer Bestimmung,

danke für dein Vertrauen.

Seit ich deine Geschichte gelesen habe, stelle ich mir dich wie ein Dornröschen vor, das darauf wartet, von einem Kuss ins Leben zurückgeholt zu werden. Als wir klein waren, hat man uns erzählt, diesen Kuss müsse uns ein Prinz geben. Ich glaube, du und ich, wir sind alt genug, um zu wissen, dass es zwar Prinzen geben mag, wir aber nicht auf sie warten müssen, um glücklich zu werden.

Was dich ins Leben zurückholt, kann eine böse Erfahrung sein, die dich dazu bringt, alles infrage zu stellen, oder ein Gespräch mit einer Freundin, die dir die Augen öffnet. In deinem Fall war es dein ältester Sohn, der nicht einmal eine Absicht verfolgte.

Du bittest mich nicht um Rat, und ich kann dir keinen geben.

Ich wollte dich lediglich wissen lassen, dass Señorita Leo dich angehört hat. Señorita Leo bemüht sich, alle eure Briefe zu lesen, auch wenn sie sie nicht immer beantworten kann. Deine Geschichte hat mich zutiefst berührt, und ich möchte sie mit allen Hörerinnen teilen, die von heute Abend an deine Freundinnen sind.

Wozu auch immer du dich entschließen magst, denk daran, dass wir alle bei dir sind. Du bist nicht allein.

Morgen, wenn du dich im Spiegel anschaust, frag dich noch einmal: Soll das schon alles gewesen sein?

Ich umarme dich ganz fest.

Eine unwirkliche Stille senkte sich über das Studio.

Alle hörten auf zu streiten.

Jeder versuchte auf seine Art zu verarbeiten, dass Señorita Leo an diesem Abend eine Grenze überschritten und sie alle mitgezogen hatte.

Schweigen herrschte auch in einem Seat 25. Drei kleine Jungen und ein Halbwüchsiger schliefen auf dem Rücksitz und träumten den Ferien entgegen. Am Steuer saß ein Mann mittleren Alters, den Blick auf die Landstraße geheftet. Sein Unterarm ragte aus dem geöffneten Fenster, und er rauchte.

Für einen Moment wandte er die Augen vom Asphalt und richtete sie, tiefschwarz wie ein bodenloser Brunnen, auf ein Paar hellbraune, die er im Rückspiegel fand. Er atmete aus, und der Qualm vernebelte alles. Sole hustete, als ertrügen ihre Lungen das Nikotin nicht mehr … Kein Vorwurf, keine Befürchtungen, kein Schmerz.

Ein kalter Schauder lief ihr über den Rücken, als Antonio die Kippe hinauswarf, das Fenster hochkurbelte und das Radio ausschaltete.

Sie wusste, dass er wusste, wer diesen Brief geschrieben hatte. Du wirst dir noch wünschen, nicht einen Buchstaben davon zu Papier gebracht zu haben, drohte Antonios stummer Blick.

Nach mehr als zwanzig Jahren Ehe hatte Sole gelernt, seine Gedanken zu lesen.

Unter den Sternen des Augusthimmels beweinte sie ihr Unglück, ohne eine einzige Träne zu vergießen.

20

Zweite Chancen

Germán wurde es eiskalt trotz der siebenunddreißig Grad, die der Wetterbericht prophezeit hatte.

Langsam ließ er den Rauch seiner Zigarette entweichen und sah den Spiralen nach, die aufstiegen und sich allmählich auflösten in der Dunkelheit seines Zimmers. Und seiner Vergangenheit.

Noch an ihrem Hochzeitstag hatte er sie zum tausendsten Mal beschworen:

»Consu, heirate ihn nicht. Ich mag ihn nicht. Er ist ein Faulpelz, und Mumm scheint er auch nicht viel zu haben. Du findest einen Besseren.«

Und sie hatte ein weiteres Mal nicht auf ihn gehört. Langsam schritt sie zum Altar. Ihm kam sie vor wie ein Lamm auf dem Weg zur Schlachtbank, aber er war bei ihr und bei seiner Mutter nur auf taube Ohren gestoßen. Der schmale Gang führte sie hin zu ihrem Gatten und weg von ihrem Bruder. Seit jenem Tag vor über fünfzehn Jahren hatten sie kaum miteinander gesprochen. Und nie unter vier Augen. Keinem der beiden Geschwister war es gelungen, einen Schlussstrich unter so viel Streit zu ziehen.

»Eine unglückliche Ehe mit einem Mann, den ich für einen ausgemachten Pascha halte. Zwei Kinder, und Ricardo kriegt immer noch nichts gebacken«, murmelte Germán, der noch nie erlebt hatte, dass sein Schwager eine Arbeitsstelle länger als ein halbes Jahr behalten hätte.

Die Bar schien sein Esszimmer und der Fußballplatz der Drittligamannschaft des Dorfes sein Wohnzimmer. Von seiner Mutter wusste er, dass Ricardo mehr als einmal stark angeheitert, torkelnd und krakeelend, nach Hause gekommen war. Sie hatte es Germán eher beiläufig erzählt, aber sie war in letzter Zeit so alt geworden, dass man nicht mehr viel von ihr erwarten konnte.

»Dass deine Kinder nicht missraten sind, ist ein reines Wunder. Du schuftest den ganzen Tag und er … pah!«, stöhnte er beim Anblick des Fotos auf seinem Nachttisch.

Darauf küssten die Kinder ihre Großmutter an ihrem letzten Geburtstag. Sie waren zwei Schätzchen, und Germán ärgerte es, ihre ersten Jahre verpasst zu haben. Durch die Großmutter wusste Germán, dass der Ältere ein sehr guter Schüler war – »Der schafft es bestimmt auf die Universität«, hatte sie ihm stolz versichert –, und der zweite ein großer Tierfreund, dem alle Welt zu Füßen lag.

Es hätten drei werden sollen. Um ein Haar hätten sie ein Schwesterchen bekommen. Aber über jener Nacht, in der die Fruchtblase seiner Schwester vorzeitig geplatzt war, während ihr Mann den Sieg seines Vereines über einen lokalen Gegner feierte, lag ein Mantel des Schweigens. Bis sie im Krankenhaus ankam, war es zu spät.

»Wie wäre sie wohl gewesen, die kleine Consuelito? Fragst du dich nie, ob man sie hätte retten können, wenn meine Schwester rechtzeitig bei einem Arzt gewesen wäre?«, sagte er zu dem Foto.

Der Brief, den Virtudes Leo soeben vorgelesen hatte, erinnerte ihn an seine Schwester, eine Frau, die aus Angst, als alte Jungfer zu enden, auf das Glück und ein schönes Leben verzichtet hatte. Er empfand das als Feigheit.

»Zumindest hat diese *Frau auf der Suche nach einer Bestimmung* noch eine Spur von Auflehnung in sich, immerhin fragt sie sich, ob das alles gewesen sei, und spielt mit dem Gedanken an eine Trennung, auch wenn sie sich nicht traut, es laut auszusprechen in diesem Land der Dummschwätzer«, klagte er, als er die Moderatorin vorlesen hörte: *Wer weiß, vielleicht finde ich eines Tages den Mut, die Koffer zu packen, zur Tür hinauszugehen und die Zukunft zu suchen, die wir verdient haben, meine Jungs und ich.* Ob seine Schwester je überlegt hatte, diesen Parasiten von einem Ehemann zu verlassen?

»Verfluchter Versager!«, beschimpfte Germán einen Unsichtbaren.

Ein paar Minuten später verwandelte die Stimme seiner Angebeteten seinen Ärger in Traurigkeit: *»Wozu auch immer du dich entschließen magst, denk daran, dass wir alle bei dir sind. Du bist nicht allein«*, sagte Señorita Leo.

Hatte seine Schwester sich allein gefühlt und sich deshalb zu keinem Entschluss durchringen können? Zweifellos war sie verliebt gewesen, als sie heiratete, doch mit den Jahren musste ihr die rosarote Brille, die sie nicht hatte erkennen lassen, wer ihr Gatte in Wahrheit war, doch von der Nase gefallen sein. Warum blieb sie bei jemandem, der sie schlecht behandelte? Aus Angst, was aus ihr und ihren Kindern werden sollte?

»Consu, hast du dich nie gefragt, ob das alles war?«, flüsterte er und trat auf den Balkon der Pension *La Perla*.

Er spürte den ziehenden Schmerz des Schuldbewusstseins, ein Gefühl, das er nicht gewohnt war. Um es loszuwerden, suchte er nach stichhaltigen Gründen für sein Verhalten:

»Meine Hilfe habe ich dir nie angeboten, stimmt schon, aber du hast mich auch nie darum gebeten. Das hättest du tun können, wir standen uns doch einmal sehr nah.«

Er erinnerte sich an die jährliche Kirchweih im Dorf. Sie gehörten derselben Clique an, doch seine Schwester gab ihm immer Rückendeckung, wenn sich etwas mit einem Mädchen ergab. Zusammen hatten sie zahllose Wanderausflüge unternommen, denn früher mochten sie beide die Berge.

»Und Pläne geschmiedet haben wir, wie den, mit Mama einmal nach Paris zu fahren. Aber das haben wir nie getan, weil du diesen Kerl geheiratet hast und, als dein erstes Kind kam, immer knapp bei Kasse warst und …«, beklagte er die zerplatzten Jugendträume. »Wie oft haben wir uns bis tief in die Nacht ausgemalt, was wohl einmal aus uns werden würde, welche Reisen wir unternehmen würden … Wie konntest du das alles vergessen?«

Vielleicht hätte er als großer Bruder in einer Familie ohne Vater seiner Schwester gegenüber mehr Autorität zeigen müssen. »Aber das liegt mir nicht. Es hätte auch unserer Beziehung nicht entsprochen. Wir waren immer auf Augenhöhe«, erklärte er seiner stummen imaginären Schwester. »Du und Mama habt euer Süppchen immer so gekocht, dass ich von allem nur die Hälfte mitbekam. Als ich begriff, was Sache war, hattest du das weiße Kleid schon an!«, fügte er noch hinzu.

Er schaute nach oben, wo man die Sterne erahnte.

Im Dorf konnte man sie sehen.

Germán wusste sich an den Sternen zu orientieren. Das hatte ihm sein Patenonkel beigebracht. Der hatte ihn auch im Sommer oft auf die Kaninchenjagd mitgenommen.

Obwohl er es immer energisch abstritt, vermisste er das alles. Er hatte die Abstände zwischen seinen Besuchen vergrößert, »damit es keinen Krach gibt«, wie er seiner armen Mutter mehrfach erklärte.

»Wenn ich länger da bin, schreie ich ihn an und werfe ihn aus dem Haus«, drohte er.

Die gute Frau sagte nur, aus einer Ehe müsse man sich raushalten, und er solle keinen Unsinn machen, der seine Schwester und seine Neffen ins Verderben stürzen würde. Seine Mutter blieb dabei, dass sein Schwager ein guter Mensch sei, »auch wenn du das anders sehen magst. Viel Initiative hat er nicht, schon wahr, er ist eher einer von den Geruhsamen, und von einigen seiner Freunde sollte er sich besser trennen, aber böse ist er nicht. Wirklich nicht.«

Mit einem tiefen Atemzug ging Germán zurück ins Zimmer.

Er holte den Koffer vom Schrank.

Er öffnete ihn und begann, seine Hemden und Hosen hineinzupacken.

Seiner Mutter hatte er versprochen, eine Woche in seinem Heimatdorf zu bleiben. »Das ist das Maximum. Nicht eine Minute länger», hatte er ihr erst drei Tage zuvor gesagt. Aber nachdem er Auroras geliebte Stimme von der unglücklichen *Frau auf der Suche nach einer Bestimmung* hatte sprechen hören, war in seinem Inneren etwas in Bewegung geraten.

Consuelo war nicht allein. Germán Herrero, ihr Bruder, war bei ihr. Und bei seinen beiden Neffen. Es fehlten nur wenige Kilometer und ein Sonnenaufgang bis zu ihrem Wiedersehen. Am nächsten Tag würden sie gemeinsam den Aperitif einnehmen, was nicht zuletzt Señorita Leo und ihren Ratschlägen zu verdanken war.

»Jetzt ist alles einfacher, Consu. Und wenn es doch noch nicht zu spät wäre für euch? Für uns?«, sagte er, als er die Nachttischlampe löschte.

21

Das ist also ein Kriegsgericht?

»Ohne uns zu fragen? Sind wir denn kein Team?«

»Wie konntest du nur?«

»Was hast du da angerichtet?«

»Was hast du dir dabei gedacht? Meinst du etwa, du kannst dir so etwas erlauben und alle finden es toll?«

Zu viele Fragen. Vier gegen eine, sagte sich Aurora und betrachtete ihr aufgebrachtes Tribunal. Ein gekränkter Don Ramón, der sie mit den Worten »Wie konntest du mir das antun, mir, der ich immer um dein Wohl besorgt bin?« empfangen hatte, führte den Vorsitz.

Zu seiner Rechten hatte der Werbeleiter Platz genommen, der einen seiner besten Kunden in Gefahr sah, die Kosmetikfirma, die *Die Stunde der Señorita Leo* sponserte. Links von ihm saßen Anita und Michael, erzürnt über das, was sie als Einmischung in ihre Fachkompetenz empfanden. Aurora hatte sie noch nie so außer sich erlebt.

Ihr Blick suchte einen Verbündeten in Mario, dem Tontechniker, doch der hob die Schultern. Es hatte ihm gefallen, dass sie den Brief vorlas. Er hatte die Übertragung nicht abgebrochen und Musik oder Werbung eingeblendet, und als die ganze Mannschaft in heller Aufregung ins

Studio gestürzt war, hatte er sie sogar verteidigt. Doch in der Zwischenzeit hatte er einen Anruf von der Personalabteilung erhalten, der ihn an seine Verwundbarkeit als Arbeitnehmer erinnert hatte.

»Ich habe Frau und Kinder, eine Hypothek und die Raten fürs Auto«, versuchte er der Moderatorin klarzumachen, bevor er hinausging und sie vor dem Gericht allein ließ.

Sie seufzte und entschied sich für die Vogel-Strauß-Taktik. Sie würde den Kopf in den Sand stecken und abwarten, bis sich das Problem erledigt hatte.

So schlimm ist es nun auch wieder nicht, sagte sie sich. Sicherlich war sie nicht die erste Moderatorin von *Die Stunde der Señorita Leo*, die sich so etwas geleistet hatte.

»Gehen wir das Ganze noch einmal durch«, begann Don Ramón. »Analysieren wir, was passiert ist.«

Aurora war drauf und dran, eine Antwort zu geben, hielt aber inne, als sie die starre Miene ihres Chefs sah.

Sie kannte ihn gut: Er war sehr, sehr beunruhigt. Sein Körper war angespannt. Seine Rechte, zur Faust geballt, schlug dauernd ohne jeden Rhythmus auf die Tischplatte. In diesem Moment kam er ihr vor wie ein Stier, der darauf wartete, dass sich das Tor zur Arena öffnete, um loszustürmen.

Ihr gegenüber war er noch nie so gewesen, und das verwirrte sie.

Man hatte ihr von seinen Wutausbrüchen erzählt, aber bis jetzt hatte sie noch keinen miterlebt.

Sie fühlte sich wie Alice im Wunderland: Die Wände begannen sich zu bewegen. Der Raum schrumpfte. Sie saß am weitesten von der Tür entfernt. Alle außer ihr wären rechtzeitig draußen.

Aurora schloss die Augen und bemühte sich, gleichmäßig zu atmen.

»Es ist wahr, dass ich dir erlaubt habe, die aussortierten Briefe mit nach Hause zu nehmen«, fuhr Don Ramón fort.

Der Werbeleiter setzte zum Protest gegen dieses regelwidrige Verhalten an, überlegte es sich jedoch anders, als ihm der Programmdirektor mit einer herrischen Geste Einhalt gebot. Im Gegensatz zu Aurora kannte er Don Ramóns Jähzorn sehr wohl, und er verspürte kein Bedürfnis, dem veteranen Rundfunkjournalisten zu widersprechen. Ihr Umgang miteinander war nicht herzlich, aber immer manierlich gewesen. Warum sollte man das jetzt ändern?

»Ebenso wahr ist, dass ich dich diese Briefe habe schriftlich beantworten lassen«, sagte er mit einem reuigen Unterton, der der Moderatorin nicht entging. »Aber weiter nichts!«

»Es steht dir nicht zu auszuwählen, welcher Brief in die Sendung kommt«, platzte Anita heraus, als hätte sie Jahre auf diese Gelegenheit gewartet. »Dafür bist du überhaupt nicht qualifiziert!«

Aurora sah sie überrascht an. Mit so viel Bitterkeit hatte sie nicht gerechnet.

Don Ramón merkte, dass die Angelegenheit seinen Händen entgleiten könnte. Er seufzte und bat die beiden

Psychologen in freundlichem, aber bestimmtem Ton, den Raum zu verlassen. Beide erhoben Einspruch, sahen aber rasch ein, dass Widerstand zwecklos war.

Beim Hinausgehen knallten sie die Tür zu, um zu demonstrieren, dass sie nicht freiwillig gingen. Die beiden Chefs wechselten einen schrägen Blick und einigten sich wortlos auf »Kindsköpfe«.

Es war klar, dass ihr nicht damit einverstanden sein würdet, überlegte die Moderatorin. Hätte ich es euch überlassen, wäre dieser Brief niemals an die Öffentlichkeit gelangt. Ihr sucht nur solche aus, die ihr schaurig oder amüsant findet und an denen sich die Werbekunden nicht stoßen, dachte sie und ärgerte sich über die beiden Kollegen, die sie verdächtigte, an der Tür zu lauschen.

Don Ramón betrachtete die Radiosprecherin verwundert. So schweigsam kannte er sie nicht.

»Der Kunde hat sein Vertrauen in uns gesetzt. Er geht davon aus, dass er sich auf uns verlassen kann«, fauchte der Werbeleiter. »Er leiht uns seinen Namen, und vor allem, meine Süße, zahlt er eure Gehälter. Du hast *Señorita Leo* in Gefahr gebracht. Weißt du, wie viele Erklärungen ich in den letzten achtundvierzig Stunden abgeben musste?«

Aurora schien es unglaublich, dass es gerade mal zwei Tage her sein sollte, seit sie beschlossen hatte, diesen Brief, der ihr so zu Herzen gegangen war, der Versenkung zu entreißen. In diesen beiden Tagen hatte niemand etwas zu ihr gesagt. Kein Anruf, kein Besuch. Sie hatte sich freigenommen und gewartet. Nichts. Sie hoffte, wenn sie zurückkäme, wäre vielleicht alles schon vergessen.

In diesem Moment begriff sie, dass das nur ein frommer Wunsch gewesen war.

Sie hatte das Gefühl, seither wäre ein ganzes Leben vergangen. Sie erinnerte sich, wie sie an dem fraglichen Morgen in ihrer Küche gesessen hatte, bis der Kaffee fertig war, vor sich einen Beutel mit den letzten, von den Kollegen aussortierten Briefen. Sie bemühte sich, das Versprechen zu halten, das sie ihren anonymen Hörerinnen gegeben hatte: Sie las alle Briefe und versuchte, eine Antwort darauf zu geben, und wenn es nur drei Zeilen waren, damit sie alle wussten, dass jemand sie wahrgenommen hatte.

An diesem Tag fühlte sie sich besonders bedrückt. Frühmorgens hatte sie diesen Anruf von Nicolás erhalten. Sie wusste sofort, dass er es war, obwohl sie zunächst nur eine weinerliche Stimme hörte.

Er war in irgendeiner Bar, denn sie hörte Musik und laute Stimmen im Hintergrund. Aurora sagte nur immer wieder seinen Namen, versuchte, ihn mit sanften Worten zu beruhigen. Sie forderte ihn auf, zu ihr zu kommen. Sie würde ihm einen Milchkaffee machen, und sie könnten ein bisschen plaudern.

Er würde ihre Einladung nicht annehmen, das wusste sie. Er nahm sie nie an.

»Es gibt lustige Säufer und solche, die böse werden, und mancher ist sich nur in diesem Zustand seines desaströsen Lebenswandels bewusst und wird traurig«, hatte ihre Nachbarin gesagt, als sie ihr vom ersten Anruf dieser Art erzählte, dem viele andere gefolgt waren.

Hoffentlich hat er heute Abend nur Alkohol intus, hatte sie mit einer Gänsehaut gedacht, weil es ganz offenkundig nicht so war.

»Nicolás, Nicolás, Nicolás …«, wiederholte sie.

Das Mitleid mit ihrem Bruder verband sich auf seltsame Weise mit dem Mitleid, das sie für die *Frau auf der Suche nach einer Bestimmung* empfand. Warum hatte sie ihren Brief vor dem Feuer gerettet? Warum hatte sie beschlossen, ihre Arbeit und ihr Leben für sie zu riskieren? Was an dieser Unbekannten hatte sie so bewegt, dass sie es zu einem solchen Eklat hatte kommen lassen?

Es war deine Frage, erwiderte sie der unsichtbaren Hörerin im Stillen.

War das schon alles?, hatte es in dem Brief geheißen. Und während der Kaffee aus dem Espressokocher sprudelte und einige Spritzer auf dem Boden landeten, hallte diese Frage an den Wänden ihrer Küche wider.

Und fiel auf sie selbst zurück: »War das alles, Aurora?«

Während die Sprecherin vor den beiden Direktoren saß, die miteinander stritten und sie völlig ignorierten, betrachtete sie eingehend ihre Hände. Jung waren sie nicht mehr. Sie wiesen ein paar Pigmentflecken und kleine Fältchen auf, nichts von Bedeutung, aber genug, um nicht mehr glatt zu sein. Am kleinen Finger der rechten Hand befand sich eine Narbe, die vom Kampf mit einer Sardinenbüchse herrührte.

War das alles? Frühstückmachen für sich allein? Mit dem Bus von zu Hause zum Sender und vom Sender nach Hause fahren? Den Worten anderer eine Stimme geben, während ihre eigenen unausgesprochen blieben? Auf die nächtlichen Anrufe eines alkoholkranken, drogensüchtigen Bruders warten?

Der Gedanke an ihr Motiv, den Brief vorzulesen und sich damit über alle Regeln hinwegzusetzen, gab ihr Kraft.

»Im Ernst, Aurora, hast du nichts dazu zu sagen?«

Als ihr Chef ihren Namen aussprach, kehrte sie langsam in die Gegenwart zurück.

Sie saß im Besprechungszimmer des Senders den beiden Männern gegenüber, die entscheiden mussten, ob sie ihr kündigten oder sie nur abmahnten.

Die angelegentliche Miene, mit der Don Ramón sie ansah, legte den Schluss nahe, dass der Zwischenfall nur eine dunkle Stelle in ihrer Personalakte hinterlassen würde.

»Diese Frau verdiente eine Antwort«, waren ihre ersten Worte.

Don Ramón seufzte erleichtert, als seine Moderatorin endlich etwas sagte.

»Aber du hattest doch schon unsere Erlaubnis, ihr zu schreiben!«, erwiderte er im Ton eines Vaters, der mit einer Heranwachsenden verhandelt.

»Unsere übrigen Hörerinnen hatten auch ein Recht, davon zu erfahren«, entgegnete sie trotzig.

»Wenn du sie schon erwähnst, behandele sie gefälligst mit Respekt!«, sagte der Werbechef bissig.

»Und was habe ich denn anderes getan?«, verteidigte sich Aurora müde. »Habt ihr mich je über einen Brief lachen hören? Ihre Stimmen nachäffen? Sätze laut vorlesen, um die von der Sportredaktion nach einem schlechten Spiel zum Lachen zu bringen? Ich behandle meine Hörer mit Respekt.«

Don Ramón schluckte. Er wusste, dass einige seiner Mitarbeiter sich durchaus manchmal einen Spaß daraus machten, aus den Briefen zu zitieren und sich darüber lustig zu machen. Wie auch die Leute von der Werbeabteilung, weshalb deren Leiter ebenfalls nichts sagte.

Touché, dachte Aurora und schmunzelte, als sie sah, wie Don Ramón und der Werbechef sich in die Haare gerieten. Unterbrechung wegen interner Querelen.

»Das nächste Mal werde ich dich nicht retten können, Aurora«, ermahnte sie Don Ramón, als sie sich an der Tür des Rundfunkhauses verabschiedeten. »Die wollten dich wirklich feuern. Ich habe hoch gepokert und für diesmal noch gewonnen. Aber jetzt bleibt mir kein Joker mehr. Dass mir so etwas also nicht noch mal vorkommt.« Er sah sie vorwurfsvoll an. »Weißt du, was mich am meisten kränkt? Dass du dich mir nicht anvertraut hast. Wann habe ich dir je etwas abgeschlagen?«

Erst Monate später sollte Aurora herausfinden, worin dieser alles entscheidende Trumpf bestanden hatte, jedoch kam sie nie dazu, sich bei Don Ramón dafür zu bedanken, der gesagt hatte:

»Aurora ist die Stimme meiner Sendung. Wenn ihr sie rauswerft, seid ihr mich auch los.«

22

Hintergründige Zeichnungen

Elisa strahlte. Ihre Eltern waren glücklich.

In diesem Jahr hatte der Sommer endlich auch das Haus der Puigs erreicht.

Morgens fuhren sie alle drei zum Strand. Jeden Tag wählten sie einen anderen Ort. Castelldefels, Garraf, Ocata, Premiá … Kein Weg war ihnen zu weit. Sie nahmen die Klappliegen, den Picknickkorb und die Musikanlage mit. Spätnachmittags kehrten sie zurück, müde von Sonne und Sand, aber fröhlicher Stimmung. Wenn es einmal regnerisch war, verbrachten sie den Tag im Einkaufszentrum oder gingen ins Kino.

Das junge Mädchen sah jeden Tag besser aus. Das Leben an der frischen Luft wirkte Wunder. Zumindest war es das, was ihre Eltern glaubten. Doch Elisa wusste, dass es ihr wegen der Grüße so gut ging, die täglich aus einem achtzig Kilometer weit entfernten Dorf eintrafen.

Toño hatte Wort gehalten. Ein verblüffter Briefträger brachte jeden Mittag einen Umschlag mit Elisas Namen. Die beiden ersten waren noch in Barcelona abgestempelt, weil ihr Freund sie vorbereitet hatte, bevor er abgereist war. Wer mochte sie wohl eingeworfen haben? Egal! Gegen Abend ging Elisa an den Briefkasten und dann, ohne ein Wort zu sagen, in ihr Zimmer, weil sie allein sein wollte, wenn sie den Brief las. Oder besser gesagt, zu entschlüsseln versuchte.

»Hätte ich mir eigentlich denken können«, lachte sie, als sie das Kuvert öffnete und erneut eine Zeichnung darin fand.

Sie war auf den zweiundzwanzigsten August datiert. Der Brief hat ja nur zwei Tage gebraucht, dachte sie erstaunt. Doch dann sah sie den Expressstempel auf den Marken. Er wird sich ruinieren!, dachte sie.

Das Mädchen ahnte nicht, dass Toño sich nicht nur finanziell ruinierte, sondern es sich auch zunehmend mit seinen Freunden verdarb: Sobald er erfuhr, dass jemand aus dem Dorf nach Barcelona oder Umgebung fuhr, stand er bei demjenigen auf der Schwelle, bat ihn, seinen Brief mitzunehmen, und behauptete, es gehe um Leben und Tod.

In Elisas Zimmer sang Eric Clapton. Einer ihrer älteren Cousins schwärmte für den englischen Sänger und Gitarristen und hatte ihre Eltern überredet, sie auf ein Konzert mitnehmen zu dürfen, das der Musiker einige Tage zuvor in Badalona gegeben hatte. Seitdem hörte Elisa ununterbrochen die Platte, ein Geschenk ihres Cousins zur Erinnerung an ihr erstes Konzert.

In ihrem letzten Brief hatte sie Toño erzählt: *Das war schon etwas anderes als das, was mein Vater mit mir vorhat, der will nämlich unbedingt in den Zirkus. In Barcelona findet diesen Sommer ein großes internationales Zirkusfestival statt, und er hat bereits drei Eintrittskarten für den dreißigs-*

ten August gekauft. Buffalo Bill wird mit seinen Indianern aus dem Wilden Westen auftreten. Wie soll man da nein sagen? Wenn du sehen könntest, wie er sich freut … Als Kind muss ihn der Zirkus wohl sehr begeistert haben. Schön für ihn. Wann aber wird er begreifen, dass ich schon groß bin? Ich habe versucht, ihm klarzumachen, dass ich mit Musik mehr anfangen kann, und daraufhin hat meine Mutter vorgeschlagen, dass wir im November alle zusammen zu einem Konzert von einer gewissen Joan Baez gehen sollen. Besser, ich sage nichts mehr, oder ich werde den ganzen Winter über Termine haben!

Zehn Minuten später breitete sie alle Briefe vor sich aus, die sie bisher erhalten hatte. Sechs insgesamt. Fast für jeden Tag, den sie ihren Liebsten nicht gesehen hatte, einen. »Es ist gerade mal eine Woche um, und mir kommt es vor wie hundert Jahre!«, stöhnte sie auf und ließ sich aufs Bett fallen.

Im ersten Brief hatte Toño ihr ein Spiel vorgeschlagen.

Prinzessin, ich bin nicht gut darin, meine Gefühle in Worten auszudrücken. Ich ziehe Zeichnungen vor. Schau sie dir genau an. Jede einzelne ist ein kleines Rätsel. Während du es löst, kommst du mir immer näher.

Zusammen mit dieser Anweisung schickte er ihr ein Blatt, das mit Lippen in allen Größen und Farben bedeckt war. Dem Mosaik war eine riesige Eins vorangestellt. Das war leicht: Er sprach von Küssen. Von einem einzigen, um exakt zu sein.

Die zweite Zeichnung hatte sie schon nicht mehr verstanden. Dem Kopf eines Mannes, der aussah wie in Stein gemeißelt, entstieg eine Frau. Sie war gekleidet wie ein Krieger aus der Antike. Daneben zwei Uhus, die die Szene beobachteten.

Die nächste war noch verwirrender. Sie bestand aus einer Serie kleiner Einzelbilder. Das erste zeigte einen Stapel Bücher, das zweite einen Haufen Schüler, die ihrem Lehrer lauschten, das dritte einen Mann mit langem Bart und Tunika, der auf einem Felsen saß und zum Horizont blickte.

Bei diesem Brief war ihr Freund besonders inspiriert: Er lieferte ihr zwei Hinweise statt nur einem. Zusammen mit dem Cartoon sandte er ihr eine vierte Zeichnung, die so schön war, dass es ihr die Sprache verschlug. Hunderte von winzigen Gegenständen überzogen das Blatt wie das Gewebe eines verrückten Wandteppichs, auf dem ein Apfel mit einem Herzen koexistierte, ein Kind mit einem Stern, ein Buch mit einem Flugticket und ein Hund mit einem Hamburger und einer Filmspule.

Der vierte Brief enthielt eine Zeichnung, die das Gegenteil von der vorigen war: einfach ein großer leerer Kreis.

Der fünfte beglückte sie.

Toño hatte sich selbst gezeichnet.

Sie hatte das Stück Papier so oft an die Lippen gedrückt, dass seine Züge schon verwischten. Trotzdem erkannte man seine perfekten Brauen, den Glanz seiner dunklen Augen und die zerzausten Locken, die ihm in die Stirn fielen. Nur eine Sache verwunderte sie an dem Porträt: Er war geknebelt.

Der sechste Brief, der heute gekommen war, brachte ihr einen bildhübschen Ritter, der von einem riesigen Pferd stürzte. Auch er war angezogen wie ein römischer Soldat der Antike.

»Könntest du mir nicht einfach schreiben, was du so treibst? Ich weiß nicht … Von deinen kleinen Brüdern erzählen, von den Fußballspielen oder euren Ausflügen«, sagte sie leise zu einem abwesenden Toño, just als ihre Mutter sie zum Essen rief.

Es war nach elf, als sie das Licht löschte. Sie schob die Hand unter das Kissen und spürte das Papier.

Sie begriff nicht, was er ihr mit diesen Zeichnungen sagen wollte, aber zu wissen, dass ihr Liebster das Papier vor ihr berührt hatte, beruhigte sie.

Wieder einmal schlief Elisa ein im Wissen, dass jemand von ihr träumte. Sie war nicht mehr allein. Selbst in der Welt der Träume wurde sie beschützt von einem Ritter, dessen Schwert ein Pinsel war.

23

Verheißungsvolle Blumen

»Na, du bist mir vielleicht eine Geheimniskrämerin«, sagte die Empfangsdame anerkennend.

Aurora hob die Schultern.

»Ich weiß nicht, wovon du sprichst, Isa.«

»Jetzt tu doch nicht so …«, beharrte die ältere Kollegin.

Isa stand kurz vor der Rente, war aber noch ebenso engagiert bei ihrer Arbeit wie am ersten Tag. Sie hatte schon zwei Enkel. Die beiden, das Häkeln und das Radio waren ihr ganzes Glück. Sie hegte eine große Sympathie für die Moderatorin, seit sie gemeinsam »den Wachtturm des Senders«, wie sie es nannte, besetzt hatten.

»Von hier aus kriegen wir alles mit: wer zu spät kommt, wer mit wem hinausgeht, wir begrüßen die Gäste und stellen die Anrufe der Chefs durch. Es ist eine privilegierte Stelle, aber auch eine sehr verantwortungsvolle«, hatte sie ihr immer wieder eingeschärft.

Nur eines konnte Aurora an Isa nicht ausstehen: Sie war eine Klatschtante.

»Gibst du mir die Post von heute?«, bat Aurora.

Sie war spät dran, und seit dem Rüffel, den man ihr vor ein paar Tagen verpasst hatte, fühlte sie sich unter Beobachtung. Don Ramón hatte sich für sie entschuldigt.

Er wusste, dass sie und ihre Stimme entscheidende Bestandteile seines Programms waren, und wollte sie nicht verlieren.

»Nur die Post?«, fragte Isa, während sie sie ihr hinhielt.

»Wenn du sonst noch was für Don Ramón hast, nehme ich es auch mit rauf.«

»Für Don Ramón nicht«, bemerkte Isa, »aber für dich schon.«

Aurora sah sie verdutzt an. Isa lächelte und reichte ihr einen Strauß roter Rosen, die aus einem Dorf kamen, von dem sie nicht einmal wusste, wo es lag.

»Zwei Geschenke in so kurzer Zeit! Und beide von demselben Verehrer, denn die Schrift auf dem Kuvert ist dieselbe«, fügte die Hobbydetektivin hinzu. »Wann wirst du deiner Freundin Isa von deinem Romeo erzählen?«

Aurora nahm die Blumen entgegen, schnupperte unwillkürlich daran und lächelte. Der Duft war stark und betäubend und erfüllte den ganzen Aufzug, während sie in ihre Etage hinauffuhr.

Das erste Geschenk war begleitet gewesen von einer Notiz, die schlicht gelautet hatte: »Zu einem Glas gekühltem Weißwein an einem beliebigen Abend dieses glühend heißen Sommers zu genießen.«

Auf Aurora machte die Nachricht einen seriösen, wenn auch ein wenig forschen Eindruck. Anita zufolge, die Grafologin war, handelte es sich um die Schrift eines selbstsicheren Mannes.

Auch am Papier um den Rosenstrauß, den sie jetzt auf ihren Schreibtisch stellte, hing eine Karte. Sie löste sie, in der Hoffnung, eine Antwort auf eine der tausend Fragen zu finden, die ihr durch den Kopf schossen. Von weitem hörte sie Don Ramón am Telefon über die ersten Schritte der Regierung Suárez sprechen. Sollte es eine Aufmerksamkeit ihres Chefs sein, um den Frieden zu besiegeln? War es ein schlechter Scherz von jemandem, der sich über eine alte Jungfer lustig machte? Oder wollte Nicolás sie um Verzeihung bitten? Sie wusste es nicht. Vielleicht irrte sich Isa ja und die beiden Geschenke waren nicht von derselben Person … Allein der Gedanke, dass es so sein könnte, ließ sie erzittern. Oder, zu guter Letzt: Waren sie von demjenigen, von dem sie es sich erhoffte? Zwei Geschenke in so kurzer Zeit, das wollte viel heißen!

»Die rote Rose ist ein Symbol für Liebe und Respekt. Ein kleine Probe dessen, was ich empfinde«, las sie errötend. Und wieder keine Unterschrift.

Rasch verbarg sie die Notiz in ihrer Handtasche. Sie schaute sich um. Um diese Uhrzeit schien der gesamte Planet verwaist zu sein. Sie setzte sich und fing an, die Post zu sortieren: alle an Señorita Leo adressierten Briefe auf einen Stapel, auf einen anderen die für ihren Chef. Isa hatte es vergessen, und sie war so nervös, dass sie etwas mit den Händen tun wollte, weil es ihr half, sich zu beruhigen.

Sie lächelte, als sie sah, dass sie viel mehr Post bekommen hatte als sonst, und fühlte sich ein bisschen stolz. Dann dachte sie wieder daran, dass die Post nicht ihr persönlich galt, sondern der Señorita Leo.

Diese Leute kennen mich ja nicht mal. Sie schreiben alle nur *ihr!* Alle außer ihm, wer auch immer er sein mag, sagte sie sich und betrachtete die Blumen, die neben dem Telefon prangten.

Dann versuchte sie, sich auf ihr Tagewerk zu konzentrieren. Sie schaute auf das Bündel Briefe, das man ihr auf den Tisch gelegt hatte, die Briefe, welche die Señorita Leo an diesem Abend im Radio vorlesen würde.

Schon bald vermochten weder Don Ramón noch ihre Spekulationen über den Rosenstrauß sie von der Geschichte und der befreundeten Seele abzulenken, die sie ihr erzählte.

Liebe Señorita Leo,

alles begann auf die dümmste und harmloseste Art, wie aus Versehen.

Hätte mir in jenem Moment jemand gesagt, welche Konsequenzen meine Entscheidung haben würde, ich hätte sie nicht getroffen! Bitte, glauben Sie mir.

Es regnete. Ich war mit zwei Nachbarinnen verabredet. Wir sind alle drei verwitwet und treffen uns jeden Nachmittag, um gemeinsam die Zeit totzuschlagen. Tage, die man ganz allein verbringt, sind viel schwerer zu ertragen. Wie ich meinen Manolo vermisse! Ich muss zugeben, dass wir uns pausenlos gestritten haben, vor allem, nachdem er in Rente war. Aber er fehlt mir trotzdem so sehr!

Wie schon gesagt regnete es an dem Tag, an dem alles anfing. Und nicht zu knapp. Kein Nieselregen oder ein kurzer

Schauer. Richtiger Regen. Somit konnten wir weder in den Park noch den Strand entlangspazieren, wie wir es für gewöhnlich tun. Ich gehe gern ins Kino, aber die beiden anderen nicht. Eine schlug vor, irgendwo eine heiße Schokolade mit Churros zu uns zu nehmen, aber ich esse nicht gern Süßes, und die Dritte sagt immer, sie sei auf Diät, also war das auch kein geeigneter Plan.

Die Woche zuvor hatte in unserem Viertel eine Bingohalle eröffnet, bei uns direkt nebenan. Wir hatten die Werbung im Briefkasten. Wir kannten nur das von der Kirchengemeinde, die damit zu Weihnachten Geld für bedürftige Familien sammelte. Warum also sollten wir es uns nicht mal anschauen? Die Fotos auf dem Prospekt waren wunderschön, und außerdem wurde man in der ersten Woche mit einem guten Schinken bewirtet, wenn man ein Kärtchen spielte. Eine dieser Werbeaktionen halt.

Da gingen wir hinein. Und ich bin seither nicht mehr rausgekommen. Verstehen Sie mich nicht falsch, Señorita Leo. Das ist nicht wörtlich gemeint. Natürlich komme ich wieder raus, aber ich gehe tagtäglich hin. Es ist so unterhaltsam, es macht solchen Spaß, die Zeit verfliegt nur so. Und die Gewinne sind saftig. Wenn ich Bingo rufen würde, könnte ich mir eine Reise nach London leisten, wo mein Sohn lebt! Oder ich könnte mit meinen Freundinnen ins Heilbad gehen oder sie in ein Luxusrestaurant einladen. Immer habe ich nur noch eine oder zwei Nummern übrig … Ich schaffe es also bestimmt bald einmal!

Warum ich Ihnen schreibe? Weil ich gestern im Fernsehen eine Sendung gesehen habe, in der von einer Krankheit die

Rede war, der Spielsucht, und da bin ich erschrocken. Habe ich etwa diese Krankheit? Mit den Leuten, um die es dort ging, und dem, was sie erzählten, kann ich mich durchaus identifizieren … Ich grübele schon die ganze Nacht darüber nach.

Meinen Freundinnen möchte ich es nicht erzählen, weil sie es weitertratschen würden. Meinem Sohn auch nicht, der würde sich Sorgen machen.

Somit bleiben nur Sie. Was soll ich tun? Glauben Sie, mein Hausarzt könnte mir etwas verschreiben? Ist das heilbar?

In Erwartung Ihrer Antwort

Eine ängstliche Bingo-Spielerin

Zum fünften Mal las Aurora die kleine Karte, die mit den Blumen gekommen war, während sie genüsslich ein Glas Weißwein trank.

Es war nach elf, sie stand am Fenster und fühlte sich wie die Wächterin über eine ruhende Stadt. Ihr Viertel gehörte zu denen, die sich in den Ferien leerten. Ihr Blick suchte nach Fenstern, in denen Licht brannte.

Asphalturlauber wie ich, sagte sie sich, als sie ein offenes Fenster entdeckte, aus dem die Stimme Humphrey Bogarts klang.

Jemand sah fern, ohne sich von einer Radiomoderatorin beobachtet zu fühlen.

Ein Miauen übertönte die Worte des amerikanischen Filmschauspielers und weckte Paquito, der aufgeregt zu zetern begann: »Hau ab, du Mistvieh! Hau ab, du Mistvieh! Hau ab, du Mistvieh!«

Aurora begann, leise die Melodie eines Schlafliedchens zu pfeifen, worauf sich ihr Papagei allmählich beruhigte und in ihrer Straße wieder Frieden herrschte.

»Woher wusstest du, dass rote Rosen meine Lieblingsblumen sind?«, fragte sie verwundert, als sie in ihren Pyjama schlüpfte.

Der Zufall, der stets der Verbündete von frisch Verliebten ist, hatte Germán einen Gefallen erwiesen. Doch das würde Aurora niemals erfahren.

24

Geschlossen wegen Abriss des Hauses

»Mama, das wird ein fantastischer Sommer«, verkündete Toño jauchzend und schwenkte seinen Brief.

Sole bemühte sich zu lächeln, wobei ihr durchaus nicht zum Lachen war. So wurde es nur eine etwas schiefe Grimasse, doch ihr Sohn, von seiner ersten Liebe wie berauscht, bemerkte es nicht. Sie schälte weiter Kartoffeln für das Mittagessen.

Draußen im Hof spielten die beiden Kleinen mit einem Wasserschlauch. Der Mittlere war mit seiner Großmutter zum Markt gegangen.

Sole ließ sich von der trügerischen Ruhe nicht täuschen. Sie war angespannt bis in die Zehenspitzen. Der Schreck war ihr in die Glieder gefahren, als sie auf der Fahrt aufs Land aus dem Autoradio Señorita Leos Stimme hörten, die ihren Brief vorgelesen hatte. Sie hatte den Blick ihres Mannes im Rückspiegel gesehen und wusste, dass er nichts Gutes bedeutete.

Sobald Antonio mit dem Großvater aus der Kneipe käme, wäre es mit dem glücklichen Frieden, der jetzt das Haus durchzog, vorbei. Diese Vormittagsstunden waren nur eine Atempause zwischen den Auseinandersetzungen, die sich jeden Tag verschärften, und ihr Mann nutzte sie, um sich auf dem Dorfplatz mit Argumenten und Alkohol zu wappnen.

Wenn er dann nach Hause kam, würde er das Essen verschmähen, das sie zubereitet hatte, würde sich beschweren über die Falten im Bettlaken, die ihn um seine Siesta brachten, würde schimpfen, weil das Hemd, das er anziehen wollte, nicht ordentlich gebügelt war … Und am Ende würden alle diese Kleinigkeiten unweigerlich zu der Frage führen, die er ihr in diesen ersten zehn Tagen ihrer Ferien wohl schon fünfhundertmal an den Kopf geworfen hatte:

»War dieser Brief von dir? Red schon! War er von dir? Anscheinend hast du zu viel Zeit zum Schreiben und zu wenig, um dich um deine Familie zu kümmern.«

Sie hatte es jedes Mal abgestritten, obwohl sie nicht recht wusste, weshalb.

Wie Petrus, der Jesus verleugnete, dachte sie, als sie einen verwirrten Hahn hörte, der um zwölf Uhr mittags krähte, als würde es eben erst Tag.

Antonio wusste natürlich, dass sie es war, die den Brief geschrieben hatte, wollte aber ihr Geständnis, um die Strafe zu rechtfertigen, die er ihr bereits erteilte.

In der Dunkelheit des Schlafzimmers fürchtete Sole, dass er handgreiflich werden könnte, oder dass ihr im Traum die Wahrheit herausrutschte. Ehe sie ihn nicht schnarchen hörte, rührte sie sich kaum im Bett. Erst wenn Antonio schlief, wagte sie, die Augen zu schließen. Doch auch dann fand sie keine Ruhe. Ihr Unterbewusstsein konnte nicht abschalten, und sie lauerte ständig auf irgendein Alarmsignal.

Bei Sonnenaufgang weckten sie ihre Rückenschmerzen. Umso besser, dachte sie. Sie stand als Erste auf und richtete das Frühstück.

»Mütter haben keine Ferien«, sagte sie zu ihrer Schwiegermutter, mit der sie morgens die Milch erhitzte, die Kaffeebecher auf dem Tisch verteilte oder den Speiseplan für das Mittagessen beredete. Die Schwiegermutter nickte.

Sie war eine gute Frau, die seit über vierzig Jahren unter der Fuchtel ihres autoritären Ehemannes stand. Wenn sie sie ansah, meinte Sole, mit solcher Klarheit ihre eigene Zukunft zu sehen, dass es sie schüttelte.

Ständig die gesamte Last des Haushalts zu tragen und für den Ehemann eher eine Magd als eine Gefährtin zu sein, war dabei noch das Wenigste. Für Sole war das Schlimmste die Angst, die so tief in ihr saß, dass sie sich nicht einmal traute, geräuschvoller zu atmen als er oder auch nur seinen Schatten zu streifen.

Wann fing es an schiefzugehen? Wie konnten wir so enden?, fragte sie sich, während sie ihrem Ältesten zuschaute, der hingerissen den Brief seiner Freundin Elisa las.

Das Glück ihres Sohnes erschien Sole wie eine der wenigen Blumen dieses Sommers. Mitzuerleben, mit welcher Spannung er jeden Morgen den Briefträger erwartete, obwohl er wusste, dass der nicht immer etwas für ihn dabeihatte, die Freude, mit der er die Briefe öffnete, und mit welcher Hingabe er seine Zeichnungen für Elisa anfertigte, bewegte sie zutiefst. Sie konnte nicht umhin, diese Liebe mit der ihren zu vergleichen. Sie ähnelten sich in nichts. Nicht einmal, als sie begannen, miteinander auszugehen, war ihr Mann so zärtlich und aufmerksam gewesen wie ihr Sohn diesem Mädchen gegenüber, davon war sie überzeugt.

Sie legte das Messer auf den Tisch.

Sie spürte etwas, das sich fast wie Eifersucht anfühlte, für ein paar Sekunden ihrem Herzen. Hoffentlich wusste dieses junge Ding ihren Toño zu schätzen.

Lächelnd entsann sie sich, wie er ihr eröffnet hatte, er habe die Frau seines Lebens gefunden. So eindringlich sie ihm auch erklären mochte, es sei noch viel zu früh, um sicher zu sein, in seinem Alter könne man noch gar nichts mit Gewissheit sagen, der Junge war nicht davon abzubringen.

»Mama, das weiß ich, wie ich weiß, dass ich keinen Fisch mag. Und sie fühlt genau dasselbe. Wir sind Seelenverwandte«, hatte er ungestüm behauptet.

Seinen Vergleich mit dem Fisch hatte sie sehr witzig gefunden und laut aufgelacht, was ihr Sohn in den falschen Hals bekam. Sie hatte ihre liebe Not gehabt, ihm glaubhaft zu machen, dass sie ihn nicht auslachen wollte. Das Knallen der Haustür verkündete das Ende des morgendlichen Waffenstillstandes.

Sie hörte, wie ihr Mann den beiden Jüngsten brüllend befahl, sich an den Tisch zu setzen. Von der Esszimmertür aus sah sie die Kinder ängstlich flitzen. Sie wollten keine Kopfnuss, wie sie ihr Vater ziemlich regelmäßig zu verteilen pflegte.

Sole konnte ihre kindliche Furcht fühlen, die sich in einem Winkel ihres Gedächtnisses zusammenkauerte, wo sie auf ähnliche Bilder aus einer nicht allzu fernen Vergangenheit traf.

Das Essen war, wie zu erwarten, eine Katastrophe, der Reis angebrannt, der Wein zu warm, das Brot zu trocken. Alles ihre Schuld, wie natürlich auch, dass die Kinder nicht essen konnten, ohne zu schmatzen oder die Ellenbogen auf den Tisch zu legen.

Sole sagte keine Silbe.

Toño aß mit gerunzelter Stirn und ohne von seinem Teller aufzublicken.

Mit einem Mal durchfuhr Sole die schmerzhafte Erkenntnis, dass ihr ältester Sohn darunter litt, wie es bei ihnen zuging. Er war kein Kind mehr und beobachtete zähneknirschend den Niedergang seiner Familie.

Mit diesem Bild im Kopf spülte sie das Geschirr.

In der Stille der Mittagsruhe begannen ihre Gedanken laut zu werden. Wie konnte sie zulassen, dass ihre Kinder ständig in Angst und Schrecken lebten? Sie selbst war längst daran gewöhnt, aber sollten auch sie sich daran gewöhnen müssen?

Plötzlich bekam sie heftige Kopfschmerzen, beschloss aber, sie zu ignorieren, weil sie die Schlafzimmertür hörte.

Schon? Aber er hat doch nur eine halbe Stunde geschlafen, dachte sie fünf Sekunden, bevor ihr Mann in der Küche erschien.

»Nicht mal in Ruhe schlafen kann man in diesem Haus!«, schnauzte er sie an und ging zum Kühlschrank.

Sole wusste nicht, was sie sagen sollte. Im Haus war es vollkommen still.

»Hast du mich nicht gehört, oder was?«, setzte er nach.

Er nahm eine Flasche Wein und ein Paket Schinken aus dem Kühlschrank.

Unwillkürlich schaute sie auf die Küchenuhr: Es war noch nicht vier, und er wollte schon wieder essen?

Antonio entging die kaum merkliche Kopfbewegung seiner Frau nicht.

»Ich bin derjenige, der das alles hier bezahlt, also kann ich darüber verfügen, wann es mir beliebt. Kapiert?«, zischte er. »Vor allem, wenn das, was man mir mittags auftischt, nicht mal als Hühnerfutter taugt.«

Sole wollte eben zu einer Antwort ansetzen, als ihre Schwiegermutter in die Küche trat. Sie stritt sich nicht gern vor anderen mit ihrem Mann. Und so hielt sie den Mund und ging ins Wohnzimmer, um sich zu beruhigen.

Sie merkte, wie Antonio hinter ihr herkam.

Ihr war klar, dass er Streit suchte, und sie ließ mit klopfendem Herzen die Jalousien herunter, damit es im Haus nicht so heiß wurde.

Im Dämmerlicht des Wohnzimmers fühlte sie seine Hand auf ihrer Schulter. Sie erinnerte sich, wie dieselbe Hand sie beim Tanzen auf dem Jahrmarkt von Gracia herumgewirbelt hatte.

»Willst du mit mir alle Tänze deines Lebens tanzen?«, hörte sie einen lächelnden Antonio sagen, der Mitte zwanzig und sehr geschniegelt war.

Doch an diesem Augustnachmittag fühlte sich die Hand an wie aus Eisen. Antonio drückte kräftig zu, um ihr zu verdeutlichen, dass das Fest schon lange vorbei war. Ein

Antonio, den Niederlagen und Verdruss vorzeitig hatten altern lassen, raunte ihr ins Ohr:

»Und du wendest mir nicht den Rücken zu, wenn ich mit dir rede. Du gehst nicht einfach aus der Küche, wenn ich dich etwas gefragt habe, verstanden?«

Sein Atem stank nach Gift und Galle.

Sole nahm ihren Mut zusammen, um Antonio den Vorwand zu geben, auf den er wartete. Sie war müde.

»Ja.«

»Im Ernst?«, fragte er perplex.

»Ja, der Brief ist von mir.«

Für eine Tausendstelsekunde fühlte sie sich groß. Sie war eine starke, freie, selbstbestimmte Frau. Sie sah ihn fest an. Es war ein angenehmes Gefühl. Aber es währte nur eine Tausendstelsekunde.

Ein Schlag ins Gesicht, und es wurde Nacht um sie. Und sie wusste, sie war wieder klein, wenn auch nicht klein genug, um all diesem Hass zu entkommen.

25

Interferenzen

»Hallo«, sagte der Junge ein wenig verlegen.

»Hallo«, antwortete ein dünnes Stimmchen am anderen Ende der Leitung. Das Schweigen erstreckte sich über die Entfernung zwischen einem kleinen Dorf im Maestrazgo und Barcelona. Toño und Elisa, den Hörer ans Ohr gepresst, lauschten den Atemzügen des anderen.

»Es ist das erste Mal, dass wir telefonieren. Deine Stimme klingt so seltsam«, entschuldigte er sich, »irgendwie metallisch.«

»Deine klingt, als wärst du sehr weit weg«, erwiderte sie.

»Ich bin sehr weit weg. Ich musste ein Ferngespräch anmelden!«, sagte Toño lachend. »Tatsächlich denke ich manchmal, ich sei auf einem anderen Planeten.«

»Wie meinst du das?«

»Hier gibt es nur wenige asphaltierte Straßen, und auf denen sind an manchen Tagen mehr Schafe als Autos.« Er lachte wieder. »Es gibt zwei Bodegas, wo lauter Opas sitzen, ein Gasthaus, das eine Cousine meines Vaters führt, einen Supermarkt und ...«

»Wenigstens ein Kino werdet ihr doch haben ...«, sagte Elisa erstaunt. »Wahrscheinlich bist du vormittags im Schwimmbad und am Nachmittag?«

»Kino? Nur wenn Dorffest ist, dann zeigen sie auf dem Kirchplatz Filme im Freien … Das macht Spaß, weil wir mit der ganzen Clique hingehen, aber natürlich nicht wegen der Filme, die sind aus den Sechzigern …«

Mit einem Mal verflog Toños Scheu, und er wollte Elisa alles erzählen, was er so machte. Von klein auf hatte er jeden Sommer bei den Großeltern verbracht. Er hatte Freunde und Cousins in seinem Alter, mit denen er hundert Pläne schmiedete. »Ein Schwimmbad gibt es hier nicht. Wir baden im Fluss oder im Stausee. Das ist viel besser!«

»Ist das nicht gefährlich?«, wollte Elisa wissen, die durch und durch Großstadtkind war.

»Du sollst nicht zuhören! Verschwinde!«

»Wie bitte?«, fragte das Mädchen, erstaunt vom veränderten Tonfall ihres Freundes.

»Zwerg, wenn ich dich erwische, setzt es was!«

»Toño, was sagst du da?«

»Ich meine nicht dich, sondern meinen Bruder. Ich habe ihn dabei erwischt, wie er mir nachspioniert!«

Von weitem hörte Elisa eine Stimme nach der Mutter rufen.

»Was für Quälgeister! Am liebsten wäre ich Einzelkind, das schwöre ich dir«, erklärte Toño stöhnend, obwohl er es nicht wirklich ernst meinte.

Elisa schwieg. Sie hatte sich nie gewünscht, die Einzige zu sein, und war dennoch damit gestraft.

Irgendwann werde ich Toño das mit meinem Bruder erzählen müssen. Aber dafür ist es noch zu früh. Ich will nicht, dass er mich bemitleidet!, dachte sie.

Trotzdem konnte sie sich eine Bemerkung nicht verkneifen: »Pass auf, was du dir wünschst, nicht dass dich das Schicksal beim Wort nimmt.«

Toño, darauf bedacht, seine Mutter loszuwerden, die vor der Tür stand und mit ihm schimpfte, weil er seinen Bruder angeschrien hatte, überhörte Elisas Kommentar.

»Ich wünschte mir so sehr, du wärst hier ... Wir könnten Ausflüge machen zu den Höhlen oder zum Elsternschnabel und ...«

»Für die Höhlen sehe ich schwarz«, meinte Elisa. »Ich habe Klaustrophobie.«

»Du hast was?«, fragte er überrascht und fügte hinzu: »Ja, in Ordnung! Ja, ja, ja, nachher entschuldige ich mich.«

»Entschuldigen? Bei wem denn?«

»Es ist meine Mutter, die mich zurechtweist, weil ich laut geworden bin. Nachher entschuldige ich mich bei meinem Bruder. Diese Nervensägen!«, seufzte er. »Deine Eltern lassen dich wenigstens in Ruhe.«

»Die sind ja auch gar nicht da!«, erklärte Elisa lächelnd. Sie hatte schlimmes Bauchweh vorgetäuscht, um nicht mit zum Geburtstag einer Tante zu müssen.

»Du hast es gut!«

»Ach was. Sie sind bei meiner Tante, gerade mal zwei Häuser weiter. Aber weil du geschrieben hattest, du würdest heute anrufen, habe ich sie angeschwindelt, damit ich hierbleiben konnte.«

»Fast wäre nichts daraus geworden.«

»Wieso? Hattest du heute Abend etwas vor?«, fragte sie mit einem Funken von Eifersucht.

»Etwas vor? Aber nein!«, antwortete Toño, der es gemerkt hatte, belustigt. »Seit zwei Tagen war die Telefonverbindung unterbrochen. Anscheinend haben uns ein paar Halunken aus dem Nachbardorf einen Streich spielen wollen, weil unsere Fußballmannschaft gegen ihre gewonnen hatte. Außerdem …«

»Außerdem?«

»Mein Vater hatte heute keinen guten Tag«, gestand er niedergeschlagen.

Elisa nahm die Veränderung im Ton ihres Freundes wahr.

»Ging es ihm nicht gut?«, fragte sie sanft.

»Ihm geht es nie gut, wenn er mit uns zusammen sein muss. Er schimpft den ganzen Tag und wegen jedem Blödsinn mit meiner Mutter. Und wenn wir in der Nähe sind, kriegen wir auch unser Fett weg.«

»Das tut mir leid.«

»Na ja, man sucht sich halt seine Fluchtmöglichkeiten … Ich weiß nicht, wie meine Mutter das aushält. Denn sie muss ständig einstecken.«

Wieder verfielen beide in Schweigen.

»Am Ende ist er in die Bar gegangen, und da habe ich meine Mutter gefragt, ob ich dich anrufen darf. Dann haben wir mit meiner Großmutter gesprochen, und sie hat ja gesagt, aber nur fünf Minuten.«

»Es sind aber schon mindestens fünfzehn!«

»Fünfzehn, und du hast mir noch gar nichts von dir erzählt. Ich muss ja denken, du hast etwas zu verbergen …«, zog Toño sie auf.

Elisa fiel darauf herein.

»Neeiin! Es gibt einfach nichts Interessantes zu erzählen.«

»Aber außer mich zu vermissen, wirst du doch irgendetwas tun.«

»Jeden Morgen bin ich mit meinen Eltern am Strand, und nachmittags lese ich.«

»Du musst bildschön sein … so braun gebrannt.«

Elisa wurde rot.

»Na ja …«

»Bald werde ich es ja selbst sehen.«

»Wann kommst du zurück?«

»Ja, ja, schon gut, jetzt nerv nicht!«

»Na, hör mal, wie redest du eigentlich mit mir?«

»Ich habe doch nicht dich gemeint, sondern meine Mutter, die dauernd an die Tür klopft und …«

Plötzlich störten scheppernde Geräusche die Verbindung.

»Elisa!«

»Toño!«

Wie zwei Schiffbrüchige wiederholten sie zwei Minuten lang unaufhörlich ihre Namen, verloren in einem Meer von Drähten.

»Hörst du mich?«

»Jetzt ja!«

»Was hast du gesagt?«, fragte Toño. »Das ist ein Gespräch in Intervallen!«

»Ich weiß es nicht mehr.«

»Du hast gesagt, du liest nachmittags immer. Was denn?«

Elisa war es peinlich zuzugeben, dass sie seine Briefe las, immer und immer wieder, und zwischendurch Liebesromane von Jane Austen. Was sollte er von ihr denken?

»Romane, die ich mir aus der Bibliothek hole, und …« – sie zweifelte, ob sie es ihm gestehen sollte, »na ja, deine Briefe.«

»Hast du verstanden, was ich dir mit den Zeichnungen sagen will?«

Es war ihr unangenehm, aber ihr blieb nichts anderes übrig, als die Wahrheit zu sagen.

»Ich fürchte, es ist zu schwierig.«

»Nächste Woche, wenn wir uns sehen, wirst du es bestimmt verstehen.«

»Gib mir einen Tipp.«

»Noch einen? Aber ich habe dir doch schon einen Haufen gegeben«, lachte Toño. »Also gut. Es ist ein Satz von einem Dichter.«

Diese letzten Worte blieben in der Luft hängen.

Niemand fing sie auf, denn die Anhänger der Fußballmannschaft waren immer noch sauer, weil man sie um einen Sieg gebracht hatte. Wieder kappten sie die Kabel, ohne sich zweier Jugendlicher zu erbarmen, die einander während dieser ganzen Zeit mehr verschwiegen als gesagt hatten.

26

Abhängig von der Farbe der Brillengläser

In achtundvierzig Stunden hatte sich in Germáns Kopf eine Wende um hundertachtzig Grad vollzogen, die er sich selbst nicht erklären konnte.

Was ihm zwei Tage zuvor weiß erschienen war, erschien ihm jetzt schwarz. Was ihn gelangweilt hatte, machte ihm plötzlich Spaß. Und mutmaßlich böse Menschen benahmen sich wie gute.

Was war los?

Vilardell war ein Dorf, das vor Leben strotzte. Weiße Häuser, überall Geranien und lächelnde Passanten. Sein Schwager Ricardo kümmerte sich rührend um seine Frau, seine Kinder und deren Großmutter, Germáns Mutter. Sogar um Germán selbst, den er beharrlich wie einen nahestehenden Angehörigen behandelte.

Am ersten Tag erwarteten ihn Ricardo und die beiden Neffen, bewaffnet mit ihren Angeln. Germán hatte nach einer Ausrede gesucht, musste sich angesichts der Hartnäckigkeit seiner Schwester und seiner Mutter jedoch breitschlagen lassen. Sind doch bloß ein paar Stunden, ermunterte er sich selbst.

Er hatte Lust, mit seinen Neffen zusammen zu sein, aber nicht in Gesellschaft seines Schwagers. Für seine Reise ins

Heimatdorf hatte er zwei klare Beweggründe: Zeit mit seinen Blutsverwandten zu verbringen und ihnen das Gefühl zu geben, dass sie nicht allein waren. Er wollte seine Schwester wissen lassen, dass er sie unterstützte, wenn sie sich für eine Trennung von diesem Idioten entscheiden würde.

Der Angelausflug, der sich länger als fünf Stunden hingezogen hatte, war wesentlich unterhaltsamer, als er vermutet hatte. Seine Neffen waren bezaubernde Kinder, das wusste er. Jeder war auf seine Art gescheit, lustig und gutmütig. Wer ihn zum Staunen brachte, war ihr Vater Ricardo.

Er war respektvoll, zärtlich und geduldig mit ihnen. Ein ums andere Mal lobte er sie für ihre Bemühungen und kleinen Erfolge. Sie fingen nur ein paar Fischchen, die sie zurückwerfen mussten, weil sie zu klein waren, doch ihr Vater beglückwünschte sie, als hätten sie es mit Moby Dick aufgenommen.

Da wird er heute wohl mal einen guten Tag haben, sagte sich Germán. Auch ihm war klar, dass es wenige Menschen gab, die durch und durch schlecht waren. Selbst die schlimmsten Tyrannen hatten Freunde oder liebten ihre Haustiere, überlegte er an jenem ersten Vormittag am Fluss, weil sein Schwager und die beiden Jungs unentwegt lachten.

Spätabends saß er auf der Dachterrasse seiner Mutter, zum ersten Mal in zwei Tagen allein, und ließ alles, was er seit seiner Ankunft in diesem Haus erlebt hatte, noch einmal Revue passieren.

»Willkommen zu Hause«, hatte ihn seine Schwester begrüßt, kaum dass er aus dem Auto gestiegen war.

Sie empfing ihn ohne Vorhaltungen und ohne Bitterkeit, obwohl er so selten anrief und fast nie zu Besuch kam.

Das macht sie bestimmt, weil Mama sie darum gebeten hat, hatte er zuerst gedacht. Aber inzwischen war er überzeugt, dass dem nicht so war.

Consuelo war eine heitere, glückliche Frau. Sie arbeitete viel, und trotz ihrer Müdigkeit hatte sie immer für jeden ein Lächeln. Manchmal setzte eine starke Migräne sie für ein paar Stunden außer Gefecht. Dann schien die ganze Familie innezuhalten, um jede Störung zu vermeiden, wie er an jenem ersten gemeinsamen Tag feststellen konnte, als sie vom Fischen kamen.

Seine Schwester hatte sich nicht wohlgefühlt und war zu Bett gegangen. Die Kinder setzten sich mit der Großmutter ins Esszimmer und stellten den Fernseher sehr leise. Zu seiner Überraschung fing sein Schwager an, die Küche aufzuräumen.

Germán versuchte, ihm zur Hand zu gehen, doch Ricardo gestattete ihm lediglich, sich zu ihm in die Küche zu setzen und eine Zigarette zu rauchen.

»So habe ich ein bisschen Unterhaltung. Das ist sonst so langweilig!«, hatte er gesagt, während er den Abwasch machte.

Worüber sollte er mit ihm reden? Er wollte ihn nicht attackieren, aber er war schließlich mit einem Plan gekommen und musste sich an die Durchführung halten.

»Und wie geht's mit der Arbeit?«

»Es geht.«

»Hast du einen Job?«

»Ich bin auf der Suche. Na ja, ehrlich gesagt, ist es schwierig. In meinem Alter und ohne Ausbildung …«, meinte er entschuldigend.

»Kann ich mir denken. Aber hast du denn gar nichts in Aussicht?«

»Also, ich habe einen Freund, der eventuell eine Bar eröffnet und mich dann stundenweise beschäftigen könnte, das würde heißen …«

Das Gespräch brachte Ricardo deutlich spürbar in Verlegenheit. Und Germán verlieh es Flügel.

»Tja, mit Bars kennst du dich aus, klar«, stichelte er.

Sein Schwager zuckte mit den Schultern, ohne den Doppelsinn zu erfassen.

»Nicht wirklich, aber so schwer wird es schon nicht sein, oder? Ich probiere es aus, und wenn nicht, lasse ich es eben.«

Da haben wir's! Immer dasselbe. Der denkt schon daran, das Handtuch zu werfen, bevor er überhaupt angefangen hat, dachte Germán verärgert.

»Ja, klar, wenn es anstrengend ist oder sehr viel Arbeit«, legte er nach.

»Ach was! Das wäre mir egal. Aber wenn ich sehe, dass es sich nicht mit den Schulzeiten der Jungs oder dem Dienstplan deiner Schwester vereinbaren lässt, lasse ich den Job sausen. Man muss auf sie achten.«

»Sie beaufsichtigen.«

»Für sie da sein, würde ich sagen«, antwortete Ricardo, während er sich die Hände abtrocknete. »Wozu sonst gründet man eine Familie?«

In diesem Moment betrat seine Mutter die Küche, und das Gespräch brach ab. Germán hatte den ganzen Nachmittag über ein seltsames Gefühl. Abends beschwatzte seine Schwester ihren Mann, Germán auf einen Zug durch die Gemeinde mitzunehmen.

»Du würdest doch bestimmt gern die alten Freunde wiedersehen«, hatte seine Mutter noch hinzugesetzt. »Ich habe Pilis Sohn und dem von der Casa Grande erzählt, dass du kommst. Du glaubst nicht, wie die sich gefreut haben!«

Germán hatte nicht die geringste Lust, mit Ricardo einen trinken zu gehen, aber das Ganze erschien ihm allmählich wie eine Riesenverschwörung. Irgendjemand wollte, dass sie Zeit miteinander verbrachten.

Oder dass er keine Zeit mit seiner Schwester und seiner Mutter verbrachte, überlegte er und sah, wie die beiden Frauen ihnen nachwinkten.

Am Ende war der Abend netter geworden als erwartet. Die alten Schulkameraden vom Gymnasium wiederzusehen und sich Anekdoten und Spitznamen der Lehrer in Erinnerung zu rufen, war lustig. Schlimm wurde es, als die anderen alle Fotos von ihren Frauen und ihren Kindern zückten. Sie wollten auch seine sehen und mochten gar nicht glauben, dass er, der als Allererster von ihnen ein Mädchen geküsst hatte, nicht verheiratet war, ja nicht einmal eine feste Partnerin hatte.

»Ihr Großstädter tendiert eher zu freundschaftlichen, lockeren Sexbeziehungen, nicht wahr? Hast völlig recht. Weniger Stress und mehr Bewegungsfreiheit«, hatte ihm einer von ihnen an den Kopf geworfen.

Diese Bemerkung war Germán übel aufgestoßen und hätte ihm um ein Haar den Abend verdorben, wäre sein Schwager nicht gewesen. Denn der setzte alles daran, dass Germán sich amüsierte, koste es, was es wolle. Und das gelang ihm auch.

In den Bars kannte man ihn offensichtlich, doch überraschte Germán der Respekt, den man ihm überall entgegenbrachte.

Wäre er ein Säufer oder hätte Schulden, würden sie bestimmt nicht so mit ihm umgehen, dachte Germán.

All die Jahre hatte er geglaubt, sein Schwager trinke zu viel und verbringe seine Tage in der Kneipe. War es nun so oder nicht? Oder hatte die Entfernung seine Wahrnehmung verfälscht?

In seiner Versunkenheit merkte er gar nicht, dass er nicht mehr allein auf der Dachterrasse war. Seine Mutter unterbrach seine Überlegungen, indem sie ihn mit einer Frage überrumpelte.

»Na, mein Sohn, was machst du denn hier so allein? Magst du *Señorita Leo* nicht?«

Germán fuhr herum. Er starrte die kleine Frau an, die, schwarz gekleidet, seit er denken konnte, mit ihrem gemächlichen Gang auf ihn zukam.

Wie kommt sie darauf? Woher weiß sie es?, dachte er nervös.

»Wie meinst du das? Wie soll ich eine Frau mögen oder nicht mögen, die ich überhaupt nicht kenne?«

»Im Ernst?« Sie riss ungläubig die Augen auf. »Hört ihr denn in Barcelona nicht ihre Sendung? *Die Stunde der Señorita Leo?* Zu Hause hören wir sie *alle!* «

»Alle?«

Nicht zu glauben. Ricardo lauschte, wie er selbst, jeden Abend *dieser* Stimme? Damit hatte er nun wirklich nicht gerechnet.

»Na, klar! Wir wollten dir Bescheid sagen, aber du warst ja verschwunden ... Die Jungs vermuteten dich in der Bar, aber Ricardo meinte, das würde ihn wundern, du hättest ihm gar nichts gesagt.« Seine Mutter lächelte. »Nur ich bin auf die Idee gekommen, hier nach dir zu suchen.«

Sie trat neben ihn und strich ihm zärtlich übers Haar.

Ein wohliges Gefühl durchflutete ihn, und er schloss unwillkürlich die Augen.

Die Nacht roch nach Orangenblüten.

»Wenn du nachdenken wolltest, hast du dich immer hier verkrochen, weißt du noch? Schon als du noch ganz klein warst. Deiner Schwester gefiel es hier nicht, weil sie Angst hatte, die Vögel würden auf sie losgehen. Aber für dich war es dein Zufluchtsort, wenn du eine Entscheidung fällen musstest oder dir etwas passiert war ...«

Beide schwiegen einen Moment.

»Wie ich sehe, hast du dich so sehr dann doch nicht verändert«, schmunzelte sie. »Was bedrückt dich, mein Sohn? Geteiltes Leid ist halbes Leid. Wir sind doch deine Familie!«

Mit einem Mal spürte Germán, wie sich seine Augen mit Tränen füllten. Er schloss die Lider.

Das Lachen seiner Neffen schallte die Treppe herauf und mischte sich mit all dem Lachen, das er und seine Schwester dort vergessen hatten.

»Ich bin zu Hause«, murmelte er.

»Was sagst du? Sprich lauter, mein Junge. Du weißt doch, dass ich schwer höre.«

Er schaute seine Mutter an.

Ihr Kleid war geflickt. Ihr Blick fest auf ihn gerichtet. Ihre Hände bereit, ihn aufzufangen.

»Hab ich dir schon gesagt, dass ich mit dir nach Paris fahren werde, Mutter?«

»Uff, tausendmal! Aber hör auf, hör auf …«, gab sie zurück. »Such dir lieber eine anständige Braut und fahr mit ihr hin. Man nennt es doch die Stadt der Liebe.«

»Und des Lichts, Mutter, und des Lichts«, sagte er und erhob sich aus dem Liegestuhl.

Er bot ihr den Arm, und gemeinsam gingen sie zur Treppe.

»Die ganze Familie hört also *Die Stunde der Señorita Leo?*«

»Jeden Abend. Wir verpassen diese Sendung nie. Keiner von uns.«

»Na, dann los. Wenn ich Teil dieser Familie bin, werde ich sie mir wohl auch anhören müssen.«

Germán grinste.

Bevor er die Terrassentür schloss, sandte er einen Blick in Richtung Barcelona.

Señorita Leo, du hast schon wieder etwas gut bei mir. Deine Stimme hat mich Tag für Tag mit meiner Familie vereint. Immer wenn ich gedacht habe, ich sei allein, während ich deine Sendung hörte, hörte sie meine Familie in etlichen Kilometern Entfernung mit mir, sagte er im Stillen zu der Frau, die sich nun anschickte, einem ganzen Land einen guten Abend zu wünschen.

27

Pralinen mit Hintergedanken

»Endstation«, sagte der Fahrer leicht ungeduldig.

Aurora hob verdutzt den Kopf. Sie war der letzte Fahrgast.

»Wo habe ich nur meine Gedanken?«, murmelte sie vor sich hin, als sie aus dem Bus stieg. Es war eine rhetorische Frage, denn sie wusste genau, woran sie dachte: an die Karte, die sie in den Händen drehte.

Sie setzte sich auf eine Bank an der Plaza.

»Bist du sicher, Aurora?«, fragte sie sich und betrachtete den verlockenden Strand auf der Postkarte.

Aurora,

ein Album von ABBA, Blumen, ein Brief, Pralinen … Ich habe versucht, mich wie ein stiller Bewunderer alter Schule zu verhalten. Aber ich kann nicht länger warten. Ich werde am letzten Augustsonntag um fünf Uhr auf dem Platz vor dem Kloster von Pedralbes sein.

Wenn du nicht kommst, weiß ich, dass ich keine Chance habe.

Ich zähle die Stunden.

Es waren kaum zwei Tage vergangen, seit sie diese Nachricht, zusammen mit einer Schachtel Pralinen, auf ihrem Tisch vorgefunden hatte.

»Und?«, fragte Michael von der Tür zum Aufnahmestudio aus.

»Was und?«, erwiderte sie gereizt und ohne ihn anzusehen.

»Ach, zier dich doch nicht so«, lachte ihr Kollege, der Psychologe.

»Der Handschrift nach würde ich sagen: ein Mann mit einer starken Persönlichkeit und klaren Vorstellungen, entschlossen, vielleicht ein wenig überheblich, aber …«, mischte sich Anita ein, um ihre Grafologiekenntnisse zur Schau zu stellen. »Irgendeinen kleinen Fehler hat schließlich jeder. Ach, und hartnäckig ist er übrigens auch! Schon zwei Geschenke in so kurzer Zeit …«

»Perfektion ist langweilig«, versicherte Mario. »Jedenfalls ein Wahnsinnsgeschenk, diese Pralinen. Da hat er sich nicht lumpen lassen. Konditorei Foix in Sarrià, ganz was Feines!«

»Ich finde, wir sollten sie probieren. Mal sehen, ob sie tatsächlich so gut sind, wie immer behauptet wird«, sagte Michael.

Aurora betrachtete ungläubig ihre drei Kollegen. Sie standen um ihren Schreibtisch herum und warteten darauf, dass sie ihnen eine Praline anbot.

»Ihr habt eine an mich adressierte Karte gelesen«, knurrte sie.

»Wir machen uns Sorgen im dich, Aurorita«, sagte Mario und nahm eine Praline aus der Schachtel, die sie ihm hinhielt.

»Deine Kollegen sind dir nun einmal sehr wohlgesonnen«, grinste Michael.

»Also, ich habe eher das Gefühl …«, setzte sie zu einer Antwort an.

»Wirst du nun hingehen oder nicht?«, beharrte der Engländer.

»Diese Frage steht dir nicht zu. Aber natürlich wird sie hingehen«, behauptete Anita.

»Auf keinen Fall!«, gab Aurora empört zurück.

Die Plauderei fand ein Ende, als Don Ramón hereinkam und sie unwirsch an die Arbeit schickte. Auch er hatte die Karte gelesen, und es behagte ihm ganz und gar nicht, dass Aurora einen heimlichen Verehrer hatte, und dass der ihr ein Rendezvous vorschlug, passte ihm noch weniger.

Auf keinen Fall! Was für eine Lügnerin ich bin! Es heißt, dem ersten Impuls soll man folgen. Demnach sollte ich den Vierundsechziger nehmen und in die Zivilisation zurückkehren, dachte sie und steckte die Postkarte in die Handtasche.

Da begegnete ihr Blick dem des Fahrers, der neben seinem Bus eine Zigarette rauchte. Er schien sie zu taxieren.

Die Moderatorin glaubte, seine Gedanken lesen zu können: *Guck dir die alte Jungfer an, gleich wird sie trockenes Brot hervorholen und die Tauben füttern*.

Er pfiff, als wollte er sie auffordern, sich zu nähern.

Kommt überhaupt nicht infrage! Was bildest du dir eigentlich ein?!, dachte Aurora.

Sie sprang auf, strich ihren Rock glatt, zupfte die Bluse zurecht und warf diesem Mann, der für so viele Männer stand, denen sie in den letzten Jahren begegnet war, einen herablassenden Blick zu.

Entschlossen schritt sie die steile Straße zum Klarissenkloster hinauf.

Ich schaue mich mal um, und wenn mir nicht gefällt, was ich sehe, mache ich ohne ein Wort wieder kehrt, dachte sie.

Fünf Minuten später, als in der Ferne schon die Pinien vor dem Kloster zu sehen waren, wurde sie wieder unsicher, diesmal aus Eitelkeit. Hätte sie ein bisschen mehr Make-up auflegen sollen? Sie hatte den ganzen Sommer gearbeitet, ohne ein einziges Mal an den Strand zu gehen, und entsprechend blass war ihre Haut. Womöglich konnte diese ärmellose Bluse zu Missverständnissen führen, weil sie zu gewagt war.

Bald werde ich es wissen, dachte sie, während sie den Blick über den fast verwaisten Platz schweifen ließ.

Ein französisches Touristenpaar, einen Reiseführer in der Hand, betrachtete versunken das Bauwerk. Aurora war seit Jahren nicht hier oben gewesen und hielt, wie die Ausländer, einige Sekunden lang inne.

Wie viele verliebte Frauen wohl schon vor dieser Tür gestanden haben?, fragte sie sich im Gedanken an die Sitte, an die sich viele Barcelonerinnen hielten: Damit die Nonnen des Klarissenklosters in der Nacht vor der Trauung für schönes Wetter beteten, spendete ihnen die Braut am Tag vor ihrer Hochzeit ein Dutzend Eier. Daraus stellten die Nonnen süße Köstlichkeiten her, die sie durch die Klappe im Klostertor verkauften, um ihren Lebensunterhalt zu bestreiten.

Aurora seufzte. Ihr Leben war wie das einer Nonne, eingeschlossen in ihr Radiostudio oder ihre kleine Wohnung, immerzu betend für ihren Bruder Nicolás. Die Berufung jedoch hatte sie nie gespürt. Sie hätte lieber zu denen gehört, die, verliebt und voller Träume, mit ihrem Dutzend Eier hierherkamen.

Die Glocken holten sie in die Gegenwart zurück.

»Fünf Schläge. Die Stunde der Wahrheit«, flüsterte sie.

Das französische Paar war verschwunden. Zurückgebliebenen waren nur ein Taubenschwarm, ein Mann, der Fotos machte, und sie.

Sie lenkte ihre Aufmerksamkeit auf den Fotografen. Er wirkte nicht wie ein Tourist.

Von weitem erinnerte er sie an jemanden, ihr wollte aber nicht einfallen, an wen.

Wie unabsichtlich schlenderte sie näher.

»Hallo!«

»So ein Zufall!«

»Das kann man wohl sagen … Was führt dich denn her? Bist du öfter hier?«

Aurora wurde nervös. Auf einmal fiel ihr ein, woher sie ihn kannte. Sollte der Mann aus der Schallplattenabteilung von Vidosa etwa ihr heimlicher Verehrer sein? Oder war es wirklich ein Zufall? Sie wurde noch nervöser ... Sie wusste nicht mehr, ob sie ihm gesagt hatte, dass sie beim Rundfunk arbeitete. Offensichtlich, denn die Geschenke hatte er ja dorthin geschickt, oder ... Hatte er herausgefunden, dass sie Señorita Leo war? Ausgeschlossen. Er hörte ihre Sendung bestimmt nicht. Oder doch, und jetzt hatte er entdeckt, dass die Stimme der Moderatorin und die der Dame, die gegen den uneinsichtigen Verkäufer nicht angekommen war, ein und dieselbe war?

Germán hatte Mitleid, als er sah, wie ihr das Blut in die Wangen stieg. »Ich bin oft zum Fotografieren hier. Es ist so schön ruhig!«

»Aus demselben Grund gehe ich hier spazieren. Weil es so schön ruhig ist!«, schwindelte sie lächelnd. »Wenn ich Probleme habe oder eine Entscheidung treffen muss.«

»Eine so hübsche, sympathische Frau und Probleme? Das kann nicht sein!«, erwiderte er galant. »Oder hat dich wieder ein skrupelloser Verkäufer attackiert? Sag es mir nur, du weißt ja, ich bin dein fahrender Ritter ...«

Er zwinkerte ihr zu.

Aurora freute sich, dass er sich erinnerte, wie sie sich Wochen zuvor im Kaufhaus kennengelernt hatten.

»Ich weiß nicht, ob ich mich ausreichend bedankt habe, um mich schon wieder von dir retten zu lassen«, entgegnete sie kokett. »Wenn ich also irgendetwas für dich tun kann ...«

»Oh, gerade heute ist eine ideale Gelegenheit, etwas für mich zu tun!«

Sie lächelte.

Die Glocke schlug Viertel nach fünf.

Sie schaute sich um, im Zweifel, ob ihr stiller Bewunderer vielleicht noch auftauchte. Oder auch nicht. Sie wusste nicht, was sie von der Situation halten sollte.

»Ich stehe zu deiner Verfügung. Ich habe ein bisschen Zeit.«

Germán lächelte.

»Sehr schön. Dieses Monument habe ich oft fotografiert, und jetzt würde ich mir gern ein anderes vornehmen.«

»Wohin gehen wir also?«

»Das Monument steht direkt vor mir. Ich würde gern ein Foto von dir machen.«

Überrascht sah sie ihn an.

»Von mir?«

»Ich nehme an einem Fernkurs in Fotografie teil«, erklärte er. »Ich muss üben.«

Germán blickte durch die Kamera. Im Sucher sah Aurora umwerfend aus, und sein Herzschlag beschleunigte sich, als er sie wie unabsichtlich einen weiteren Knopf ihrer Bluse öffnen sah.

Er hatte das Bedürfnis, sie zu berühren. Und er überlegte es sich nicht zweimal.

Seinen schwarzen tiefgründigen Blick auf ein Paar erwartungsvolle honigfarbene Augen gerichtet, ließ er die Kamera sinken.

Langsam näherte er sich ihr, wie von einer sanften Brise getrieben.

Er strich ihr eine widerspenstige Haarsträhne hinters Ohr.

»Viel besser so«, murmelte er.

Zweimal fotografierte er sie vor dem jahrhundertealten Gemäuer und zweimal unter dem Steinbogen, der den Eingang zu der immensen Klosteranlage bildete. Dabei scherzte er, dass seit Elisenda de Moncada keine Königin mehr dieses Portal durchschritten habe.

»Bis Aurora I. von Vidosa kam!«

Am Gitter um den Garten jener adligen Dame fotografierte er sie noch ein paarmal.

Aurora war über sich selbst verblüfft.

Ich erkenne mich gar nicht wieder. Da habe ich kaum zwanzig Sätze mit diesem Mann gewechselt, und schon stehe ich hier und posiere für ihn, wunderte sie sich im Stillen, während sie weiter tat, was er von ihr verlangte.

Und als sie die Session schon für beendet hielt, stahl Germán ihr eine Nahaufnahme, die mit den Jahren zu seinem liebsten Bild im Fotoalbum werden sollte. Darauf lächelte eine gedankenverlorene Aurora in sich hinein, als ginge ihr ein Witz durch den Kopf, den nur sie verstehen konnte.

»Oh, es ist ja schon nach sechs«, stellte er fest, während er den Apparat in seiner Hülle verstaute.

Sie wirkte überrascht.

Wie konnte eine ganze Stunde so schnell vergangen sein?

Germán nutzte den Moment ihrer Verwirrung zu einer improvisierten Fortsetzung seines Planes, denn der war hier zu Ende. Er wollte sich nicht von ihr trennen. Das alles hatte er eingefädelt, um eine Weile mit ihr zu verbringen, doch der Vorwand mit den Fotos war ausgereizt, und er spürte, dass er noch nicht genug hatte.

Ich will mehr, viel mehr, sagte er wortlos und schlug ihr gleich darauf vor:

»Ich fahre nach Gracia. Kommst du mit? Ich möchte dort noch ein paar Porträtaufnahmen machen. Es ist ein sehr lebendiges Viertel.«

Aurora war drauf und dran, nein zu sagen, als sie jedoch den Glanz aufrichtiger Freude in den Augen dieses Mannes sah, fühlte sie sich wichtig. Schon sehr lange hatte sie sich nicht mehr so gefühlt. Es war klar, dass an diesem Spätnachmittag niemand mehr dort erscheinen würde. Sie musste also herausfinden, ob der mysteriöse Germán nun ihr Verehrer war oder nicht. Es kam ihr vor wie ein vergnügliches Spiel.

»Warum nicht?«

Es waren die vorerst letzten Worte. Schweigend genossen sie das ruhige Spätsommerwetter und schlenderten zur U-Bahnstation Reina Elisenda. Beide fühlten sich wohl miteinander in diesem Zug, der unter dem Asphalt die Stadt durchquerte.

Als sie im Stadtteil Gracia wieder an die Oberfläche kamen, empfing sie eine völlig andere Stadt. Von der Ruhe in Pedralbes in den Tumult eines Viertels, in dem die Straßen vor Menschen nur so wimmelten. Wie ein

Kind blieb Aurora andauernd stehen, machte Germán auf Hausfassaden und Schaufenster aufmerksam und gab ihm das Gefühl, in Jahren keinen so unterhaltsamen Nachmittag verbracht zu haben. Erstaunt entdeckte er in der selbstsicheren, lebhaften Frau ein kleines Mädchen, das begeistert in die Hände klatschte, wenn man ihm ein paar Churros spendierte.

Ziellos spazierten sie umher, infiziert von der Fröhlichkeit, die man hier einzuatmen schien, fotografierten und plauderten wie alte Freunde. Als Auroras Füße in den hochhackigen Sandalen zu schmerzen begannen, lud Germán sie ein, auf einer der Terrassen einen letzten *tinto de verano* zu trinken und *pan con tomate* zu essen.

Aurora, die wie auf Wolken schwebte, zögerte keine Sekunde.

Ebenso wenig zögerte sie, ihrem Begleiter nach dem Essen vorzuschlagen, zum Tanzen in eines der Festzelte zu gehen, wo sich um diese Zeit Paare und Gruppen im Takt eines Orchesters amüsierten.

»Reloj, no marques las horas porque voy a enloquecer …«, kreischte der Sänger der Orchesta Supersónicos 53 von der Bühne.

»Uhr, zeige nicht die Zeit an, weil ich sonst verrückt werde …«

Erschöpft und glücklich legte sie ihren Kopf an Germáns Schulter.

Er verstand die Geste als Aufforderung, Angebot, Kapitulation einer Frau, die bis zu diesem Moment freundlich, aber unnahbar auf seine Komplimente und Anspielungen reagiert hatte.

Fest schloss er sie in die Arme. Sie wehrte sich nicht.

Señorita Leo war viel mehr als eine Stimme. Sie war eine Frau aus Fleisch und Blut, und er spürte ihr Seufzen an seiner Brust.

Germán hatte das Gefühl, als drehte sich die Welt immer schneller und schneller. Er wusste, wer sie war, auch wenn die Moderatorin vorgab, eine einfache Bürokraft zu sein, die der Zufall und nicht etwa eine Postkarte an einer Pralinenschachtel an diesem Nachmittag zum Kloster verschlagen hatte.

Mir ist das egal, ich weiß, wer du bist. Und selbst das ist mir egal. Hätte ich mich nicht jeden Abend aufs Neue in deine Stimme verliebt, so wäre es heute Nachmittag sowieso geschehen, dachte Germán und fühlte sich ein bisschen wie ein Betrüger.

Aurora hatte offenbar keine Ahnung, wer er war. Das Spiel war weiter gegangen, als er vorgehabt hatte, doch wusste er nicht, wie er es um diese vorgerückte Stunde noch unterbrechen sollte.

Er näherte seine Lippen dem Ohr der Frau, die mit geschlossenen Augen dem Rhythmus folgte, den er vorgab.

Leise sang er das Lied mit:

*»Ella se irá para siempre cuando amanezca otra vez.
No mas nos queda esta noche …«*

*»Wenn der Tag anbricht, wird sie mich für immer verlassen,
uns bleibt nichts als diese Nacht …«*

Aurora erschauderte.

Und dieser wohlige Schauder währte die ganze Nacht.

»Ist das das Glück?«, fragte sie sich laut, als sie sich in ihrem Badezimmerspiegel betrachtete.

Sie strich sich über die Lippen.

Mit der Fingerspitze folgte sie der Kontur, als suchte sie nach den Spuren von Germáns Küssen.

Eine warme Woge durchströmte sie. Sie schloss die Augen. Erbebte.

Wieder fühlte sie Germáns Arme und hörte ihn ihr Parfüm einatmen, unmittelbar bevor sich sein Mund des ihren bemächtigte.

In dieser Nacht spürte sie im Traum noch weitere tausendundeinmal die kundigen Hände dieses gutaussehenden selbstsicheren Mannes, der sie durch ihre Bluse streichelte wie eine unausgesprochene Verheißung.

28

Tintengeheimnisse

»Drei zerbrochene Köpfe und keine einzige Lösung«, murrte Elisa.

Alle Zeichnungen, die ihr Toño in diesen Wochen geschickt hatte, waren im *Drugstore* über einen Tisch gebreitet. Sie schienen Elisa und ihre Freunde zu verhöhnen, das Rätsel war nicht zu knacken.

Er wird mich für dumm halten, dachte sie und kaute an ihren Nägeln.

In nicht einmal drei Tagen würde ihr Freund in die Stadt zurückkommen. Und sie hatte keinen Schimmer, was er ihr mit seinen verflixten Zeichnungen hatte sagen wollen.

Aus lauter Verzweiflung hatte sie tags zuvor dieses Treffen mit ihren Freunden vereinbart.

Vier Augen sehen mehr zwei und sechs mehr als vier, hatte sie sich gesagt, um gegen die peinliche Vorstellung anzukämpfen, dass jemand anderes Toños heimliche Liebesbotschaft an sie in seinen Zeichnungen finden könnte.

Der Zweck heiligt die Mittel, sagte sie sich und rief zuerst Álvaro und dann Mayra an.

Seit sie sich in jener magischen Johannisnacht kennengelernt hatten, waren der Publizistikstudent und die

Apothekengehilfin zu einer Art älterer Geschwister für die labile Elisa geworden. Zwar hatten sie sich nur dieses eine Mal gesehen, doch telefonierte Elisa jede Woche mit einem von beiden.

Sie hielt sie auf dem Laufenden bezüglich ihres zart aufkeimenden Liebesabenteuers, und sie gaben ihr gute Ratschläge.

An diesem Nachmittag jedoch, in ihrem Hauptquartier auf den Ramblas, war ihr keiner der beiden eine große Hilfe.

Ein Haufen Münder, zwei Uhus, ein leerer Kreis und ein Ritter, der von einem weißen Pferd fiel, ergaben keinerlei Sinn für sie.

»Ohne den Typen zu kennen, ist das schwierig!«, meinte Álvaro verstimmt, der eine persönliche Herausforderung in der Sache sah.

Er war es nicht gewohnt zu verlieren, bei keinem Spiel. Es ärgerte ihn, dass ein »Jungspund mit Michelangelo-Allüren« ihm überlegen sein sollte. Mayra lachte den sonst so von sich eingenommenen Studenten aus.

»Faule Ausrede«, sagte die Pharmazeutin spitz. »Wirfst du etwa das Handtuch? Gibst du auf?«

»Aufgeben nicht, aber … Wir sitzen jetzt schon zwei Stunden davor! Und, mal ehrlich, du Klugscheißerin, was ist dabei rausgekommen?«

»Nicht viel«, gab Mayra seufzend zu. »Ich verstehe was von chemischen Formeln und mathematischen Gleichungen, aber Hieroglyphen sind nicht so mein Ding.«

Álvaro schlug mit der Faust auf den Tisch.

Seine beiden Freundinnen starrten ihn erschrocken an.

»Was hast du da gesagt?«, fragte er erregt.

Mayra schaute Elisa an und hob die Schultern.

»Dass ich mehr von chemischen Formeln verstehe …«

»Nicht das«, schnitt er ihr das Wort ab, »das andere! Das, wovon du nichts verstehst.«

»Wovon ich nichts verstehe? Oje, von tausend Dingen! Von Pflanzen, zum Beispiel. Meine Mutter nennt mich die Henkerin ihrer Geranien und Margeriten.«

»So geht es mir auch!«, rief Elisa. »Einen Kaktus am Eingehen zu hindern, sollte doch so schwer nicht sein, oder? Und ich habe schon mehrere auf dem Gewissen.«

»Wusste ich doch gleich, dass ich dich gut leiden kann. Schlag ein!«, sagte Mayra und streckte ihr die Hand hin.

Wieder krachte Álvaros Faust auf die Tischplatte.

»Hört mit dem Quatsch auf und konzentriert euch«, wies er die beiden zurecht. »*Hieroglyphen*, hast du gesagt, seien nicht dein Ding, stimmt's?«

Mayra nickte, ohne zu wissen, worauf er hinauswollte.

»Deins etwa?«

Elisa machte große Augen und schüttelte den Kopf.

»Genau da liegt das Problem«, stellte er befriedigt fest.

»Dann weihe uns doch mal ein, Sherlock«, forderte ihn die Apothekenhelferin auf.

Álvaro, wieder Feuer und Flamme, weil sich eine mögliche Lösung abzeichnete, überhörte die Ironie.

»Wir haben es hier weder mit Liebesbriefen noch mit Zeichnungen zu tun«, er schnalzte mit der Zunge, um seiner Entdeckung mehr Wucht zu verleihen. »Wir waren von Anfang an auf der falschen Fährte.«

»Mmh … nach einer Katze sieht es auch nicht gerade aus …«, sagte Elisa, und sie und ihre Freundin fingen schallend an zu lachen.

»Reißt ihr nur eure Witze, und ihr werdet nie dahinterkommen, was Toño damit sagen wollte. Wenn er wieder da ist, wirst du blöd aus der Wäsche gucken. Anscheinend willst du gar nicht wissen, was es damit auf sich hat …«, blaffte er zurück.

»Nun sei doch nicht gleich sauer«, beschwichtigte ihn Mayra.

»Entschuldige«, bat Elisa. »Sag uns, was du entdeckt hast. Nichts auf der Welt könnte mich in diesem Moment mehr interessieren.«

»Wie gesagt, es sind keine Bilder und keine Briefe. Hieroglyphen sind es!«, sagte Álvaro, wobei er sich triumphierend erhob.

Elisa wusste nicht, ob sie lachen oder weinen sollte. Sie waren genauso weit wie vorher. Was nützte es sie zu wissen, ob es Hieroglyphen, etruskische Verse oder Kopien von Leonardo-da-Vinci-Entwürfen waren? Deshalb verstand sie noch lange nicht, was ihr Freund ihr auf diesen Blättern hatte mitteilen wollen. Sie war nahe daran, ihn zu verfluchen, aber dann sah sie sein liebevolles Lächeln vor sich und verzieh ihm, noch ehe sie ihm hätte böse sein können.

Als hätte er ihre Gedanken gelesen, meinte Álvaro großzügig:

»Wie heißt es so schön? Schuster, bleib bei deinem Leisten. Das sollte man einem Fachmann überlassen. Wenn ihr neue Brillengläser braucht, geht ihr ja auch nicht zum Gemüsehändler.«

»Bin ganz deiner Meinung«, pflichtete Mayra ihm bei.

»Ich fürchte, Hieroglyphenentzifferer stehen nicht in den Gelben Seiten«, seufzte Elisa, die sich in ihrem ersten Sommer mit Freund kläglich versagen sah.

»Wieso Gelbe Seiten? Ich weiß schon einen!«, verkündete Álvaro und lächelte zum ersten Mal an diesem Nachmittag.

Nachts im Bett versuchte Elisa sich vorzustellen, wie so ein Hieroglyphenentzifferer wohl sein mochte. Wie blieb er in der Übung? Wie kleidete er sich? Wie sah sein Gesicht aus? Sie hätte sich noch so sehr anstrengen können, auf die Wahrheit wäre sie niemals gekommen: Es war ein Rentner, der tagsüber mit einer Gruppe von Freunden in der Bar Domino spielte und sich abends allein den Kreuzworträtseln von Pedro Ocón de Oro stellte. Wer ihn sich genauer ansah, dem mochte eine große Ähnlichkeit mit Álvaro auffallen. Nur in grauhaarig, runzlig, verlebt und ein bisschen dicker.

Vicente kümmerte das alles nicht. Er war stolz auf sich, auf seine Freunde und vor allem darauf, der »Großvater des künftigen ersten spanischen Pulitzer-Preisträgers« zu sein.

Álvaro wurde jedes Mal rot, wenn sein Großvater das sagte, fühlte sich aber in seinem tiefsten Inneren herausgefordert, alles daranzusetzen, um den alten Mann nicht zu enttäuschen.

29

Ein Kalenderblatt weniger

»Paquito, ich hatte keine Lust mehr zu warten, dass du tanzen lernst. Jetzt habe ich einen anderen«, gestand Aurora ihrem Papagei, während sie ihm zum Trost einen Sonnenblumenkern reichte. »Und er ist schöner und größer als du, damit du es nur weißt!«

Als hätte er sie verstanden, begann der Vogel, wütend zu krächzen.

Aurora lachte.

»Aber du hast mehr Federn und bist viel grüner, mach dir also nichts draus«, sagte sie und bot ihm zur Versöhnung noch mehr Sonnenblumenkerne an.

Das schien dem Papagei zu genügen, und er befasste sich nur noch mit dem Schälen der Kerne.

Aurora nutzte den Moment der Ruhe, schaltete das Radio ein und widmete sich wieder ihrem Fotoalbum.

Die unverwechselbare Stimme von Mari Trini begleitete sie an diesem ersten leicht verregneten Feriennachmittag.

Es war der einunddreißigste August. Sie hatte nur eine Woche Urlaub, war jedoch entschlossen, diese voll und ganz auszukosten.

Plötzlich singen wir, unsere Sonne scheint,
wir stehlen jedem Sperling ein Lied.
Optimistisch glauben wir,
unser Leben fange erst an
und habe nie, nie ein Ende.

»Du kannst nicht abstreiten, Paquito, dass dieses Lied wie für uns geschrieben ist.« Aurora lächelte, während sie ein Foto von sich und Germán einklebte, das am Sonntag in der Calle Verdi entstanden war.

Sie dachte daran, wie der Handelsreisende spontan ein Ehepaar gebeten hatte, sie mit der kleinen Polaroid aufzunehmen, die er aus seinem Stoffbeutel hervorgeholt hatte. Sie hatte sich gefreut, dass er diesen Moment festhalten wollte. Beim Abschied hatte er das Datum, seinen Namen und seine Telefonnummer auf die Rückseite geschrieben.

»Was nicht heißt, dass ich warten werde, bis du dich meldest. Ich habe nämlich ohnehin vor, dich anzurufen, und zwar gleich morgen. Das ist nur, damit du immer daran denkst, dass ich nur einen Anruf weit weg bin und du zu jeder Tages- und Nachtzeit diese sieben Ziffern wählen kannst.«

Lächelnd erinnerte sie sich, wie Germán sein Versprechen wahrgemacht hatte. Am folgenden Morgen um acht Uhr hatte er angerufen, nur um ihr einen schönen Montag zu wünschen.

»Unter allen Dummheiten ist die Liebe die beste, wie meine Mutter zu sagen pflegte«, seufzte sie und dachte an den Liedtext, den Mari Trini eben gesungen hatte.

Ich liebe dich wahnsinnig, und ich liebe dich, ja.

»Noch liebe ich dich nicht, Germán, aber ich weiß hundertprozentig, dass es jede Minute so weit sein kann«, sagte die Moderatorin leise, während sie die Fotos dieses Sommers durchsah, der mit einer ausgelassenen Johannisnacht mit ihren Kollegen vom Sender begonnen hatte.

Langsam zog Sole die Tür zu. Sie wollte ihre Schwiegereltern nicht bei der Siesta stören.

Den Blick hielt sie starr auf den Garderobenspiegel in der Diele gerichtet und auf das Bild, das er reflektierte: Sie sah sich selbst mit ihrem blauen Auge, ihre vier Kinder und einige alte Koffer.

Als sie nichts mehr sah außer dem Holz der geschlossenen Haustür, lehnte sie von außen die Stirn dagegen. Aus dem Radio, das sie hatten laufen lassen, klang Mari Trinis Stimme mit der letzten Strophe des Superhits dieses Sommers.

Und dann denken wir traurig daran, wie bald, wie bald das Ende da sein wird. Ich liebe dich wahnsinnig und ich liebe dich, ja …

Sie liebte Antonio nicht mehr. Oder doch?

Vielleicht liebe ich dich noch, aber ich weiß hundertprozentig, dass es damit in ein paar Tagen vorbei sein wird, dachte sie und erinnerte sich, wie er zwei Abende zuvor und nach zwanzig Jahren Ehe zum letzten Mal die Hand gegen sie erhoben hatte.

»Gehen wir, Mama?«

Die drängende, furchtsame Stimme ihres Sohnes Toño holte sie in die Gegenwart zurück. Ihr Mann war in der Bar, ihre Schwiegereltern schliefen. Und dies war der Zeitpunkt gewesen, zu dem sie, wie Einbrecher im eigenen Haus, die Koffer gepackt und sich davongeschlichen hatten. Sie mussten weg sein, bevor Antonio zurückkam oder das bisschen Mut, das ihr Ältester und sie zusammenkratzen konnten, sich wieder verflüchtigte.

Leise machten sie die Tür hinter sich zu und zogen in stiller Prozession von dannen. Ohne einen Blick zurück, jeder mit seinen eigenen Schmerzen und Ängsten beschäftigt. Die Kleinen wimmerten vor sich hin und verstanden keine der halbherzigen Lügen, mit denen ihre Mutter sie zu trösten suchte.

Ein Stück weiter unten an der Straße wartete ein Taxi auf sie, das sie zur Busstation bringen würde. Und von da aus würden sie zu Soles Schwester fahren.

Germán blickte in den Rückspiegel, ehe er die Kurve nahm, hinter der Vilardell bis zum ersten November verschwinden sollte. Er hatte seiner Familie versprochen, dann wiederzukommen, um zusammen *panellets* zu essen –

diese kleinen Mandelkuchen, die es immer zu Allerheiligen gab – und seine Mutter auf den Friedhof zu begleiten. Seine Neffen, seine Schwester und sein Schwager waren an die Tür gekommen, um ihn zu verabschieden. Alle hatten lachende Gesichter und wirkten glücklich. Ein Bild, das ihm auf der ganzen Heimfahrt nicht aus dem Sinn ging.

Er war zufrieden, zum ersten Mal seit vielen Jahren war er rundum zufrieden.

Wochen zuvor war er, düster gestimmt und auf das Schlimmste gefasst, im Dorf eingetroffen. Jetzt kehrte er nach Barcelona zurück voll herrlicher Erinnerungen an die Angelausflüge mit seinen Neffen, die langen Gespräche mit seinem Schwager, die Spaziergänge mit seiner Schwester durch die Straßen, in denen er aufgewachsen war, und das erneuerte Versprechen, seiner Mutter Paris zu zeigen.

Doch eine Erinnerung überstrahlte alle anderen: die an jenen Nachmittag, an dem er zum Stelldichein mit seiner Señorita Leo nach Barcelona entwischt war und Aurora entdeckt hatte, eine bildhübsche Frau, die alle seine Vorstellungen von seiner unsichtbaren Geliebten weit übertraf.

Jetzt fühlte er sich hin- und hergerissen zwischen der Vorfreude auf ein Wiedersehen mit ihr und der Trauer, seine Lieben verlassen zu müssen. »Doña Concepción, ich komme! Machen Sie sich bereit, denn wenn alles so läuft, wie ich es mir vorstelle, dann wird dieser mein letzter Winter in der Pension *La Perla* werden. Sie können sich ja schon mal ein neues Opfer suchen«, rief er aus, während er eine Kassette von Camilo Sesto in den Rekorder schob. Die warme, einlullende Stimme des Sängers aus Alicante begleitete ihn, bis ihn der Asphalt von Barcelona wiederhatte.

»Endlich!«, riefen Elisa und Germán, mit nur ein paar Straßen Abstand und ohne voneinander zu wissen, gleichzeitig aus.

Das Mädchen, in seinem Zimmer, war im Begriff, schlafen zu gehen. Am folgenden Tag hatte Elisa ihre Verabredung mit dem Hieroglyphenentzifferer, und in zwei Tagen würde sie Toño nach seinem Mathematikexamen von der Schule abholen. Obwohl sie sich bereits seit einigen Stunden wieder in derselben Stadt befanden, ließ die heikle Situation, die er Elisa am selben Tag per Telefon geschildert hatte, ein sofortiges Wiedersehen nicht zu, zumal er sich dringend auf seine Prüfung vorbereiten musste.

»Endlich!«, wiederholte sie und betrachtete das Kalenderblatt, das sie soeben abgerissen hatte. Die einunddreißig rot durchgestrichenen Augusttage waren um. Und zum ersten Mal seit vielen Jahren waren sie nicht von der Erinnerung an ihren toten Bruder beherrscht gewesen.

30

Der Rat der Weisen

Rauch erfüllte den gesamten Raum zwischen Elisas Lungen und dem Rest der Welt. Sie hustete mehrmals. Die Bodega in Gracia kam ihr eher vor wie ein Keller im New Yorker Stadtteil Little Italy und die Altherrenrunde wie eine Gruppe Mafiosi.

»Was tue ich hier?«, fragte sie sich und fühlte sich albern in ihren pinkfarbenen Shorts und den rosa Flipflops. In ihrem Rucksack trug sie ihren kostbarsten Schatz: die gezeichneten Briefe ihres Liebsten.

Niemand beachtete sie. Nicht einmal ihr Freund Álvaro, der von den Rentnern vollends in Beschlag genommen war.

»Keine Chance für deinen Pasch!«, knurrte Andrés, ein kahlköpfiger Greis, der auf einem Zahnstocher herumkaute.

»Was soll das?!«, protestierte Manolo, einer, mit dem nicht gut Kirschen essen war.

»Du hast ihn erledigt!«, ächzte Vicente, Álvaros Großvater. »Bist ein echter Spielverderber, Kleiner.«

Wenn man sie so reden hörte und gestikulieren sah, käme man im Leben nicht auf die Idee, dass es dabei nur um eine Partie Domino ging, bei der sie höchstens ein paar Erbsen zu verlieren hatten, dachte Elisa.

Das Mädchen witterte seine Gelegenheit, als Manolo begann, in aller Seelenruhe und unter der strengen Aufsicht seiner Mitspieler die Steine neu zu mischen.

»Ich möchte ja nicht stören, aber …«

»Dann lass es«, entgegnete Manolo, ganz in seine Tätigkeit vertieft.

»Manolo!«, empörten sich die beiden anderen wie aus einem Mund.

Manolo zuckte mit den Schultern und fing an, die Steine für die nächste Partie zu verteilen.

Álvaro flüsterte seinem Großvater etwas ins Ohr und der lächelte Elisa zu, als nähme er sie tatsächlich erst jetzt wahr.

»Mein Enkel hat mich vor ein paar Tagen angerufen, um mich um einen Gefallen zu bitten. Er sagte, es gehe um Leben und Tod.« Er räusperte sich, um der Sache mehr Spannung zu verleihen.

Mit einem Mal sah Elisa aller Augen auf sich gerichtet und wurde rot. Entweder ignorieren mich alle, oder alle glotzen mich an. Gibt's denn nichts dazwischen?, dachte sie seufzend.

»Wenn Sie einen Augenblick Zeit haben, würde ich Ihnen gern etwas zeigen«, antwortete sie leise. »Setzen wir uns an die Bar?«

»Kommt nicht infrage!«, sagte der Glatzkopf. »Schon mal von d'Artagnan und den drei Musketieren gehört, Kleine?« Sie nickte. »Also, wir sind die moderne Version.«

»Gib nicht so an!«, schalt ihn Vicente und versetzte ihm einen Stoß mit dem Ellenbogen.

Der andere wollte sich wehren, doch Álvaro mischte sich ein, damit es nicht noch eine halbe Stunde dauerte, bis seine Freundin ihnen endlich die Bilder zeigen konnte.

»Seid so gut! Ich habe nicht den ganzen Tag Zeit, ich muss in einer Stunde in der Redaktion sein.«

Der angehende Journalist war glücklich, weil er ein Sommerpraktikum ergattert hatte. Bis jetzt hatte er sich tadellos bewährt, und weil das so bleiben sollte, wollte er nicht in seiner letzten Woche zu spät kommen.

»Je mehr mitmachen, desto schneller geht es!«, rief Vicente. »Mein Enkel sagt, du hättest Liebesbriefe in Hieroglyphen ...«

Wieder lief Elisa rot an. Sie nickte.

»Na, los! Wir alle hier an diesem Tisch haben schon Liebesbriefe verfasst oder erhalten. Das braucht dir doch nicht peinlich zu sein«, setzte er hinzu, als er sah, wie verlegen das Mädchen war.

Elisa holte die Blätter heraus und legte sie auf dem Tisch aus.

Die drei alten Männer beugten sich darüber. Sie liebten solche Herausforderungen. Álvaro und Elisa waren sofort vergessen, die Männer konzentrierten sich auf die Zeichnungen und fingen an zu debattieren.

Der Junge gab ihr einen Wink, und sie verzogen sich an den Tresen.

»Wir sollten sie in Ruhe lassen«, meinte er und schwang sich auf einen Barhocker.

In den folgenden zehn Minuten erzählte er ihr die Lebensgeschichte jedes Einzelnen des Rentnergrüppchens.

Andrés, der Glatzkopf, sei Mathematikprofessor gewesen und habe sogar einmal etwas in einer ausländischen Zeitschrift veröffentlicht.

»Er denkt klar und schnell und kann unheimlich gut analysieren. Überall in Europa hat er Vorträge gehalten«, erklärte Álvaro voller Bewunderung. »Und Manolo, der löst schon sein Leben lang Kreuzworträtsel, Buchstabensuppe … Er kriegt alles raus! Als junger Mann hat er einen Haufen Radiowettbewerbe gewonnen, diese Quizsendungen, bei denen Allgemeinbildung abgefragt wird. Sogar bei *Un, dos, tres* hatte er sich mal beworben. Aber die haben ihn nicht genommen, weil er angeblich live nicht gut rüberkam«, fügte er empört hinzu.

Elisa betrachtete die drei Alten weniger ehrfürchtig. Es fiel ihr schwer, in ihnen die Genies zu erkennen, von denen ihr Freund sprach.

»Dein Schatz, ist der eher ein Buchstaben- oder eher ein Zahlenmensch?«

Sie hob die Schultern.

»Was für Filme mag er?«

Wieder Schulterzucken.

»Eine ungefähre Richtung wäre hilfreich, weißt du?«

Elisa begriff, dass es noch sehr viel gab, was sie über Toño nicht wusste.

Die drei Alten beschlossen, auf ihre Hilfe zu verzichten. Wieder vertieften sie sich in Diskussionen. Da hieb Vicente auf den Tisch.

»*Eureka!*«

»Das ist es!«, jubelte Manolo.

Der Freudentaumel erfasste alle in der Bodega, selbst die, die gar nicht wussten, was ihn verursacht hatte.

»Weißt du, was für ein Romantiker dein Freund ist?«, sagte der Glatzkopf und zwinkerte ihr zu. »Wie ich.«

Zwischen den drei Rentnern entspann sich ein lebhafter Austausch über die alten Zeiten. Sie entsannen sich der Mädchen, in die sie verliebt gewesen waren, der Liebesbriefe, die sie geschrieben, und der Küsse, die sie gestohlen hatten. Elisa und Álvaro nutzten die Gelegenheit, sich aus dem Staub zu machen, bevor die Alten sie auf eine Reise in die Vergangenheit mitschleppten, zu der keiner von beiden Lust verspürte.

Als sie zehn Minuten später die Straße hinunterrannten, war Elisa leicht ums Herz. In wenigen Stunden würde sie Toño zum Staunen bringen.

Ich bin dir auf die Schliche gekommen, mein Liebster, dachte sie, als sie ihre Zimmertür hinter sich zumachte.

31

Karten auf den Tisch

Germán war wie ein Löwe im Käfig.

Seit einer halben Stunde wanderte er in seinem dunklen Zimmer auf und ab. Er war traurig, zornig, besorgt, verärgert, niedergeschlagen … alles auf einmal! Er, der sich auf seinen ausgegeglichenen Charakter immer viel zugutegehalten hatte, fühlte sich wie auf einer Achterbahn.

Es war ein Zustand, den er nicht gewohnt war. Verwirrt bemühte er sich, Ordnung in seine Gedanken und Emotionen zu bringen. Vor dem Schrank hielt er inne. Im schwachen Licht der Straßenlaterne, das durch sein Fenster schien, betrachtete er seine Umrisse im Spiegel.

»Was zum Teufel ist passiert? Wie hast du dich nur aufgeführt, du Idiot?«, beschimpfte er die triste Gestalt.

Er fühlte sich älter und einsamer denn je.

»Jämmerlich, Germán, du bist jämmerlich«, murmelte er und ließ sich aufs Bett fallen. Auf dem Nachttisch schmolz ein vergessener Eiswürfel in einem Rest Whisky. Germán schaute das Glas an. Nach kurzem Zögern richtete er sich auf, lehnte sich ans Kopfteil des Bettes und griff nach der Flasche.

Er öffnete sie und nahm einen raschen Schluck.

Dabei hatte der Nachmittag so vielversprechend begonnen:

Sein erstes offizielles Rendezvous mit Aurora.

Seit sie in dem Festzelt in Gracia getanzt hatten, lebte er nur auf dieses Ereignis hin. Hundertmal hatte er es sich ausgemalt, und bei keiner Variante hatte er zum Schluss allein und betrunken auf seinem Bett in der Pension *La Perla* gelegen, während Doña Concepción gegen seine Zimmertür hämmerte.

Eine Stunde hatte er damit verbracht, sich zurechtzumachen.

Dabei bin ich nie eitel gewesen! Ich erkenne mich selbst nicht wieder, hatte er gedacht, als er das Aftershave großzügig auf Gesicht und Hals verteilte.

Doch für eine so hinreißende Frau wie Aurora hätte er noch viel mehr getan.

Wie ein Schuljunge, hatte er gedacht, während er zum dritten Mal das Hemd wechselte.

In welchem würde er den stärksten Eindruck bei Aurora hinterlassen? Um fünf war er aus der Pension geeilt. Die Zeit war ihm davongelaufen, und er hätte es sich nie verziehen, sie bei ihrem ersten Stelldichein warten zu lassen.

Was soll sie unseren Neffen einmal erzählen? Dass ihr Onkel ein Bummler ist? Kommt überhaupt nicht infrage!, dachte er schmunzelnd, während er durch das Fenster des Taxis schaute und bemerkte, dass die Bäume schon gelbe Blätter bekamen. Eine halbe Minute vor der Radiomoderatorin traf er am Montjuich ein.

Gerade rechtzeitig, um sie nicht merken zu lassen, dass ich mich fast verspätet hätte, dachte er, als er sie mit ihrem anmutigen Gang auf sich zukommen sah.

Ein marineblaues Trägerkleid, eine weiße Strickjacke über den Schultern und weiße Sandalen mit ziemlich hohen Absätzen … Er versuchte, sich ihr Bild einzuprägen, um sich daran zu erfreuen, wenn er sie nicht leibhaftig vor sich hätte.

»Du siehst fantastisch aus«, hatte er gestammelt.

Aurora wusste, dass er es ehrlich meinte, weil sie sein Erschaudern spürte, als sie sich bei ihm einhakte. Arm in Arm hatten sie die Nachbildung des Tores von Ávila durchschritten.

Es war ihre Idee gewesen, das Freilichtmuseum zu besuchen. Germán konnte dem Ort nicht viel abgewinnen. Aber für sie und mit ihr würde ich in Wintermantel und Stiefeln die Wüste Sahara durchwandern, hatte er sich gesagt.

Aurora erzählte ihm, dass sie das Spanische Dorf seit Jahren nicht besichtigt hatte. »Ich habe Lust auf eine Reise durch Spanien mit dir!«, sagte sie. Er hatte vergnügt eingewilligt. Hätte er gewusst, wie es ausgehen würde, hätte er sich rundweg geweigert.

Sie waren gerade zwischen den mozarabischen Bauwerken von Teruel, als das Blatt sich wendete. Er hatte ein Päckchen bei sich. Sie vermutete kokett, dass es ein Geschenk für sie sein musste, und löcherte ihn mit neugierigen Fragen, bis er es ihr schließlich aushändigte.

»Ich habe es extra für dich ausgesucht. Es ist mein Lieblingsmodell und sehr kleidsam!«, hatte er ihr versichert und dabei ein Auge zugekniffen. »Ich kenne keine Frau, der es nicht steht.« Lächelnd hatte sie das Päckchen entgegengenommen.

Sie strich darüber, als wollte sie den Inhalt erraten, ohne das Papier zu zerreißen. Die Geste weckte eine überwältigende Zärtlichkeit in Germán, der vor Aufregung nicht wusste, wohin mit seinen Gefühlen. Während Aurora das Päckchen öffnete und mit einem hübschen Schal rechnete, fügte er hinzu:

»Die Größe habe ich geschätzt. Darin habe ich Erfahrung, aber sollte mein Augenmaß nicht richtig gewesen sein, können wir es problemlos umtauschen.«

Zwei Sekunden später starrte sie ihn entgeistert an.

Ihr Blick schoss zwischen dem Büstenhalter, dem Spitzenhöschen und seinem Gesicht hin und her.

Sie wusste nicht, was sie davon halten sollte. Wer schenkte einer anständigen Frau beim ersten Rendezvous Spitzenunterwäsche? Was sollte das heißen, das sei sein Lieblingsmodell? Und woher nahm er die Frechheit zu sagen, er habe ihre Größe geschätzt und hätte Übung darin? Der bloße Gedanke ließ ihr das Blut in die Wangen steigen.

Der meint anscheinend, ich ginge gleich beim ersten Mal mit ihm ins Bett. So ausgehungert komme ich ihm vor?, hatte sie gedacht.

Sie leugnete nicht, dass ihr Germán gefiel. In den letzten Tagen hatte sie sich durchaus vorgestellt, wie er ihren Nacken küsste und ihr die Hände auf die Hüften legte. Aber dass er glaubte, so ein leichtes Spiel mit ihr zu haben …

Ihre zunehmend sich verdüsternde Miene und ihr Schweigen, während sie durch die Cordobesischen Patios schritt, ohne ihm einen Blick zu gönnen, waren ein sicheres Zeichen, dass etwas nicht in Ordnung war. Aber was?

Die Erkenntnis traf Germán wie ein Blitzstrahl: Sie hatte ja keine Ahnung, was er beruflich tat. Sie wusste lediglich von seinem Fernkurs in Fotografie, weil er ihr am vergangenen Sonntag in Pedralbes über den Weg gelaufen war, und dass er Briefe schrieb, weil sie sich vor einem Briefkasten kennengelernt hatten. Aus einer eigentümlichen Scham heraus, die er schon jetzt bereute, hatte er es ihr nicht erzählen wollen. Er hatte nur gesagt, er sei Handelsreisender, ohne näher ins Detail zu gehen, und Aurora hatte auch nicht nachgefragt.

Er stieß ein bitteres Lachen aus und nahm einen Schluck aus der Whisky-Flasche.

Und indem ich es dabei bewenden ließ, habe ich den dümmsten Fehler begangen, den ich hätte begehen können, dachte er und nahm noch einen Schluck aus seiner Flasche.

Er schloss die Augen, als könnte er das Bild, das ihn seit sieben Uhr abends verfolgte, auf diese Weise vertreiben.

Er hatte Aurora die Hand auf die Schulter gelegt, damit sie stehen blieb.

»Oje, was musst du jetzt von mir denken!«, hatte er gesagt und gelächelt.

»Nichts allzu Gutes«, gab sie zurück.

»Lass mich erklären …«, begann er und deutete auf das Geschenk, das sie noch immer in den Händen hielt.

Aurora war immer ein umgänglicher Mensch gewesen. Wenn er ihr etwas zu sagen hatte, würde sie ihn anhören.

»Ich höre.«

Er atmete erleichtert auf. Vielleicht war doch noch nicht alles verloren. Und dann sprang er verzweifelt ins Leere, ohne das Risiko abzuwägen. Hastig sprudelte er hervor, was er für eine gute Entschuldigung hielt.

»Aber in Wahrheit war es mein Todesurteil«, murmelte er auf seinem Bett liegend, und zwei Tränen stiegen ihm heiß in die Augen.

»Ich war natürlich im Vorteil dir gegenüber. Du hattest ja keine Ahnung, wer ich bin und was ich beruflich mache, während ich sehr wohl weiß, wer du bist und was du tust«, hatte er gesagt. »Ich bin Handelsvertreter für Marken-Dessous. *Chérie* macht die besten Dessous. Diese Wäschegarnitur ist exklusiv. Sie kommt direkt aus Paris, hier wird sie noch gar nicht verkauft. Ich habe gedacht, du hättest so etwas vielleicht gern, um vor deinen Freundinnen ein bisschen anzugeben … Na ja, daher jedenfalls meine Erfahrung auf diesem Gebiet.«

Er blickte Aurora an.

Sie schwieg immer noch.

Irgendetwas ging gerade fürchterlich schief.

Statt sich zu entspannen oder eine lustige Bemerkung zu machen, verhärteten sich ihre Züge immer mehr zu einer merkwürdigen Grimasse. Ihre Augen sprühten vor Zorn.

»Was soll das heißen, du warst im Vorteil?«, fragte sie schneidend.

Im selben Moment wusste er, dass er verloren war. Er erinnerte sich an die unzähligen Male, die seine Mutter »Lügen haben kurze Beine« gesagt hatte, und dass man das Herz eines Menschen und seine Vergebung am besten mit der Wahrheit erreichte.

»Du hast mir etwas verschwiegen, mich belogen … Weil du mir nicht traust oder aus einem noch schlimmeren Grund! Woher soll ich wissen, dass du mich jetzt nicht belügst, um dich herauszuwinden?«, hatte sie ihm wütend entgegengeschleudert.

Sosehr er auch um Verzeihung flehte und ihr zu erklären versuchte, dass er es nur gut mit ihr meinte, sie nicht kränken wollte, es zutiefst bedauerte … Sie hatte einfach nicht mehr zugehört. Mit festem Schritt war sie auf den Ausgang des Spanischen Dorfes zumarschiert. Kurz bevor sie durch das Tor in der Mauer verschwand, schien sie einen Moment zu zögern. Germán, der ihr gefolgt war wie ein Hund, hielt den Atem an. Jetzt wird sie sich umwenden und sagen, dass sie mir vergibt, hoffte er inständig.

Doch sie warf nur voller Zorn die Wäschegarnitur in einen Abfalleimer.

Sie öffnete die Tür des Wagens, der am Taxistand wartete.

Germán, der wie angewurzelt neben dem Abfalleimer stehen geblieben war, unfähig, etwas zu sagen oder zu tun, vernahm ihre letzten Worte:

»Männern, die lügen, kann man nicht vertrauen. Diesen Fehler mache ich nicht noch einmal.«

Kurz vor Sonnenaufgang hallte der trockene Schlag, mit dem die Autotür zufiel, noch immer in Germáns Kopf wider.

Wie hätte ich denn ahnen können, dass sie so außer sich geraten würde?, dachte er.

Hätte er das gewusst, er hätte ihr niemals die ABBA-Platte geschenkt, nie einen Blumenstrauß ohne Absender zum Radio geschickt, und selbstverständlich hätte er ihr weder auf einer anonymen Postkarte ein Treffen vorgeschlagen noch mit seinem Fotoapparat in der Hand den Überraschten gespielt.

»Hätte, hätte, hätte …«, stöhnte er, als eine Träne es endlich schaffte, ins Freie zu gelangen, und seine Wange hinunterlief.

32

Mit Vermerk

»Wie ist die Prüfung gelaufen?«

»Lass uns lieber nicht davon reden«, entgegnete Toño mit einem Schulterzucken.

An der bedrückten Miene, mit der er aus dem Prüfungsraum kam, hatte Elisa gleich erkannt, dass die Antwort nicht positiv sein konnte. Das Mädchen hatte sich ein filmreifes Wiedersehen ausgemalt. Sie hatten sich vierzehn Tage nicht gesehen, aber sie hätte schwören können, es wären Jahre gewesen!

Und jetzt, mitten auf diesem Platz, erklangen weder Geigen, noch hatte ihr Liebster sie vor Glück durch die Luft gewirbelt.

Vielleicht braucht er einen kleinen Schubs, sagte sie sich und umarmte ihn ohne Vorankündigung.

Toño reagierte verdutzt.

Im Geist war er noch bei den teuflischen Gleichungen, an denen er gescheitert war. In diesem bewegten Sommer hatte er es einfach nicht geschafft, sich etwas einzuprägen. Die jüngsten Ereignisse hatten sein Leben auf den Kopf gestellt. In den ersten Tagen hatte ihm dieses Mädchen mit den glatten blonden Haaren, das ihn jetzt an sich presste, als wollte sie ihn nie wieder loslassen, den Appetit geraubt. Tag und Nacht konnte er an nichts anderes denken. Morgens ging er früh aus dem Haus, um in der Stille des Waldes eine Weile mit ihr allein zu sein. Oder besser gesagt, mit der Erinnerung an sie. Sein Herz sah sie im Schwimmbad, auf dem Markt, in der Bar … sogar in den Sternen am Himmel!

Toño war noch nie verliebt gewesen. Bald fand er heraus, dass er das Gefühl flatternder Schmetterlinge in seinem Bauch mochte.

Und kaum hatte er sich ein wenig daran gewöhnt, brach sein Leben entzwei. Das Gebrüll seines Vaters war ein böses Vorzeichen für das gewesen, was sich erfüllte, als er am Morgen das blaue Auge seiner Mutter sah.

Da wusste er, dass seine Kindheit und Jugend für immer vorbei waren.

Wie soll ich dir das alles nur erklären?, fragte er Elisa stumm. Er spürte ihren Herzschlag an seiner Brust, und nach Tagen der Ungewissheit, des Kummers und der Angst durchströmte ihn mit einem Mal ein tiefer Frieden. Er küsste ihr Haar, drückte sie an sich und fühlte, wie sie leise zitterte.

Ich muss ihr ja nicht alles heute erzählen. Dass ich nun im Wohnzimmer meiner Tante hause, dass ich meine Mutter zur Polizei begleitet habe, um Anzeige zu erstatten, dass ich mir Arbeit suchen und meinen Traum vom Kunststudium begraben muss, dachte er.

Er schob sie ein Stück von sich und lächelte sie an.

Der Gedanke, es könnte ihr gelungen sein, seine Gespenster beiseitezuschieben, stimmte Elisa froh.

»Mein Examen hast du jedenfalls mit Auszeichnung bestanden«, raunte sie ihm ins Ohr.

Toños Lächeln wurde noch breiter.

»Dann lass uns mal sehen, ob du meines auch bestanden hast«, entgegnete er augenzwinkernd.

Sie wollte schon sagen, ja, sie habe die Lösung seiner rätselhaften Zeichnungen, als Toños Zeigefinger ihr die Lippen verschloss.

»Nicht so eilig, kleine Schlaubergerin. Lass uns dazu an einen besonderen Ort gehen, wo wir allein sind. Oder willst du mir die Antwort hier geben?«

Elisas Blick folgte Toños Finger, der auf die Akademie wies.

Als sie sah, dass in der Tür der Direktor und zwei Professoren standen und sie beobachteten, errötete sie. Drei Kommilitonen, die den Kurs wiederholten, rauchten und lachten. Über sie etwa? Zum ersten Mal seit langer Zeit kehrte das Mädchen wieder in die wirkliche Welt zurück.

Sie schüttelte den Kopf und folgte ihrem Freund, der sie bei der Hand fasste und sie mit unbekanntem Ziel davonzog.

»Ich weiß, wo wir einigermaßen unsere Ruhe haben. Ich möchte, dass du mir deine Ferien von vorn bis hinten erzählst. Wie sehr du mich vermisst hast, wie traurig du warst, wie oft du von mir geträumt hast«, sagte er.

Willkommen zurück, dachte Elisa bei sich und seufzte erleichtert, weil sie feststellte, dass der humorvolle, zärtliche Junge, an den sie sich erinnerte, wieder da war.

»Hier sollen wir unsere Ruhe haben?«, fragte sie belustigt angesichts Dutzender Touristen, die eifrig die Kathedrale ablichteten.

»Kalt, ganz kalt«, antwortete Toño.

Er legte ihr den Arm um die Schultern, drückte sie an sich und flüsterte ihr ins Ohr:

»Ich wusste gar nicht, dass du so ungeduldig bist.« Sie wollte Einspruch erheben, doch er ließ sie nicht zu Wort kommen. »Mir gefällt das.«

Eng umschlungen bogen sie in die Calle del Obispo ein und betrachteten die Brücke, die ein Stück weiter vorn die Straße überwölbte.

»Wusstest du, dass diese Brücke, entgegen der verbreiteten Meinung, nicht gotisch ist?«

Elisa schüttelte den Kopf.

Sie verließ ihr Stadtviertel nicht oft. Im Gegensatz zu Toño, der, bewaffnet mit Skizzenblock und Bleistift und auf der Suche nach Inspirationen für seine Zeichnungen, durch die ganze Stadt stromerte.

»Die Bücke ist neu, aus dem zwanzigsten Jahrhundert.«

»Aber sie ist hübsch«, verteidigte sie das Bauwerk.

»Das will ich gar nicht abstreiten.«

»Gehen wir drunter durch? Meine Mutter sagt, man muss sich dabei etwas wünschen«, schlug sie vor, und ihre Stimme hatte einen flehenden Unterton.

Ich werde mir einen Kuss von dir wünschen. Aber so einen richtigen, einen, der mir den Atem raubt, dachte sie, ohne zu ahnen, dass Toño ihre Gedanken hatte lesen können.

»Tut mir leid, heute nicht«, erwiderte er und zog sie weiter in Richtung Calle de San Severo.

Sie begann, ihn zu necken.

»Du weißt ja gar nicht, was du verpasst! Ich wollte mir etwas für uns beide wünschen. Soll ich dir verraten, was?«

»Nein! Heb deinen Wunsch für später auf. Vergiss ihn nicht.«

Sie lachte.

Die Plaza de San Felipe Neri war einer von Toños Lieblingsorten. Wann immer er dort war, fühlte er sich überwältigt.

Er wusste nicht, ob es die Ruhe war, die über dem Platz lag, obwohl man sich mitten im Gotischen Viertel befand, oder dessen jüngere Geschichte.

Während des Bürgerkrieges war der Platz bombardiert worden, und an der Kirchenfassade konnte man noch immer die Einschläge von Geschossen sehen. Mehr als vierzig Personen waren damals ums Leben gekommen. Einige davon Kinder einer nahegelegenen Grundschule.

Es überlief ihn kalt, und wie ihm seine Mutter oft nahelegte, machte er sich dankbar bewusst, was es hieß, in Friedenszeiten geboren zu sein.

Wäre ich nur fünfundzwanzig Jahre früher auf die Welt gekommen, hätte mein Schicksal vielleicht ganz anders ausgesehen, sagte er sich.

Elisas Lachen holte ihn zurück zu diesem Septembermorgen.

Er fühlte Tropfen im Gesicht.

Seine Freundin saß an dem Brunnen in der Mitte des Platzes, schöpfte Wasser mit den Händen und spritzte ihn nass.

Er ging zu ihr und spielte mit.

»Gegen mich hast du keine Chance«, warnte er sie lachend.

Sie rannte um den Brunnen herum, um ihm zu entkommen, und er verfolgte sie.

»Ich ergebe mich!«, keuchte sie schließlich und hob die Hände in einer so komischen Geste, dass ihn eine wilde Lust überfiel, sie zu küssen.

Er zog sie an sich. Sah ihr in die Augen.

Elisas Lippen zitterten.

Er küsste sie, gierig zunächst. Mit der Leidenschaft wochenlangen Wartens. Jahrelangen Wartens.

Als ihre Lippen sich trennten, seufzte sie.

Toño betrachtete sie, als sähe er sie zum ersten Mal. Ihre Lider waren halb gesenkt und von der Sonne beschienen.

Die Zeit stand still, und er küsste sie noch einmal, diesmal ganz langsam.

»In einem Kuss wirst du all das finden, was ich nicht ausgesprochen habe«, flüsterte Elisa.

Toño lächelte.

Einer seiner Lieblingsverse von Neruda war die Lösung seines Bilderrätsels.

33

Wegkreuzung

Sole sah ihre Kinder an.

In weniger als einer Woche waren ihre alten Koffer wieder gepackt und ihre Augen voller Angst.

Sie fühlte, wie ihre Entscheidung wankte.

»Ehrlich, Sole, du musst das nicht tun«, bestürmte ihre Schwester sie zum hundertsten Mal. »Rodolfo und ich freuen uns, euch hier zu haben. Es hat keine Eile. Überleg es dir gut.«

Sie seufzte.

»Hör mal, wir kriegen das schon hin. Die Schule hier im Viertel ist sehr gut«, setzte ihr Schwager hinzu.

»Die Kinder brauchen stabile Verhältnisse. Hier sind sie weiterhin in ihrer gewohnten Nachbarschaft, wir sind ihre Familie und …«

Ihre Schwester meinte es aufrichtig. Aus ihren Worten sprach nichts als Fürsorglichkeit und Zuneigung. Sole jedoch wusste, wenn sie bliebe, würde ihr Mann sie niemals in Frieden lassen. Anfangs hatte er sie für ihre »verbrecherische Flucht« mit verächtlichem Schweigen gestraft. Trotzdem waren sie und die Kinder innerlich nicht zur Ruhe gekommen. Sie spürten das Trügerische dieser Stille.

Nach ein paar Tagen hatten die Anrufe begonnen. Zuerst verlangte Antonio eine Rechtfertigung von ihr. Später versuchte er, sie zur Rückkehr zu bewegen, indem er ihr das Blaue vom Himmel versprach. Sole war hart geblieben. Seit sie »die große Entscheidung« getroffen hatte, wie Toño es nannte, war sie mit sich im Reinen, ein Gefühl, das sie seit undenklichen Zeiten nicht mehr gehabt hatte. Ihre Freundin Carmen fand, Sole habe seit ihren gemeinsamen Zeiten in der Schneiderei nicht mehr so gelassen gewirkt, und nutzte die Gelegenheit, sie an ihren Jugendtraum zu erinnern und ihr eine Teilhaberschaft an ihrem Modegeschäft vorzuschlagen. »Gemeinsam machen wir uns einen Namen! Und womöglich wird der Laden ja zu einer Haute-Couture-Adresse, wer weiß«, sagte sie voller Überzeugung.

Mit freundlichen Worten hatte Sole das Angebot ausgeschlagen. Nicht dass es sie nicht gereizt hätte, aber sie wusste, dass es in diesem Moment keine Lösung darstellte. Sie musste aus Antonios Reichweite verschwinden, koste es, was es wolle.

»Vielleicht später einmal ...«, hatte sie Carmen halbherzig vertröstet.

Beim Anblick ihrer beiden Kleinen drohte sie, schwach zu werden. Doch Toño, ihr Fels in der Brandung, seit sie ihren Entschluss gefasst hatte, gab ihr Kraft.

Ihr Ältester war der Einzige, der sie verstand und unterstützte, obgleich er derjenige war, der bei dieser Reise auf dem Bahnsteig zurückbleiben würde.

»Los, Mama. Ihr werdet noch euren Bus verpassen«, sagte er und ergriff zwei der Koffer.

Sie seufzte.

Sie lächelte ihren Kleinen zu, die nur darauf zu warten schienen, dass es endlich losging.

Mit Tränen in den Augen umarmte sie ihre ältere Schwester, die jetzt viel jünger zu sein schien als sie. Soles Haar war im letzten Sommer stark ergraut. Und sie hatte sich geweigert, es zu färben. Es war ein Zeichen der Trauer um den Verlust ihrer weiblichen Gutgläubigkeit.

Er war gewalttätig. Er würde sich nicht ändern. Er liebte sie nicht.

Der Junge, in den sie sich verliebt hatte, als er sie um alle Tänze ihres Lebens bat, existierte nicht mehr. Seinen Platz hatte ein verbitterter, brutaler Mann eingenommen.

»Was habe ich nur falsch gemacht?«, fragte sie sich, weil sie sich nicht frei von Schuld fühlte. Sie wusste, es würde Jahre dauern, bis sie diese Schuldgefühle überwunden hätte. Es würde noch viel Zeit ins Land gehen, bis sie aufhörte, in ihrer Erinnerung nach dem Moment zu fahnden, von dem an sich alles verändert hatte, nach seinerzeit übersehenen Anzeichen einer bevorstehenden Wende, und sich zu fragen, was sie hätte tun können und nicht getan hatte, um es nicht so weit kommen zu lassen …

Ihr Schwager schloss die Tür. Dahinter blieb auch Inés zurück, immer noch murmelnd, sie möge es sich doch noch einmal überlegen, wenigstens ihren Kindern zuliebe.

»Zwinge sie nicht zu einem so ungewissen Abenteuer«, wiederholte sie gebetsmühlenartig.

Das Abenteuer bestand in einer Arbeitsstelle in dem Kurort Baños de Montemayor in der Region Cáceres.

»Ich weiß, es ist weit, aber das ist ja der Vorteil daran«, hatte sie ihrer Schwester und ihrem Schwager geantwortet. Antonio würde ihr niemals zutrauen, so weit weg zu gehen. Dort würde er sie gewiss nicht suchen.

Freunde ihrer Eltern waren im Rentenalter dorthin gezogen. Der Sohn hatte eine leitende Position im Gran Hotel und kannte Sole seit ihrer Kindheit. Zwar hatte er sie jahrzehntelang nicht gesehen, gab ihr aber aus Mitleid einen Job als Zimmermädchen.

»Der Verdienst ist nicht sehr hoch«, hatte er sie vorgewarnt und hinzugefügt: »Aber auf dem Dorf ist das Leben günstiger. Meine Eltern haben ein altes, leerstehendes Haus, das sie dir überlassen werden. Außerdem ist die Schule hier sehr gut. Sie werden deine Kinder begeistert empfangen. Den Dorfschulen mangelt es immer an Kindern.«

Warum nicht?, hatte sich Sole gedacht.

Sie hatte keine Angst vor der Arbeit. Das Leben in einem Dorf erschien ihr geeigneter für die Kleinen, die schnell neue Freunde finden und die schlimmen Zeiten leichter verschmerzen würden.

Der Wermutstropfen, der sie auf dem Weg in ihr neues Leben schwer schlucken ließ, war Toño. Ihr Ältester musste sein Studium aufnehmen, und in Baños de Montemayor bot sich dazu keine Möglichkeit.

Sie schwankte, ob sie ihren Sohn bitten sollte, auf seinen Traum von einem Kunststudium zu verzichten und sich in irgendeinem kleinen Verlag oder einer Buchhandlung Arbeit zu suchen, damit sie alle in Barcelona bleiben könnten.

»Ich habe genug Opfer für uns beide gebracht, mein Sohn, du sollst dein Leben jetzt nicht auch noch mit einem Opfer anfangen«, hatte sie schließlich gesagt.

Doch da kam der Brief, der wie ein Dolchstoß von hinten war.

Antonio wollte sie wegen böswilligen Verlassens der Ehegemeinschaft anzeigen. Seine Freunde aus der Kneipe wären seine Zeugen. Man würde ihr die Kinder wegnehmen und sie womöglich ins Gefängnis werfen. »So geht es zu in unserem Land«, hatte ihr Schwager niedergeschlagen gesagt. »Die Demokratie kommt mit Trippelschrittchen. Sie steckt noch in den Kinderschuhen.« Trotzdem gab es für Sole kein Zurück mehr. »Man bereut das, was man nicht gewagt hat, viel mehr als das, was man versucht hat, auch wenn es schiefgegangen ist«, hatte sie weinend geantwortet.

Toño war es, der die endgültige Entscheidung traf und sie überredete, die Koffer zu packen. Er würde bei Tante und Onkel bleiben. Rodolfo arbeitete bei SEAT und hatte ihm Arbeit in der Wochenendschicht vermittelt, was Toño ermöglichte, an der Kunstschule Massana anzufangen.

»Den Traum vom Universitätsstudium gebe ich nicht auf, aber er muss noch ein bisschen warten. Ich werde sparen und dir Geld schicken«, hatte er seiner Mutter liebevoll versprochen.

An jenem Nachmittag vor dem Treppchen des Busses überkamen sie neue Zweifel.

Neben ihrem Schwager kam ihr Toño kleiner vor denn je. Rodolfo hatte ihm den Arm um die Schultern gelegt, um zu verhindern, dass der Junge schwach wurde. Aber Sole war seine Mutter, und obwohl sich die beiden Männer standhaft bemühten, sich nichts anmerken zu lassen, sah sie ihren Sohn zittern.

Sie streckte die Hand aus und fuhr ihm noch einmal durch die Stirnfransen. Ratschläge hatte sie keine mehr für ihn. Sie hatte ihm gesagt, er solle essen, hart arbeiten, Onkel und Tante nicht ärgern, lieb zu seiner Freundin sein, sich nicht vom Lernen ablenken lassen …

Lautes Hupen unterbrach den Fluss ihrer Ermahnungen.

»Tut mir leid, Señora, aber es ist Zeit«, drängte eine Männerstimme hinter ihr.

Der Busfahrer, der Zeuge der Szene geworden war, erahnte das Drama, das sich dahinter verbarg.

Als wollte er sich dafür entschuldigen, dass er sie zum Einsteigen nötigte, ergänzte er:

»Ich habe schon fünf Minuten Verspätung. Einige Passagiere werden unruhig. Wenn sich einer beschwert, kürzen sie mir das Gehalt.«

Sole starrte noch auf die Stelle, an der sie ihren Ältesten zurückgelassen hatte, als seine Gestalt nur noch ein Punkt war und schließlich nichts mehr als pure Einbildung.

34

Blecherne Gelegenheiten

»Germán, viele deiner Kollegen wären glücklich über eine solche Anerkennung!«

Der Außendienstler bat seinen Chef um vierundzwanzig Stunden Bedenkzeit, statt die Beförderung auf der Stelle anzunehmen. Der traute seinen Ohren nicht, und wäre Germán nicht einer seiner besten Männer gewesen, er hätte ihn auf der Stelle wegen Feigheit gefeuert.

»Junge, ich verstehe dich nicht«, seufzte der Chef, eher fassungslos als verärgert. »Ein Mann wie du, ohne Verpflichtungen … Ich dachte, für eine Stelle wie diese hättest du weiß Gott was getan!«

»Eine Stelle wie diese« bedeutete, Gruppenleiter zu werden, eine Gehaltserhöhung, ein Auto der Oberklasse, Reisen in etliche spanische Großstädte … »und wenn du die Zielvorgaben erfüllst, ein Urlaub auf irgendeiner hübschen Insel, für den die Firma alle deine Ausgaben übernimmt«, hatte er ihm erläutert. »Es gibt nur einen Haken, aber nun ja … Für dich ist das sicher kein Problem. Du müsstest gleich anfangen. Der Verkaufsleiter der Region ist Knall auf Fall gegangen und hat einiges an Durcheinander hinterlassen. Die Konkurrenz dort ist sehr stark«, hatte er noch sorgenvoll hinzugefügt.

Germán hörte sich alles aufmerksam an und dankte ihm für die Ehre, bat jedoch, seine Antwort überschlafen zu dürfen. Zusagen bedeutete auch, nach Madrid zu ziehen.

Stimmt, noch vor drei Monaten hätte ich weiß Gott was getan für einen derartigen Posten. Aber vor drei Monaten war ich ein anderer Mensch. Ich bin nicht mehr derselbe, dachte Germán, während er in der Nähe des Marktplatzes der Barceloneta einen *carajillo* trank.

Von dort aus konnte er das Meer nicht sehen, aber die Luft roch nach Salz, und man wusste, wie nah es war. Ganze Familien kamen vom Strand herauf, wo sie die letzten Strahlen der Sommersonne genossen hatten. Jugendliche mit Sonnenschirmen im Schlepptau und Touristen mit sonnenverbrannter Haut vervollständigten das Bild.

Die Glocken der nahen Sankt-Michael-Kirche verkündeten, dass es bereits fünf war, und er musste noch vor acht seinen Chef anrufen und ihm eine Antwort geben. Eine Antwort, die ihm schwerfiel.

Er bat den Kellner um einen Kugelschreiber. Auf zwei Servietten begann er Pros und Kontras aufzulisten.

Vielleicht hilft mir das bei der Entscheidung, hoffte er.

In einem Buch, das ihm ein früherer Kollege geborgt hatte und in dem es darum ging, wie man ein erfolgreicher Geschäftsmann wurde, hatte er gelesen: »Betrachte stets das Pro und das Kontra. Lege beides auf die Waage. Lass dich nicht von Gefühlen leiten, sondern halte dich an die Fakten.«

Für ihn war dies eine der ersten wichtigen Entscheidungen seines Lebens. Wenn er zurückblickte, hatte er den Eindruck, er habe immer alles einfach geschehen lassen. Er hatte die Dinge genommen, wie sie kamen. Ohne viel Aufhebens.

Schon in sehr jungen Jahren hatte er erkannt, dass das Dorf einem wie ihm rasch zu eng wurde. Er war in einer Familie mit starken Frauen aufgewachsen. Und auch wenn er seine Mutter anbetete, brauchte er Luft zum Atmen.

»Was für eine Zukunft hätte ich denn hier? Feldarbeit liegt mir nicht. Viehzucht gefällt mir nicht. Soll ich etwa Bäcker werden? Oder der Laufbursche der Apotheke?«, hatte er seiner Mutter entgegengehalten.

Ans Studieren hatte er nie gedacht.

»Am liebsten habe ich mit Leuten zu tun«, wiederholte er immerzu.

Und die Leute hatten gern mit ihm zu tun. Somit passte seine Verkäufertätigkeit perfekt zu ihm. Er teilte sich die Arbeit ein, ohne feste Zeiten und ohne Büro. Er war fleißig und verlässlich, und seine Vorgesetzten erkannten bald, dass sie auf ihn zählen konnten.

»Du hast eine gute Nase fürs Geschäft und Geschick im Umgang mit anderen. Du lässt dich nicht drankriegen. Und du verstehst es, die Verkäuferinnen und ihre Chefs für dich zu gewinnen«, lobten sie ihn.

Er hörte das nur zu gern.

Und bei den regionalen Versammlungen spreizte er sich wie ein Pfau.

»Tja, für Frauen habe ich eben ein Händchen. Eine solche Begabung ist angeboren, das kann man nicht lernen«, erklärte er seinen Kollegen.

Und jetzt, jetzt war mit einem Mal alles anders, weil ihn eine Stimme zum Träumen gebracht hatte und er sich nun wünschte, mehr zu sein, als er war, besser zu sein, als er war, sein Leben zu ändern und es mit jemandem zu teilen.

Tatsächlich hatte er sich nichts vorzuwerfen, »auch wenn ich mich manchmal an der Grenze zwischen dem Zulässigen und dem Unzulässigen bewegt habe«, sagte er sich im Gedanken an die eine oder andere Affäre mit verheirateten Frauen, das eine oder andere zum überhöhten Preis verkaufte oder defekte Teil. »Aber ich habe niemanden umgebracht und niemandem etwas weggenommen«, rechtfertigte er sich vor sich selbst.

Er wusste, das würde einer Frau wie Aurora nicht genügen. Er stellte sie sich integer, geradlinig und gutherzig vor.

Es ist zum Verrücktwerden! Ich höre nun schon so lange deiner wunderbaren Stimme und deinen klugen Antworten zu, dass du mir vorkommst wie ein überirdisches Wesen … Aber wie bist du *wirklich*?, dachte er.

Seit Aurora ihn im Spanischen Dorf hatte stehenlassen, konnte er an nichts anderes denken und sehnte sich mehr denn je nach ihr.

Aus Stolz hatte er sie nicht angerufen.

Wie konntest du mein Geschenk einfach in den nächstbesten Abfalleimer werfen? Wie konntest du in dieses Taxi steigen und mich wie einen Hund und ohne ein Abschiedswort zurücklassen? Das habe ich nicht verdient!

Und à propos Lügen, hast du mich nicht auch angelogen, als du mir sagtest, wer du angeblich seist?

Erst hatte er gedacht, wie im Film würde das Taxi anhalten, sie würde herausspringen und sich in seine Arme stürzen. Zehn Minuten hatte er gewartet, aber nichts dergleichen war geschehen.

Vielleicht ist sie nicht so schnell in ihren Reaktionen, hatte er weiter sinniert, während er die Tür zu seiner Pension aufschloss.

Dann hatte er den ganzen Abend die Ohren gespitzt. Bestimmt würde sie ihn anrufen, und das durfte er nicht verpassen, denn andernfalls würde Doña Concepción, die alte Hexe, die arme Aurora einem Verhör unterziehen, ehe sie ihn ans Telefon holte.

Angekleidet auf dem Bett liegend, war er vor Erschöpfung eingeschlafen. In dieser Nacht rief niemand in der Pension an. Er erwachte mit einem katerähnlichen Unwohlsein, unter dem er die ganze Woche litt.

Jeden Tag hatte er seither auf ihren Anruf gewartet. Jede Stunde, korrigierte er sich im Geiste.

Er rechnete aus, wie viel Zeit das ergab. Sechs Tage zu je vierundzwanzig Stunden … Zu lange für eine Frau, die ich gerade zweimal gesehen habe, tadelte er sich selbst.

Er packte den Kugelschreiber fester. Er sollte sich lieber auf seine Aufgabe konzentrieren, denn in nicht einmal anderthalb Stunden musste er mit seinem Chef telefonieren und ihm seine Entscheidung mitteilen.

Vorteile? Alle, die der Chef aufgezählt hat, begann er und lächelte bei dem Gedanken, in einem Liegestuhl auf

Mallorca zu sitzen oder seine hübsche Sekretärin zum Diktat zu rufen. Er seufzte.

Ein weiterer Pluspunkt wäre die Distanz zu dieser Frau, die mir das Herz gebrochen hat.

Aurora würde nicht mehr anrufen. Sie hatte bisher kein Lebenszeichen von sich gegeben und würde dies auch nicht mehr tun. Sie war offenbar starrköpfig. Dabei machte sie gar nicht den Eindruck, aber … Aus den Augen, aus dem Sinn.

Er lachte, als ihm dieses Sprichwort einfiel, das seine Mutter in einer solchen Situation wohl zitiert hätte.

Das dagegen wäre ein Minuspunkt: fern von meiner Familie zu sein, wo die Wogen sich gerade so schön geglättet haben, dachte er und trat an die Theke.

Tag für Tag riefen seine Schwester oder seine Mutter ihn unter irgendeinem Vorwand an. »Hast du gegessen, mein Sohn? Bist du mal ausgegangen? Die Arbeit ist nicht alles, hörst du?«, ermahnte ihn seine Mutter. »Erzähl mir einen Film, der gerade läuft. Hier bringen sie immer nur die alten Streifen«, bat seine Schwester.

Und er ging zum Kino in seinem Viertel und las das Programm, um ihr am Abend berichten zu können. Durchs Telefon erreichten ihn die Küsse seiner Neffen und der eine oder andere spaßige Kommentar seines Schwagers.

Aber Madrid ist nicht das Ende der Welt, und nichts ist für immer, redete er sich gut zu, um die Traurigkeit niederzuringen, während er, eingeschlossen in der Telefonzelle der Bar, die Nummer seiner Firma wählte.

»Hallo, Herr Pérez, hier ist Germán. Ich kann Ihnen jetzt eine Antwort geben.«

35

Hinterher ist es immer zu spät

Aurora hatte an einem einzigen Tag Himmel und Hölle durchlebt. Jetzt, da sie bei ihrem Bruder am Fußende des Bettes saß, erschienen ihr beide gleichermaßen unwirklich. Konnte überhaupt irgendetwas existieren jenseits dieses schläfrigen Körpers und der zähen Stille, die ihn an diesem Septembermorgen in die Matratze presste?

Nicolás' unregelmäßiger Atem gab den Rhythmus ihres Herzschlages vor. Beschleunigte er sich, begann auch Auroras Puls zu rasen. Setzte er jedoch aus, war ihr Herz, das sofort das Schlimmste befürchtete, zu allem fähig. Dazwischen vertrieb sie sich die Zeit mit Lesen, Sticken, Fotosbetrachten, Kartoffelnschälen … Sie hatte fast alle Erinnerungen und Träume aus ihrem Geist verbannt und tat nichts anderes als warten, ohne eigentlich zu wissen, worauf.

Selbst Paquito schien von der eigentümlichen Stimmung erfasst und war vorsichtig geworden. Er blieb stumm, verhielt sich ruhig und döste die meiste Zeit. Nur gelegentlich öffnete er ein Auge, um sich zu vergewissern, dass sein Frauchen noch da war.

»Du bist immer einer der Männer meines Lebens gewesen, Paquito, und auf jeden Fall einer der treuesten«, sagte

Aurora lächelnd, als sie merkte, wie er sie beobachtete. Ihre Augen füllten sich mit Tränen bei dem Gedanken, dass dieser Papagei sich, alles in allem, mehr um sie sorgte, als viele, die sich auf ihr Menschsein so viel einbildeten.

Aurora lehnte den Kopf an die Rückenlehne des Sessels neben dem Fenster. Eine sachte Brise bewegte die Spitzengardinen, und sie konnte auf die leere Straße sehen. Sie hatte sie nicht mehr betreten, seit das Schicksal ihr ganzes Leben auf eine Karte setzte. Und verlor.

Sie hatte ihr marineblaues Trägerkleid und weiße hochhackige Sandalen angezogen, die ihre Beine sehr schön zur Geltung brachten.

Ihre Freundin Carmen hatte sie frisiert. »Dafür hast du einfach kein Geschick, Süße«, hatte sie liebevoll gesagt. »Besser, du lässt mich dir helfen, sonst ergreift dein Germán noch vor dem zweiten Kuss die Flucht.«

Die Flucht hatte allerdings sie ergriffen, als sie den vertrauten Rostgeruch der Lüge wahrnahm. Er umgab Germán und füllte jeden Winkel des Spanischen Dorfes. Sie betrachtete das einzige Foto, das sie von ihm besaß.

Wer war der Mann, der sie von diesem Stück Pappe aus anschaute? Der zärtliche, humorvolle, selbstbewusste Hobbyfotograf Germán? Oder ein Kerl, der sich unter der Maske des heimlichen Verehrers an sie heranmachen wollte? Ein Handelsvertreter? Oder ein Schwindler?

Auf jeden Fall ist er unehrlich und hinterlistig. Er war mir voraus: Er wusste, wer ich bin, und hat mein Vertrauen ausgenutzt … Und mir schwarze Reizwäsche geschenkt, also wirklich!

In jenem Moment hatte sie sich angegriffen gefühlt. Mit ihrem halbtoten Bruder in den Armen änderte sich jedoch ihre Perspektive. Jetzt fand sie die ganze Situation absurd und, wenn sie ehrlich war, sogar ein bisschen komisch.

Ich hoffe, es findet sie jemand im Müll, der Verwendung dafür hat. Sie kicherte bei der Vorstellung, ein Müllmann könnte an jenem Abend mit einem Geschenk aus zarter Spitze für seine Gattin nach Hause gekommen sein.

Hoffentlich hat sie meine Größe, dachte sie und errötete, als ihr wieder einfiel, wie Germán gesagt hatte, er habe ihre Maße geschätzt. Fachmann sei er, hatte er behauptet. Fachmann für Lug und Trug!, seufzte sie empört.

In den folgenden Stunden, die sie allein in der Notaufnahme verbrachte, schrumpfte die Riesenlüge jedoch zu einer unbedeutenden Flunkerei.

Am Nachmittag war sie entrüstet nach Hause gekommen. Sie hatte beschlossen, die Treppe zu nehmen und auf jeder Stufe eine Bosheit für Germán zu hinterlassen.

Wenn Wörter Flecken hinterlassen würden, hätte ich jetzt das ganze Treppenhaus eingesaut, sagte sie sich, als sie ihre Etage erreicht hatte.

Und dann sah sie ihn. Oder besser gesagt, die Spitze eines Turnschuhs, die auf sie zu zeigen schien, wie um sie eines Verbrechens zu bezichtigen. Ein Verdacht überfiel sie.

Abrupt blieb sie stehen, als wollte sie dem Universum die Chance geben, es sich noch einmal zu überlegen, ehe es eine solche Ungerechtigkeit beging, doch Aurora wusste nur zu gut, wie mitleidlos Götter sein konnten.

Ein schwaches Stöhnen, das von dem Treppenabsatz kam, zwang sie, sich wieder in Bewegung zu setzen. Und kurz darauf entrang sich ihrer Kehle ein kurzer, trockener Aufschrei.

Nicolás' schlaffer Körper war vor ihrer Tür zusammengesackt.

Tausendmal schon hatte sie sich diese Szene vorgestellt und geglaubt, mit den Jahren auf diesen Moment vorbereitet zu sein.

Aber als sie neben ihrem Bruder am Boden kniete, wusste sie, dass man auf so etwas niemals vorbereitet ist. Sie fasste nach seinem Handgelenk, um seinen Puls zu ertasten. In seiner Armbeuge sah sie das zerstörerische Werk der Spritze.

»Dieses verfluchte Heroin!«, murmelte sie immer wieder und versuchte, den unaufhörlich sich verkrampfenden Körper ihres Bruders zu stützen.

Sie wusste, sie musste etwas unternehmen, Hilfe holen, das Krankenhaus alarmieren, dennoch hielt irgendetwas sie auf dem alten Marmorboden ihres Treppenabsatzes fest.

Der Geruch nach Erbrochenem, den Nicolás' Kleidung verströmte, seine verklebten Haare und die Spur, die eine einzige Träne auf seiner schmutzigen Wange hinterlassen hatte, brachten sie zur Verzweiflung.

Wann, wie, warum hat das alles angefangen?, fragte sie sich und wusste, dass es darauf keine Antworten gab.

Mit einem Mal fühlte sie das Gewicht all ihrer Unzulänglichkeiten. Ein alter, längst vergessen geglaubter Kummer schnürte ihr den Hals zu.

Laut schluchzend weinte sie um das Los ihres verwahrlosten Bruders und auch um ihr eigenes als einer von ihrer letzten Liebe und dem Leben selbst verratenen Frau.

Und du hast auch nur mit mir gespielt, warf sie dem abwesenden Germán vor, der in diesem Moment verzagt in die Wellen der Barceloneta schaute.

Es würde mir nichts ausmachen, zur Statue zu erstarren und wie eine *Pietá* meinen siechen Bruder in den Armen zu halten, damit uns in ein paar hundert Jahren Touristen und Neugierige begaffen. Der Schmerz einer Schwester angesichts eines zerstörten, besiegten Lebens, dachte sie und spürte die ersten Tränen auf den Lippen.

Diese Lippen, die sie wenige Stunden zuvor sorgfältig angemalt hatte, damit die Liebe ihres Lebens sie küssen möge.

Und wäre Carmen nicht gewesen, hätten die Geschwister noch lange so dagesessen, auf der Fußmatte vor ihrer Wohnung, sie mit dem Rücken an der Tür und er in ihrem Schoß.

Die Nachbarin, die von einem Spaziergang zurückkam, stieß bei ihrem Anblick unwillkürlich einen gellenden Schrei aus. In wenigen Minuten hatten sich Auroras sonst so liebenswürdige Züge in eine angespannte Maske verwandelt. Es war beängstigend, mit welcher Kraft sie den eher toten als lebendigen Körper ihres Bruders umklammerte.

Als blickte sie dem Tod ins Auge und weigerte sich, ihm Nicolás zu überlassen, dachte Carmen, streichelte sie und versuchte, sie zur Vernunft zu bringen.

Doch dies gelang erst den Ärzten im Krankenhaus, die ihr ein Beruhigungsmittel verabreichten und sie in einem freien Zimmer schlafen ließen, während sie sich um ihren Bruder kümmerten.

Sie hatten große Mühe gehabt, den jungen Mann von der Frau zu trennen. Im Krankenwagen hatte sie neben ihm gelegen und ihm die Lieblingslieder aus ihrer Kindheit vorgesungen.

Die Einsamkeit ihrer Freundin hatte Carmen das Herz zerrissen. Sie hatte ihre Tochter, ihre Eltern, Freunde … Aber wen hatte Aurora?

Germán, antwortete sie sich selbst, sollte jedoch bald erfahren, dass bei der ersten richtigen Verabredung mit ihm etwas schiefgelaufen war.

Germán ist die Rettung, dachte sie jedenfalls an jedem Nachmittag, als sie darauf wartete, dass ihre Nachbarin ihr die Tür öffnete.

Jeden Nachmittag kam sie herunter, um ihr eine Weile Gesellschaft zu leisten. Fast eine Woche lang hatte Aurora sich kaum aus dem Zimmer bewegt, in dem Nicolás lag.

»Um Haaresbreite!«, hatte die Krankenschwester gesagt und damit den erheblich längeren Bericht der Notärzte zusammengefasst.

»Ruhe für Körper und Geist ist das Beste«, empfahl ihr eine Frau aus der Nachbarschaft, die Mitglied der Müttervereinigung im Kampf gegen die Drogensucht war. »Vor allem darf er nicht zurück, Aurora, sorge dafür, dass er hier bei dir bleibt. Halt ihn fest«, riet sie und versprach ihr jeden erdenklichen Beistand, um das zu bewältigen, was sie erwartete.

Carmen lächelte ihrer Freundin zu, während sie in der Küche bei einer heißen Schokolade saßen.

Es sind sieben Tage vergangen, und Nicolás ist in einem stabilen Zustand. Jetzt ist der geeignete Zeitpunkt, dachte sie, unmittelbar bevor sie sich zum ersten Mal vorsichtig nach Germán erkundigte. Als sie Aurora zugänglicher fand als erwartet, nutzte sie deren stark geschwächte Widerstandskraft und ging zum Angriff über.

Drei Stunden später war Aurora, ohne recht zu wissen, wie es dazu kommen konnte, in einem Taxi auf dem Weg zur Pension *La Perla*.

Die Aurora, die sie noch vor einigen Monaten gewesen war, hätte sich nicht so herumkommandieren lassen, aber sie war kaum imstande aufzustehen. Woher hätte sie die Kraft nehmen sollen, gegen Carmen, dieses Energiebündel, aufzubegehren? Sie fühlte sich wie eine Marionette, der man die Fäden abgeschnitten hatte.

Aber Carmen hat es immer gut mit mir gemeint, und sie hat recht. Wenn ich nicht zu Germán gehe und ihn zur Rede stelle, wird sich diese Wunde niemals schließen, dachte sie seufzend, als das Auto in den Paseo Juan de Borbón einbog.

Schon vor Stunden hatte sie angefangen, ihm zu verzeihen. Oder zumindest, nicht mehr wütend zu sein, hatte sie ihrem Spiegelbild erklärt, während sie sich kämmte.

Mit aller Macht gegen den Tod zu kämpfen, um ihm ihren Bruder zu entreißen, hatte sie Germáns Sünden in einem anderen Licht sehen lassen. Wenn sie fähig war, Nicolás zu vergeben, der sie unzählige Male betrogen und bestohlen hatte, warum sollte sie dann diesem guten Menschen etwas wesentlich Dümmeres nicht verzeihen können?

»Das Herz ist wie ein Feudalherr, es stellt seine eigenen Regeln auf und ändert sie nach Lust und Laune«, hatte ihre Mutter gesagt, als sie noch ein kleines Mädchen war.

Die Sonne war hinter dem Horizont verschwunden, aber es war noch nicht dunkel. Aurora hatte dieses Zwielicht immer gemocht. Als wäre in dieser kurzen Zeitspanne alles möglich.

Kaffee und Kuchen oder Abendessen, ausgehen oder daheim bleiben, streiten oder sich versöhnen …, dachte sie, als sie das Taxi bezahlte.

Vor dem goldenen Schild der Pension *La Perla* versuchte sie, sich ein Lächeln ins Gesicht zu zwingen. Doch war aller Eifer vergebens, als sie die Antwort einer etwa sechzigjährigen Frau vernahm, die sie eher neugierig als abweisend anschaute.

»Señor Herrero?«

»Ja, ich bin eine Arbeitskollegin und habe ihm etwas auszurichten«, schwindelte sie, schließlich war es nicht die richtige Tageszeit für Besuche. »Der Chef möchte, dass ich ihm sage …«

»Germán Herrero?«, fragte die Frau ein wenig spitz nach.

Aurora nickte. Von einer Frau in Bademantel und Lockenwicklern wollte sie sich nicht einschüchtern lassen.

»Eigenartig! Señor Herrero ist ja für gewöhnlich ein sehr zurückhaltender Mensch …« Sie starrte Aurora so eindringlich an, als könnte sie auf diese Weise ergründen, wen sie wirklich vor sich hatte. »Aber gerade heute hat er mir erzählt, dass er seine Arbeit hier aufgibt, weil man ihn befördert hat.«

Die Erde bebte unter Auroras Füßen. Sie hätte es beschwören können.

»Wollen Sie hereinkommen? Soll ich Ihnen einen Kaffee machen?«

»Nein, lieber nicht. Meine Mutter ist krank …« Noch eine Lüge, Aurora? »… und ich muss wieder nach Hause.«

Die Frau hob die Schultern.

»Schade, Sie haben ihn nur um ein paar Minuten verpasst.«

»Wie meinen Sie das?«, fragte Aurora hoffnungsvoll.

»Sie sind fünf Minuten zu spät. Sonst hätten sie ihn noch angetroffen, genau hier, mit seinen zwei Koffern«, sagte die Pensionswirtin und zog sich wieder in ihre Wohnung zurück.

»Wo wollte er denn hin?«

Doña Concepción musterte die Frau, die vor ihrer Tür stand. Beurteilte ihre Falten. Schätzte ihr Leid. Roch die Einsamkeit, die mit ihrer Haut wie verwoben schien. Und sie erkannte sich selbst. Und erbarmte sich.

»Zum Bahnhof de Francia, um den Nachtzug nach Madrid zu nehmen.«

36

Der Zug fährt ab, die Zukunft trifft ein

Sie rannte wie eine Verrückte. Und als ihre Füße über das Ende des Bahnsteigs nicht hinauskamen, hetzten ihre Augen die Schienen entlang und verfolgten den Zug, der ihr den Mann raubte, der ihre große Liebe hätte werden können.

»Aus und vorbei!«, rief sie so laut, dass mehrere Passagiere, die im Bahnhof unterwegs waren, die Köpfe wandten und sie anstarrten.

Aurora presste die Lippen zusammen. Nach der letzten schrecklichen Woche blieben ihr keine Tränen mehr. Sie wünschte, sie könnte weinen, so unglücklich fühlte sie sich, aber es nützte nichts.

Sie hatte das Gefühl, ihre Augäpfel wären rissig wie ausgedörrte Erde, wenn sie keinen Regen bekam. Sie bedeckte die Augen mit den Händen.

Wenn sie wieder hinschaute, würde der Zug vielleicht noch im Bahnhof stehen.

Oder sie wäre womöglich gar nicht mehr dort, sondern zu Hause bei Nicolás, den sie nicht hätte alleinlassen dürfen.

Sie atmete tief durch.

Germán war weg.

Der aufmerksame, lustige, zärtliche, großzügige, gutaussehende, mutige, intelligente Mann war nicht mehr nur einen Anruf weit weg.

Da wurde sie sich des wahren Ausmaßes der Tragödie erst wirklich bewusst.

Das Problem ist nicht, dass er fort ist. Das Problem ist, dass er fort ist, ohne zu wissen, wie sehr ich mich in ihn verliebt habe.

Einen Moment lang war sie versucht, zum Schalter zu laufen, eine Fahrkarte für den nächsten Zug zu kaufen und nach Madrid zu fahren. Sie würde ihn in den Straßen suchen. Sie würde sich in eine Bar auf der Plaza Mayor setzen, die ein Telefonbuch hatte, und sämtliche Pensionen durchtelefonieren.

Oder ich klappere die wichtigsten Wäschegeschäfte der Stadt ab und hinterlege dort eine Karte. Bestimmt kreuzt er irgendwann auf. Ob in vier Wochen oder drei Monaten, darauf kommt es jetzt auch nicht mehr an. Ich warte schon mein ganzes Leben auf ihn.

Bis dahin könnte sie sich um Nicolás kümmern und arbeiten. Am Montag musste sie wieder zum Sender, die neue Staffel von *Die Stunde der Señorita Leo* sollte beginnen. Die Hörerschaft wartete darauf.

Mit hektischen Schritten näherte sie sich dem Schalter.

Es standen bereits mehr als zehn Personen davor.

Sie stellte sich ans Ende der Schlange.

Die Minuten des Wartens legten sich schwer auf ihr Gemüt.

Germán ist weggefahren und hat nicht einmal angerufen, um sich zu verabschieden, grübelte sie. Warum hat er das getan? Er ist doch der Unaufrichtige gewesen, auch wenn seine Lüge harmlos war. Ist doch klar, dass ich mich geärgert habe. Warum hat er mich nicht angerufen? Wenn er am ersten Abend nicht den Mut dazu hatte, warum dann nicht am nächsten? Oder am übernächsten?, fragte sie sich.

Der Magen schnürte sich ihr zusammen, ihr wurde plötzlich sehr heiß.

Kein Anruf, keine Karte, keine Entschuldigung. Ihr wurde schlecht.

Für ein derartiges Verhalten konnte es nur eine Erklärung geben.

Du bist eine dumme Nuss, Aurora! Hunderte von Briefen mit solchen Geschichten hast du gelesen und fällst selbst darauf herein! Vielleicht ist er ja verheiratet wie Francisco, oder er hat eine Braut, die in seinem Heimatdorf auf ihn wartet. Die Faszination, eine berühmte Radiomoderatorin kennenzulernen … Sie lachte bitter.

Immer musste sich Señorita Leo in ihr Leben mischen. Sie hatte sie nicht nur Tränen und schlaflose Nächte gekostet, sondern ihr auch zweimal eine Liebe zerstört.

Aber jetzt hat er dich ja kennengelernt, dich gesehen … Vielleicht ging es ihm nur darum, vor seinen Freunden damit zu prahlen, dass er dich geküsst hat, und wer weiß womit sonst noch. Viel hast du ihn nicht gekostet, ein paar Blumen, eine Schachtel Pralinen und eine Garnitur Unterwäsche …

Doch alle diese Überlegungen konnten eine Sache nicht ändern: die Tatsache, dass Aurora sich in diesen Mann verliebt hatte. In seine schwungvolle Handschrift, seinen leicht übermütigen Sinn für Humor. Seine Art, sie anzusehen und in die Arme zu schließen.

Die Bahnstation de Francia begann, sich um Aurora zu drehen, als säße sie in einem Jahrmarktskarussell. Alles drehte sich so rasend schnell, dass sie nichts mehr erkennen konnte.

Stattdessen sah sie sich selbst in ihrer Wohnung den fast erblindeten Paquito mit Sonnenblumenkernen füttern und auf den Anruf warten, der Nicolás' Schicksal endgültig besiegeln würde. Oder vielleicht wäre auch ein neuer Programmdirektor am Apparat, um ihr mitzuteilen, dass man eine weniger aufsässige Moderatorin gefunden habe … Im Regal ihres Esszimmers, neben dem Hochzeitsfoto ihrer Eltern, das Polaroid, auf dem sie mit Germán am Abend ihres ersten und letzten Tanzes zu sehen war.

»Das bleibt mir von dir, bis dein Name in den Falten meines Gedächtnisses versickert ist«, flüsterte sie.

Sie spürte, wie die Beine unter ihr nachgaben.

»Señora, fühlen Sie sich nicht wohl?«

Ein junger Mann mit langen Haaren und einer Gitarre über der Schulter verhinderte mit einem entschlossenen Griff, dass sie zu Boden ging.

»Mir ist ein bisschen schwindlig«, erwiderte sie sehr leise. »Wahrscheinlich die Hitze. Dieser Sommer findet kein Ende …«, entschuldigte sie sich.

»Vielleicht sollten Sie sich einen Moment hinsetzen«, sagte der junge Mann. »Ich halte Ihnen Ihren Platz hier frei. Es wird sowieso noch eine Weile dauern, wegen dieser Gruppe von Deutschen, die nicht wissen, was sie wollen, und den armen Fahrscheinverkäufer zur Verzweiflung treiben. Sobald Sie an der Reihe sind, gebe ich Ihnen Bescheid, keine Sorge.«

Sie bemühte sich, den netten Jungen, der ihr Sohn hätte sein können, freundlich anzulächeln.

Mein Sohn … Bei dem Gedanken überlief sie ein Schauder.

»Am besten, Sie gehen in die Bahnhofs-Cafeteria und trinken etwas«, mischte sich eine Frau ein, die ein wenig älter war als sie und mit ihren beiden halbwüchsigen Kindern in der Schlange wartete. »Ich schicke Ihnen einen meiner Jungs, wenn es so weit ist. Sie sehen sehr schlecht aus. Hören Sie auf mich. Ein Kamillentee würde Ihnen guttun.«

Kamillentee gegen Liebeskummer?, hätte Aurora beinahe geantwortet, aber sie hielt den Mund.

»Danach fühlen Sie sich bestimmt besser«, meinte die Frau.

Gegen mein Problem gibt es kein Mittel. Ich werde mich nie wieder besser fühlen, dachte Aurora und nickte wie betäubt.

Sie würde diese Fahrkarte nicht kaufen. Es gab niemanden, dem sie hätte folgen können.

Warum also Schlangestehen?

Bahnhofs-Cafés waren ihr schon immer wie eine Vorhölle erschienen. Als sie an diesem Tag durch die Tür ging, war es nicht anders. Sie schaute sich um. Menschen waren auf der Durchreise, kamen an oder reisten ab.

Alle außer mir, sagte sie sich, als sie an einem Ende der Theke Platz nahm und einen Kamillentee bestellte. Sie richtete die Augen auf die Uhr des FC Barcelona, die den Raum beherrschte, und beschloss, den Blick nicht mehr abzuwenden, so groß der Tumult ringsum auch sein mochte. Sie würde rasch ihren Tee trinken und, sobald sie sich ein bisschen erholt hätte, nach Hause gehen.

Und nie, nie, nie wieder werde ich diesen Bahnhof betreten, schwor sie sich und nahm den ersten Schluck. Sie würde Germán in eine Zelle ihres Herzen sperren, gleich neben Francisco. Und genau wie es mir mit diesem ergangen ist, wird mir im Lauf der Zeit der Schlüssel abhandenkommen, der das Türchen öffnet. Du wirst mir nicht mehr wehtun!, befahl sie einem Abwesenden.

Beim zweiten Schluck sank ihr der Mut.

Aber bis dahin wird es noch Jahre dauern. Heute tust du mir weh. Furchtbar weh. Die Traurigkeit bohrte sich ihr wie mit tausend Nadeln in den Leib. Sie rang nach Luft. Sie musste weg von hier.

Hastig stürzte sie den Tee hinunter, als wäre es der letzte Schnaps nach einer durchzechten Nacht. Hart stellte sie die Tasse auf den Tresen. Der Kellner sah sie strafend an. Sie hatte das Gefühl, alle in dieser Cafeteria, in diesem Bahnhof, in dieser Stadt sähen sie so an.

Sie wollte nur noch weinen. Um die Frau, die sie war, und um die Frau, die sie hätte sein können. Aber sie konnte nicht.

»Wollen Sie noch etwas? Meine Schicht ist gleich zu Ende«, erklärte der Barmann und nickte hinauf zur Uhr.

Die Zeiger rückten unerbittlich vorwärts.

Aurora schüttelte den Kopf.

Sie öffnete ihre Handtasche, griff mechanisch hinein und erstarrte. Die Tasche war leer. Kein Terminkalender, keine Schlüssel, kein Lippenstift und auch das Wichtigste und Unentbehrlichste nicht: ihr Portemonnaie.

In der Eile hatte sie eine Tasche mitgenommen, die sie schon eine Weile nicht mehr benutzt hatte. Carmen hatte ihr einen Schein in die Hand gedrückt, um das Taxi zur Pension *La Perla* zu bezahlen, und Aurora war nicht klar gewesen, dass das ihre gesamte Barschaft darstellte!

Sie suchte in der Innentasche nach einer vergessenen Münze.

Ein Kamillentee kann ja nicht die Welt kosten, dachte sie beschämt.

Nichts.

In der vergeblichen Hoffnung, es würde etwas Kleingeld herausfallen, und unter dem anklagenden Blick des Kellners, der letzten Endes schon viele solcher Szenen erlebt hatte, stülpte sie die Tasche um.

Einer Nervenattacke nahe, schüttelte sie sie verzweifelt.

Aber das Nichts verursacht beim Fallen kein Geräusch.

»Ich hole den Geschäftsführer.«

»Wegen eines Kamillentees?«, wagte sie zu murmeln.

»Ich hole den Geschäftsführer.«

Aurora steckte die Hände in die Hosentaschen. Ihre letzte Chance. Sie förderte eine verdreckte Pesete zutage.

»Kann ich helfen, Señorita?«

Diese Stimme … Diese Stimme, die die Zeit anzuhalten vermochte.

»Vielleicht kann ich Ihnen aushelfen«, fuhr dieselbe Stimme fort.

Die zugehörige Hand schob eine Banknote über den Tresen.

Sie wollte sich nicht umdrehen. Aus Angst, sie könnte eine Enttäuschung erleben und feststellen, dass sie den Mann hinter sich gar nicht kannte.

Der Kellner nahm übellaunig das Geld entgegen. Jetzt konnte er sich nicht mehr mit der Kundin anlegen, die ihm die Zeit gestohlen hatte. Ihretwegen hatte er die ersten Minuten der Fernsehübertragung des Fußballspiels bereits versäumt, und jetzt konnte er sie nicht einmal mehr beschimpfen. Der seltsam durchdringende Blick des Mannes, der ihm das Geld gegeben hatte, warnte ihn, das besser zu unterlassen.

»Wenn du dich freust, genügt mir das völlig«, raunte Germán ihr da ins Ohr.

Einen Sekundenbruchteil bevor Auroras Kopf begriff, wusste ihr Herz, dass er den Zug absichtlich verpasst hatte.

Die Tränen in seinen Augen bestätigten ihre Ahnung.

Und da weinte sie auch.

Er sah ihr ins Gesicht und küsste ihre Lider.

»Ist schon gut, mein Herzchen, dein fahrender Ritter ist ja da. Und ich schwöre, ich werde dich gegen alle bösen Verkäufer und Kellner der Stadt verteidigen, heute, morgen und für alle Zeit …«

Germán besiegelte sein Versprechen mit einem Kuss, dem ersten von vielen, die einzig und allein dieser Frau vorbehalten waren, deren Stimme seine Welt auf den Kopf gestellt hatte.

Danksagungen

An alle diejenigen, die in der Nähe eines Radios aufgewachsen sind und die Welt durch die Fenster entdeckt haben, die sich ihnen dank der Programmmacher geöffnet haben.

An Francesc Miralles, der diese Geschichte geträumt hatte, bevor sie niedergeschrieben wurde, weil ohne ihn die Wellen dieses Romans niemals empfangen und gesendet worden wären.

An Esther Sanz, meine erste Verlegerin, die mit den Jahren wieder an mich glaubt. Aber vor allem an Esther, meine Freundin, seit uns das Universum in jenem anderen Leben, dem des Journalismus, aufeinandertreffen ließ.

An Sandra Bruna, meine Superagentin, für ihre persönliche Unterstützung, ihr professionelles Engagement und unser Gelächter beim Burger-Essen.

An meine Lieben, wo immer sie sich aufhalten. Auf Erden, im Himmel oder jenseits des Großen Teiches.